HEYNE<

Das Buch
Frank Goosen schildert seine Kindheit in den Siebzigern und die Nöte der Pubertät in den Achtzigern, die Qualen zahlreicher Zweierbeziehungen – bis er schließlich ohne Gegenwehr geheiratet wird, um wiederum Glück und Glanz des Vaterseins zu empfinden. In »Mein Ich und sein Leben« entgeht keine Lebensphase des praktizierenden Komikers Frank Goosen der zugespitzten und pointensicheren Beschreibung: die Erinnerungen an die Schulkumpels Mücke und Pommes, an peinliche Liebesnächte und betörend schlechte Lieblingsmusik; an den entsetzlichen Dia-Abend mit aus dem Urlaub heimkehrenden Freunden oder an Eduard, der auf Borkum Geschmack an Mohnkuchen, einer jungen Bäckersfrau und einem anderen Leben findet; an die Familienmythen um Onkel Hanno, der in seinem Viertel die Stromversorgung just in dem Moment kappte, wo Rahn hätte schießen müssen – und an die schlechtesten Hotels der Republik.
In *Mein Ich und sein Leben* lässt Frank Goosen sein Ich in immer neue Rollen schlüpfen. Auf ganz wunderbare Weise fügen sich diese vielen Geschichten mit ihrem zum Teil wiederkehrenden Personal zu einer ganz neuen Geschichte zusammen – einer Geschichte über das Leben, über die Liebe und das Erwachsenwerden.

»Ein bewundernswert gescheiter Erzähler.« *Die Welt*

Der Autor
Frank Goosen, geboren 1966 irgendwo im Ruhrpott, hat sich Ruhm und Ehre als eine Hälfte des Kabarett-Duos »Tresenlesen« erworben und geht auch mit verschiedenen Soloprogrammen immer wieder auf Tournee. Sein Durchbruch war der Roman *Liegen lernen*, der viele Wochen auf der Spiegel-Bestsellerliste war und erfolgreich verfilmt wurde. *Pokorny lacht* war sein zweiter Roman. 2003 erhielt Frank Goosen den vom Literaturbüro NRW-Ruhrgebiet verliehenen Literaturpreis Ruhrgebiet.

Lieferbare Titel
Liegen lernen – Pokorny lacht

Frank Goosen

Mein Ich
und sein Leben

Komische Geschichten

WILHELM HEYNE VERLAG
MÜNCHEN

Für Fritz, Johannes, Agnes und Richard Pelzl

Verlagsgruppe Random House
FSC-DEU-0100
Das FSC-zertifizierte Papier *München Super*
für Taschenbücher aus dem Heyne Verlag
liefert Mochenwangen Papier.

Vollständige Deutsche Taschenbucherstausgabe 12/2005
Copyright © 2004 by Eichborn AG, Frankfurt am Main
Copyright © dieser Ausgabe 2005 by
Wilhelm Heyne Verlag, München,
in der Verlagsgruppe Random House GmbH
Printed in Germany 2005
Illustrationen: © Moni Port
Umschlaggestaltung: Nele Schütz Design, München, nach der Vorlage von
Moni Port unter Verwendung zweier Fotografien von Josh Westrich
Satz: KompetenzCenter, Mönchengladbach
Druck und Bindung: GGP Media, Pößneck
ISBN-10: 3-453-40108-5
ISBN-13: 978-3-453-40108-2

http//www.heyne.de

»Jeder kennt die Situation:
Man steht bis zu den Knien im Feuchtbiotop, da fällt
der Amphibienbestimmungsschlüssel in den Schlick.«
(Aus dem Fachmagazin *Umwelt*,
gefunden im *Hohlspiegel*)

Inhalt

I Bevor ich Ich war – Rumba pa ti   9
Zigaretten, so wertvoll wie Gold   10
Strike, Bossa Nova, strike!   15
Liebe ohne Raum oder: Das Haldenkind   21

II Wie ich Ich wurde –
Geschichten aus der orangenen Zeit   29
Spüli, Pommes, Mücke und ich   30
Alle meine Tiere   35
Gott segne Debbie Harry!   39
Dancing Kings   43
Bayernkurier und Penisleder   48
Dylandance   63
Eine Brücke über unruhiges Wasser   70
Ich und der Butt: Jetzt geht's los   74

III Das Ich und die anderen –
Friends and enemies of Carlotta   95
Herrje!   96
Moderne Menagen   101
Das Glück der Pinguine   104
Bad Love   110

In der Wohnung über ihm
übt Audrey Hepburn auf der Geige 120
Misstrauischer Monolog 126
Wie Ralle zum Film kam (und ich nicht) 129
Heiß und fettig 135
Hochzeit mit Ginger Rogers 141
Natürlich hätten wir nicht
zu diesem Dia-Abend gehen sollen … 147
Siebzehn für immer, achtzehn, bis ich sterbe? 152

IV Das Ich unterwegs –
Ein Fremder ist in der Stadt 159
Ich in Hotels 160
Lob der Minibar 163
Vatertag in der Selterbude des Lebens oder:
Mittagspause in Bad Oldesloe 165
Bitte verlassen Sie diesen Ort so,
wie Sie ihn vorzufinden wünschen 168
Minne menne tänään? 175
Eduard an der See mit Mohnkuchen 179

V Das Ich in der Nacht –
Gedanken beim Abtasten von Häuserwänden 193
Wenn ich Fantasie hätte 194
Nachts rede ich mit Dingen 197
Was ist Schlaf? 200
Nachtlicht 203
Art of dying 209
Parallele Welten 215

I
Bevor ich Ich war –
Rumba pa ti

Zigaretten so wertvoll wie Gold

Es ist nicht so, dass es in meiner Familie und ihrer Umgebung ausschließlich Wahnsinnige gegeben hätte. Aber manchmal, wenn man sie voneinander reden hört, wenn das Gen der Gehässigkeit und der üblen Nachrede aktiviert ist, kommt man schon ins Grübeln.

In meinem Kopf ist das alles gespeichert als das Gerede von »Erwachsenen«, auf diesen Familienfeiern aufgeschnappt und unverdaut in meinem Hirn eingelegt, haltbar wie Leichenteile in Formaldehyd. Familienfeiern: immer nur Krankheit, Tod und Seuche. Wer wieder alles an »Krepps« verreckt war und wer an Staublunge, dem Ritterschlag unter den Krankheiten in unserer Gegend.

Als Kind hatte ich immer Angst, die Erwachsenen würden sich plötzlich ausziehen und ihre Narben vergleichen, und seitdem ich mal meine Großtante Wally durch Zufall und das geöffnete Badezimmerfenster nackt gesehen hatte, wusste ich, dass auch meine Neugier Grenzen hat.

Und immer wieder Russland. Als Kind dachte ich, für die alten Männer war »Russland« das, was für die jungen Paare »Mallorca« war. Sie redeten darüber, als ob es ein missglückter Urlaub gewesen sei, zu viel Regen, zu viel Schnee, zu viel Dreck und Schlamm, zu viele Russen. Aber es hörte sich nicht an, als sei es wirklich *schlimm* gewesen. Wenn die Männer darüber redeten, dann redeten nur sie darüber, die Frauen hielten den Mund oder gingen raus oder sahen aus dem Fenster, aber sie konnten nicht mitreden, und die Männer wirkten fast glücklich. »Ach, Sie waren auch in Russland«, war ein verheißungsvoller Gesprächsauftakt, bald darauf wurde getrunken und geduzt. War denn von uns niemand in Frankreich gewesen? Niemand in Belgien oder Norwegen oder was weiß ich, was für Länder die Nazis alles überfallen hatten. Warum waren nicht wenigstens ein paar von ihnen in amerikanischer Gefangenschaft gelandet, anstatt alle »beim Russen«?

Tante Wilhelmine ist bescheuert geworden. »Wegen dem Russen«, wie alle sagen. Ihr Mann, Onkel Theo, war einer der Letzten, die aus Russland zurückkamen, '55, an der Hand von Adenauer, dem Kanzler der Alliierten. Aber was Onkel Theo da auf seinen Schultern hatte, war nicht mehr sein Kopf, das war etwas anderes. Und er war jemand anderes. Tante Wilhelmine sagte immer, und das ziemlich laut: »Ich erkenne ihn nicht wieder! Ich erkenne ihn nicht wieder!«

Onkel Theo lief die Straße rauf und runter und sammelte Zigaretten, schnorrte sie von den Passanten, sammelte Kippen aus dem Rinnstein auf und klaute sie in der Kneipe vom Nebentisch, wenn keiner hinsah. Alle wussten, dass Onkel Theo Zigaretten klaute, aber keiner sagte was, denn in Russland, wo Onkel Theo so lange gewesen war, da waren Zigaretten wertvoller gewesen als Gold. »Dat muss man sich ma überlegen«, sagte mein Großvater, der wegen eines Arbeitsunfalls von '38 nicht eingezogen worden war, nur ganz am Ende, zum Volkssturm, aber da war nicht mehr viel passiert, »dat muss man sich ma überlegen, eine Zigarette mehr wert wie ein ganzen Barren Gold!«

Wenn Onkel Theo die Leute auf der Straße um eine Zigarette bat, war das die einzige Gelegenheit, bei der er redete. Sonst kriegte er den Mund nicht mehr auf. »Ich erkenne ihn nicht mehr wieder«, sagte Tante Wilhelmine, »früher hat er Witze erzählt, ganz unanständige, er hat sogar *gesungen*. Das muss man sich mal vorstellen, ich erkenne ihn nicht wieder.« Zu Hause hat er, wenn er etwas wollte, einfach drauf gezeigt. Auf das Brot, das Salz, die Milch, die Butter. Und Tante Wilhelmine hat es ihm dann gegeben. Abends saß er in seinem Sessel und zählte seine Zigaretten. Er rauchte sie nämlich nicht, er sammelte sie nur. In einer Kiste. Dann in zwei Kisten, dann in drei. Und immer so weiter, zwei Jahre lang. Dann hat er sich umgebracht. Aufgehängt am Fensterkreuz. Und Tante Wilhelmine hat ihn gefunden, wer sonst. »Mein Gott, Theo, ich erkenn dich gar nicht wieder!«, soll sie als Erstes gesagt haben. Aber so genau weiß das keiner, denn es war ja niemand dabei, und vielleicht hat man sich nur über sie lustig gemacht.

Und dann ist Tante Wilhelmine erst mal einkaufen gegangen. Das war nötig, sie hatte keine Eier und keine Margarine mehr. Sie kaufte auch ein paar Flaschen Bier für ihren Mann, den Theo, wenn er abends beim Zigarettenzählen einen heben wollte, weil es etwas zu feiern gab, wenn er wieder etwas reicher geworden war, denn jede Zigarette war mehr wert als ein ganzer Klumpen Gold, da konnte man schon mal einen drauf trinken.

Viel später, Stunden später, ist dann die Tante Wilhelmine zur Nachbarin gegangen und hat gesagt: »Ich glaub, wir müssen 'n Krankenwagen rufen, dem Theo gehdet nich so gut.«

Zehn Jahre Russland hatte er überlebt, aber zwei Jahre neues Deutschland hatten ihm den Rest gegeben.

Für Tante Wilhelmine war ihr Mann im Krankenhaus. Natürlich, wo sonst. Schließlich ist er von einem *Kranken*wagen abgeholt worden. Und wo bringt ein *Kranken*wagen die Leute wohl hin? Natürlich ins *Kranken*haus.

Zur Beerdigung ist sie nicht hingegangen. Die halbe Straße war da, aber nicht Tante Wilhelmine. Als man sie mitnehmen wollte, hat sie gesagt, sie lasse sich nicht auf die Beerdigung von irgendwelchen wildfremden Leuten schleppen, außerdem müsse sie die Betten machen und den Flur putzen und den Müll runterbringen und die Kohlen aus dem Keller holen, und ob sich denn überhaupt jemand vorstellen könne, wie viel Arbeit man habe mit so einem Haushalt, da hat man keine Zeit, ständig auf Beerdigungen zu rennen, und jetzt lasst mich in Ruhe.

Jetzt war auch Tante Wilhelmine nicht mehr wiederzuerkennen. Sie klingelte im ganzen Haus und sagte allen, sie mache sich jetzt auf den Weg ins Krankenhaus, zu ihrem Mann. Und dann ging sie in den Stadtpark und versuchte, Tauben zu Tode zu füttern, 32 Jahre lang. Säckeweise Brotkrumen warf sie diesen dämlichen Viechern vor die Füße, und die Viecher konnten nicht aufhören zu fressen, es kamen immer mehr, und mindestens die Hälfte von denen musste eingegangen sein, zu fett geworden und an aufgeblähten Lebern verreckt. Ohne Tante Wilhelmine hätten wir hier bestimmt längst eine unglaubliche Taubenplage.

'89 traf sie der Schlag, ganz schnell, auf der Straße, auf dem Weg »ins Krankenhaus«, mit einer Tüte Brotkrumen an der Hand, die auf die Straße und den Bürgersteig rollten, als Tante Wilhelmine hinfiel.

Beim Taubenfüttern ist sie beobachtet worden, von der Frau Klappek, die meinte, Tante Wilhelmine sei übergeschnappt, was ja nun auch nicht so ganz falsch war. Frau Klappek konnte den ganzen Wirbel nicht verstehen, sie hatte nie einen Mann gehabt, weder vor dem Krieg noch danach, sie war einfach zu hässlich und zu böse, sie sah aus wie etwas, das von einem Müllwagen gefallen war, jedenfalls sagte das mein Großvater. »Die hat der Klüngelskerl verloren, und ich sach euch, der hat nich nach ihr gesucht.«

»Klüngelskerl«, so nannte man bei uns die Männer, die mit einem Pritschenwagen durch die Straßen fuhren und eine Glocke schwangen, damit man ihnen Schrott und Altmetall brachte.

Mit Frau Klappek war ich nie verwandt, jedenfalls nicht offiziell. Aber vielleicht irgendwie im Geiste. Ich stelle mir vor, wie Frau Klappek der Tante in den Stadtpark folgt, sie aus sicherer Entfernung beim Taubenfüttern beobachtet, den Kopf schüttelt und murmelt: »Die is doch übbageschnappt.«

Und ich stelle mir vor, ich selbst könnte heute dasitzen und Frau Klappek beobachten, wie sie Tante Wilhelmine beobachtet. Wenn ich es mir recht überlege, würde ich mir das Ganze am liebsten aus der Perspektive einer Taube ansehen, schließlich könnte ich mir dabei noch den Bauch voll schlagen.

Wie gesagt, es ist nicht so, dass es in meiner Familie und ihrer Umgebung nur Schwachsinnige gegeben hätte. Aber manchmal ziehe ich lieber die Mütze tiefer in die Stirn, wenn ich an einem Spiegel vorbeigehe.

Strike, Bossa Nova, strike!

Ich kann mich kaum noch an Onkel Hanno erinnern. Als er, wie man bei uns sagt, »den Arsch zukniff«, war ich noch ein »Blag«, vielleicht gerade mal zweieinhalb Käse hoch. Von Onkel Hanno ist aber ständig geredet worden, auf den Geburtstagsfeiern und Beerdigungen, auf den Hochzeiten und den Osterkaffeetrinken. Er hatte im Krieg ziemlich was auf die Mütze bekommen, im wahrsten Sinne des Wortes: irgend etwas war ihm auf den Stahlhelm gefallen und hatte ihm das Hirn durcheinander gebracht. Immerhin musste er nicht mehr an die Front, wurde aber in den letzten Kriegstagen zum Volkssturm eingezogen und musste mit einem Sechzehnjährigen unsere Straße abriegeln. Wie aussichtslos die Lage des Tausendjährigen Reiches war, mag man daran ersehen, dass man Onkel Hanno bedenkenlos ein Gewehr in die Hand gab, mit dem er dann auch gleich zwei Schäferhunde und eine Ziege erlegte und dem Blockwart ins Bein schoss. Der machte sich gleich humpelnd auf den Weg zur Gestapo, doch unterwegs fiel ihm eine amerikanische Bombe auf den Kopf, und der Blockwart ward über den ganzen Block verteilt, und Onkel Hanno ist noch mal davon gekommen.

Vorsichtshalber jedoch ist er geflohen. Ein paar Tage lang hörte niemand etwas von ihm, dann hieß es, er sei in amerikanischer Gefangenschaft – was ziemlich merkwürdig war, denn das Ruhrgebiet gehörte zur britischen Besatzungszone, und Onkel Hanno war doch wohl kaum nach Kaiserslautern oder Heidelberg gelaufen, wo die Amis saßen, lagen, standen. Ein paar Wochen behielten sie ihn bei sich, dann war ihnen klar, dass keine Gefahr von ihm ausging, und sie brachten ihn nach Hause. Bei den Amis hatte Onkel Hanno aber seinen ganz persönlichen Schlachtruf gelernt, mit dem er bis zu seinem Tode die Familie terrorisierte. Völlig unvermittelt schrie er manchmal: »Strike, Bossa Nova, strike!« Niemand wusste, was das bedeuten sollte, und allen ging es auf die Nerven, aber das war dem Onkel egal, denn er war jetzt der Familienidiot und durfte alles.

Außerdem malte Onkel Hanno. Kleine blöde Bilder, auf denen Verwandte zu sehen sein sollten. Tatsächlich sah alles aus, als hätte man einen Frosch auf weißem Papier totgeschlagen. Aber der Onkel hatte ja sonst nichts, an dem er sich erfreuen konnte, also sagten alle, die Bilder seien wirklich sehr schön. Onkel Hanno baute sich selbst Rahmen aus einfachem Holz und einer Scheibe Glas und rahmte seine Bilder wie Kunstwerke eines genialen, aber leider schwachsinnigen Geistes. Er ließ es sich nicht nehmen, die Produkte seiner Kreativität in den Wohnungen aller wohlmeinenden Verwandten und Bekannten, die sich nicht deutlich genug wehrten, aufzuhängen, und zwar höchstselbst. Zu diesem Zwecke hatte er sich von seinem Bruder, der ihm gesetzlich vorgesetzt war, eine ganz eigene Bohrmaschine erbettelt, und so zog Onkel Hanno von Haus zu Haus, bohrte Löcher und hängte seine gerahmten Kunstwerke in jedermanns Wohnung auf. Die Bohrlöcher passten den Leuten nicht, aber sie ließen Hanno machen, immerhin war er bescheuert.

Es gibt viele Geschichten über Onkel Hanno, die alle zur Familienmythologie gehören, aber besonders gern erzählen Zeitgenossen die aus dem Juni 1954. Die ganze Siedlung war obenauf, denn Fritz und Ottmar, der Boss, Toni, der Chef und all die anderen standen im Finale und wussten selbst nicht, wie sie dahin gekommen waren. Jetzt ging es noch mal gegen die Ungarn, die uns in der Vorrunde mit acht zu drei eingesargt hatten. Aber heute war Finale, sagten alle, die Karten wurden neu gemischt. Als in Bern angepfiffen wurde, saß die ganze Familie, sogar die Frauen, und noch einige Leute aus der Nachbarschaft vor dem Radio meiner Urgroßeltern, jenem Gerät, über das schon Goebbels zum totalen Krieg gebrüllt, und den das Gerät wie zum Trotz überlebt hatte. In Bern nieselte es.

»Dat is dem Fritz sein Wetter«, zitierte mein Uroppa den Chef, denn Nieselregen, das war Fritz-Walter-Wetter, damit kam der gut klar, und das war ja schon mal die halbe Miete. Und die Ungarn waren bestimmt ganz anderes Wetter gewohnt. Welches, war nicht ganz klar, aber bestimmt ganz anderes.

Onkel Hanno erschien als Vorletzter, unterm einen Arm ein selbst gemachtes Bild der deutschen Fußballnationalmannschaft mit allen Spielern nebst Ersatzkräften, dem Chef und noch dem letzten Ballaufpumper, unterm andern Arm die Bohrmaschine.

»Na, Hanno«, sagte meine Uromma, »dat mit die Bohrmaschine vergessenwa heute abba ma!«

»Strike, Bossa Nova, strike!«, rief der Onkel und präsentierte sein neuestes Werk.

»Wat is dat denn?«, wollte meine Uromma wissen. »Dat sieht ja aus wie verdaut!«

Es wurde Bier getrunken, obwohl es erst Nachmittag war, und auch Onkel Hanno bekam eine Flasche, obwohl er das nicht vertrug, aber es war ja Finale, da konnte man mal eine Ausnahme machen.

Der alte Herr Stankowski kam ein paar Minuten zu spät und blieb im Türrahmen stehen. Er sagte, er habe noch seine Zähne suchen müssen. Dummerweise hatte er sie nicht gefunden. Wenn er Wörter mit ›s‹ sprach, rotzte er Tante Hilde auf den Dutt.

Die anfänglich heitere und gelöste Stimmung verschwand, als die Ungarn schon nach acht Minuten zwei zu null führten, durch Tore von Puskas und Czibor. Onkel Hanno hatte nach beiden Toren begeistert seinen Schlachtruf losgelassen und in die Hände geklatscht. »Halt's Maul, du Idiot, oder ich schmeiß deine letzten Gehirnzellen auch noch in die Pfanne«, sagte meine Uromma. Der Umgangston in unserer Familie war schon immer eher zupackend.

»Tja«, kommentierte mein Uroppa den Zwischenstand, »da is wohl nix zu machen. Da wolltense dem Paster auf die Mütze scheißen, aber dann hatterse noch abgesetzt.« Niemand wusste, was das bedeuten sollte, denn wenn der Paster die Mütze abgenommen hatte, dann konnte man ihm direkt auf den Kopf scheißen, und das war doch eindeutig besser als nur auf die Mütze. »Ich habbet ja gleich gesacht!«, meinte mein Uroppa und hatte schon mit allem abgeschlossen.

»Waat ma app!«, mahnte Herr Stankowski und nässte zum wiederholten Male Tante Hildes Hinterkopf, obwohl in dem Satz gar kein ›s‹ vorgekommen war.

Zwei Minuten später nur erzielte der große Max Morlock dann den Anschlusstreffer, und als sich alle fast die Seele aus dem Leib gejuchzt hatten, rief mein Uroppa: »Morgenluft!«

Acht Minuten später war der Boss zur Stelle: Helmut Rahn machte ihn rein, und alles war wieder offen. »Habbich doch gleich gesacht!«, meinte mein Uroppa. »Nich so schnell den Hering wieder innet Wasser werfen!« Alle pflichteten ihm bei. 27 nervenaufreibende Minuten später ging man in die wohlverdiente Pause.

In der zweiten Halbzeit ging es hoch her, wie man sich denken kann und wie immer wieder erzählt wurde. Die Magyaren, allen voran der große, edle Ferenc Puskas, pflügten die deutsche Hälfte, bis man Steckrüben hätte säen können. Posipal, Kohlmeyer, Eckel, Liebrich, Mai, Rahn, Morlock, Schäfer, Fritz und Ottmar standen wie eine Eins, und wenn sie mal nicht standen, war da noch der Turek, der Toni, der Fußball-Gott. Es war allerhand los im Wohnzimmer meiner Urgroßeltern, und bald waren alle besoffen, aber nicht nur vom Bier. Onkel Hanno rutschte auf seinem Stuhl hin und her und bekam es wohl langsam mit der Angst. Die Spannung war kaum noch erträglich. Es ging dem Ende zu.

Und irgendwann hielt es Onkel Hanno nicht mehr aus. Er stand auf und irrte durch die Wohnung, von niemandem beachtet, denn im Äther entschied sich Deutschlands Schicksal. Aus dem Wohnzimmer hörte er immer wieder lautes Rufen und Aufstöhnen, dass es auch einem bange werden konnte, der im Krieg nichts auf die Mütze bekommen hatte.

Und so griff Onkel Hanno bald nach dem gerahmten Bild der deutschen Treter-Helden sowie nach der vom Bruder geschenkten Bohrmaschine und suchte ein schönes Plätzchen in der Diele, wo er sein Werk anbringen konnte.

Es waren nur noch sechs oder sieben Minuten zu spielen. Jeder Schuss konnte das Ende bedeuten. Die Stimme des Herrn Zimmermann im Radio überschlug sich fast. »Puskas schießt, gehalten auf der Torlinie, Toni, Toni, du bist Gold wert. Halten Sie mich für verrückt!«

Onkel Hanno hatte inzwischen einen schönen Platz für sein Bild gefunden. Gegenüber der Wohnungstür sollte es sein, damit man es beim Hereinkommen sofort sah, gleich neben dem Sicherungskasten.

Kaum einer hörte das Rasseln der Bohrmaschine, obwohl alles

sonst still war, denn alles hielt den Atem an, als der Herr Zimmermann rief: »…und aus dem Hintergrund müsste Rahn schießen, Rahn schießt und…« Und dann verstummte der Herr Zimmermann, und das Licht ging aus, und das Rasselgeräusch der Bohrmaschine verstarb ganz langsam, und alle waren wie vor den Kopf geschlagen und starrten den stummen Haufen Holz an. Niemand rührte sich. Dann hörte man von draußen laute Panik-Schreie: »WASNDALOS!? WELCHE SAU WAR DAS? STEHT DER RUSSE VOR DER TÜR?« Mein Uroppa stürzte ans Fenster, riss es auf und war bald darauf in einen heftigen Wortwechsel mit so ziemlich allen Nachbarn der näheren Umgebung verwickelt: In der ganzen Straße, ja offenbar im ganzen Viertel war der Strom weg! Und natürlich hatte es alle im selben Moment erwischt: »…aus dem Hintergrund müsste Rahn schießen, Rahn schießt und…« Und bald darauf war das Spiel aus, aus, aus, aber das ahnten alle nur, und alle fragten sich, sind wir jetzt wieder wer oder nicht? Und dann ging meinem Uroppa auf, wer nur dafür verantwortlich sein konnte. Er rannte in die Diele und fand Onkel Hanno völlig fassungslos die noch in der Wand steckende Bohrmaschine umklammernd. Mit vor Schreck geweiteten Augen murmelte der Onkel: »Strike, Bossa Nova, strike?«

Da sagte mein Uroppa nur: »Hanno, du biss bescheuert.« Und Onkel Hanno lächelte glücklich, denn diese Feststellung war nicht zu leugnen.

Dann kam Herr Stankowski dazu, mit hektischen Flecken im zahnlosen Gesicht, und rief: »Wat is, ham wa den Gulaschfressern getz in die Hütte gekackt oder nich?«

Uroppa blaffte zurück: »Stankowski, rotz mi ni an!«

Kurz darauf saßen alle wieder im Wohnzimmer und beluden sich mit allem, was da war. Und in der Nachbarschaft war man mittlerweile auf die Idee gekommen, zum Telefon zu greifen, und bald wussten es alle: Man war wieder wer.

Noch Jahre später war man sich einig, dass es ohne Onkel Hanno und die Bohrmaschine und den Stromausfall nicht halb so schön gewesen wäre, und nie hat man sich in meiner Familie für Fernseh-Live-Übertragungen und siebzehn Zeitlupen zu einem Tor begeistern können.

Und als Onkel Hanno 1974, kurz bevor Herbergers Erben in München den Holländern zeigten, wo der Käse wächst, an den Spätfolgen seiner Kriegsverletzung starb, ließ es sich mein Uroppa nicht nehmen, ihm höchstselbst etwas in den Grabstein zu meißeln. Und das findet ihr auf keinem Stein, wohl in der ganzen Welt. »Strike, Bossa Nova«, steht dort, »strike!« Und dadrunter: »Er war bescheuert. Aber wir hatten eine Menge Spaß mit ihm.«

**Liebe ohne Raum
oder:
Das Haldenkind**

Als ich schon aus dem Alter raus war, wo man an Bienchen und Blümchen glaubt, die Wahrheit über das Kinderkriegen aber noch nicht fassen kann, habe ich meinen Vater mal gefragt, wo ich denn herkäme. Er tat so, als sei er mit wichtigen Staatsgeschäften befasst und schickte mich zu meiner Mutter. Die schüttelte den Kopf und sagte, ich solle meinem Vater ausrichten, er solle sich nicht so anstellen. Seufzend meinte mein Vater, ich sei ein »Haldenkind«, was mich auch nicht weiterbrachte. Erst Jahre später war ich alt und reif genug für die Wahrheit. Und die hatte mit knappem Wohnraum zu tun.

Als sie sich kennen lernten, war meine Mutter neunzehn, mein Vater noch ein halbes Jahr jünger. In der Tanzschule »Bobby Linden« war dieser gut aussehende, schmale junge Mann mit dem »Fassongschnitt« und der Zahnlücke auf sie zugetreten, hatte sich etwas steif verneigt – wobei ihm diese kleine Tolle, die wie ein Vordach über seiner Stirn thronte, ein wenig ins Gesicht fiel- und sich als »Goosenowski« vorgestellt, »Werner Goosenowski«. Ach Gott, dachte meine Mutter, einer mit ›ki‹ hintendran! Aber gesagt hat sie nichts, vielleicht weil meinem Vater das Haar so verwegen übers Auge hing, vielleicht weil er es mit einer so imponierenden Hand- und Armbewegung wieder in die Ausgangslage brachte, dass sie gespannt war, was er noch auf Lager hatte. Sie schenkte ihm den nächsten Tanz. Meine Mutter behauptete später, es sei eine Rumba gewesen, während mein Vater daran festhielt, es könne nur ein Cha-Cha-Cha gewesen sein, da er immer Schwierigkeiten mit der Rumba gehabt und sich wohl nie getraut hätte, meine Mutter ausgerechnet dazu aufzufordern. »Ich kann dazu nur sagen«, meinte meine Mutter an meinem achtzehnten Geburtstag, als wir uns darüber unterhielten, »dass es deinem Vater völlig egal war, wobei er mir auf die Füße trat. Ich glaube, Rumba hielt er für eine Eissorte.«

Jedenfalls tanzten sie, und meine Mutter dachte, meine Güte, einer mit ›ki‹ hintendran und noch dazu mit dem Rhythmusgefühl einer Milchkuh. Mein Vater dachte nichts, weil er seine Schritte zählen musste. Und später fragte er dann: »Fräulein Droste, darf ich Ihnen die Handtasche nach Hause tragen?« Er durfte. Und wahrscheinlich dachte meine Mutter: Wollen mal sehen, ob er wenigstens dazu zu gebrauchen ist.

Damals war die Welt noch in Ordnung, hatten englische und amerikanische Radaubrüder noch nicht die Lufthoheit im Äther und in den Hitparaden. Als meine Mutter sich von meinem Vater nach Hause bringen ließ, hatte Siw Malmkvist die Nase vorn, und zwar mit *Liebeskummer lohnt sich nicht*. Aber mein Vater hatte keinen Grund, sich für diesen Schlager zu interessieren, denn seine bemüht lockere Einladung zu einer Tasse Kaffee und einem Stück Kuchen nahm meine Mutter errötend und die Augen niederschlagend an. Meine Mutter war immer stolz darauf, dass sie auf Kommando erröten konnte, und auch diesmal verfehlte es seine Wirkung nicht.

Als der Spätsommer in den Frühherbst überging und die beiden sich häufiger trafen, kam der Soundtrack dazu von Peter Lauch: *Das kommt vom Rudern, das kommt vom Segeln*. Und kurz vor Weihnachten, als mein Vater seinem überaus skeptischen späteren Schwiegervater vorgestellt wurde, war die Nummer eins Roy Orbison und *Pretty Woman*. Immerhin.

Es muss in diesem Winter gewesen sein, 1964/65, dass meine Eltern sich in jeder Hinsicht näher kamen. Doch sie teilten das Schicksal vieler junger Paare dieser Zeit, ihre Liebe war nicht nur ohne Maß, sondern vor allem ohne Raum. Meine Mutter hatte als Einzelkind tatsächlich ein eigenes Zimmer, aber mein Vater teilte sich seines mit seinem älteren Bruder, der noch immer nicht unter der Haube war.

Einmal trafen sie sich, während der Vater meines Vaters und mein Onkel unter Tage und die Mutter meines Vaters beim Damenkränzchen war. Mein Vater servierte meiner Mutter formvollendet ein kleines Glas herrlich süßen Weines, und meine Mutter stellte züchtig die Beine in Parallelstellung vor die Sofakante. Sie redeten und lachten, und meine Mutter fand den jungen Mann witzig und seine Zahnlücke sexy, obwohl sie vor allem Letzteres nicht zugegeben hätte.

Sie war nicht das, was man eine »erfahrene Frau« nannte, aber sie hatte sich schon etwas umgetan, um nicht dem erstbesten Fassonschnittträger auf den Leim zu gehen. Sie war ein paar Mal mit einem Schlagersänger ausgegangen, der auf dem Sommerfest der Tanzschule aufgetreten war. Von der Bühne herab hatte er sie angelächelt, als er seine Interpretation vom *Babysitterboogie* schmetterte. Nach dem Fest stand sie allein an der Bushaltestelle, und plötzlich stand er neben ihr wie aus dem Boden gewachsen, bot an, sie in seinem Auto nach Hause zu fahren. Als meine Mutter ablehnte, bat er, sie doch wenigstens zu einem Kaffee wiedertreffen zu dürfen. Mehr um ihn loswerden denn aus echtem Interesse willigte meine Mutter ein. Meine Großmutter war ganz begeistert. Ein Schlagersänger in der Familie, das würde schon was hermachen und wäre sicher auch finanziell nicht uninteressant. Ob er ihr denn wohl ein Autogramm von Freddy Quinn besorgen könne. Der Schlagersänger stellte sich jedoch als ähnlich einfältig heraus wie seine Texte, und meine Mutter verlor bald das Interesse an ihm, ohne dass es zum Äußersten gekommen wäre. Heute sieht man ihn manchmal im Fernsehen, wenn zu Recht vergessene Helden der Sechziger zu einem mehr oder weniger peinlichen Revival unter der Anleitung von Dieter Thomas Heck zusammengerufen werden. Der Schlagerfuzzi hätte mein Vater sein können. Glück gehabt.

Etwas ernster war es zwischen meiner Mutter und dem Sohn einer im ganzen Ruhrgebiet tätigen Gerüstbaufirma geworden. Auch hier witterte meine Großmutter die Chance einer finanziellen und sozialen Besserstellung. Ein paar Monate konnte sie den Träumen nachhängen, dass ihre Tochter eine gute Partie mache. Dann jedoch fand meine Mutter, dass der Gerüstbauerssohn sie nicht genug zum Lachen bringe, und kündigte ihm.

Jetzt also Werner Goosenowski. Sie saßen einander gegenüber, und mein Vater lächelte immer etwas verkrampft, weil er seine Zahnlücke verbergen wollte. In seinem Oberkiefer standen die beiden Schneidezähne so weit auseinander wie zwei Verwandte, die einander nicht ausstehen konnten. Wenn man genau hinsah, konnte man auf die Idee kommen, sie drehten sich sogar voneinander weg, drehten einander den Rücken zu, wenn man bei Zähnen überhaupt davon sprechen kann.

Mein Vater verfügte kaum über praktische Erfahrungen in der Handhabung von Frauen. Dabei war er handwerklich begabt, hatte schon eine Lehre als Elektriker hinter sich und kannte sich auch mit Starkstrom aus. Ein paar Mal hatte er sich mit Adelheid getroffen, der Tochter vom alten Kuczinski, der mit meinem Großvater einfuhr und kurz vor der Rente stand. Der hatte schon zwei erwachsene Kinder von seiner ersten Frau, die ihm früh weggestorben war. Um die Kinder zu versorgen, hatte er bald wieder geheiratet, und nach ein paar Jahren war die Frau schwanger geworden, obwohl das nicht geplant war. Adelheid war nur einen Tag jünger als mein Vater, und genau darüber waren sie sich näher gekommen, bei einem Sängerfest, an dem mein Großvater mit seinem Gesangsverein teilgenommen hatte. Ich glaube, Adelheid und mein Vater hatten sich nicht viel zu sagen, denn die Adelheid war ein stilles Mädchen, das nicht viel zu lachen hatte, weil sie ein unerbetenes Kind war. Ihr Vater wollte sie lieber heute als morgen aus dem Haus haben, weshalb er meinem Großvater in den Ohren lag, dass die Adelheid und mein Vater doch prima zusammenpassen würden. Mein Großvater fand das auch und wollte sie meinem Vater schmackhaft machen, der sich, meinem Großvater zuliebe, auch die größte

Mühe gab. Als aber meine Mutter ins Spiel kam, hatte Adelheid keine Chance mehr.

Also, als mein Vater und meine Mutter einander gegenübersaßen und noch nichts ahnten von den platzenden Magengeschwüren, den verpfuschten Herzoperationen, dem Leber- und dem Speiseröhrenkrebs und dass ihnen nur noch dreißig Jahre blieben, da wurde mein Vater nach dem zweiten Glas Wein ein wenig mutiger und fragte an, ob meine Mutter sich vorstellen könnte, das »Du«, das er ihr anbieten wolle, anzunehmen. Meine Mutter dachte, von dir würde ich alles annehmen, ich würde mir sogar ein Kind von dir schenken lassen, aber das sagte sie nicht, sondern sie hob nur ihr Glas und prostete meinem Vater zu, und der stieß mit ihr an und sagte: »Ich bin der Werner!«, und meine Mutter sagte: »Ich bin die Marita!« Dann verschlangen sie ihre Unterarme, weil das so üblich war, wenn man Brüderschaft trank, aber dafür musste mein Vater zu meiner Mutter auf das Sofa wechseln. Er wollte sie auf die Wange küssen, aber sie hielt ihm gleich den Mund hin. Beiden schoss das Blut in die Füße und von dort wieder in den Kopf zurück, und das gleich ein paar Mal. Als der eine von der anderen schon wieder ablassen wollte, zog sie ihn an seinem schmalen, dunklen Schlips und schlang die Arme um ihn. Es kam zu einem recht angenehmen Handgemenge, und als es begann, noch etwas angenehmer zu werden, stand plötzlich meine strenge Großmutter im Raum, denn das Damenkränzchen hatte früher Schluss gemacht. Sie fragte donnernd, was denn hier los sei, obwohl das doch deutlich zu sehen war. Ihr Sohn zuckte zusammen, rutschte von meiner Mutter, vor allem aber vom Sofa herunter und schlug mit dem Hinterkopf auf die Kante des Wohnzimmertisches. Er bekam gerade noch mit, dass meine Mutter sich die Hand vor den Mund hielt, weil sie ein Lachen nicht unterdrücken konnte. Er dachte noch, dass er das ziemlich unpassend fand, und dann wurde es dunkel um ihn.

Als er wieder zu sich kam, stand meine Mutter am Fenster und unterdrückte noch immer ein Lachen, aber gleichzeitig weinte sie auch ein bisschen, denn meine Großmutter hatte ihr ziemlich die Hölle heiß gemacht. Das Wort »Flittchen« stand im Raum. »Das fällt doch alles auf mich zurück!«, wies meine Großmutter auf den Paragraphen im Gesetzbuch hin, der Kuppelei zu einem Kapitalverbrechen erklärte.

Mein Vater ignorierte das Dröhnen in seinem Kopf, ging zu meiner Mutter, legte ihr eine Hand auf die Schulter und sagte: »Das ist die Marita. Wir haben nur die Rumba geübt.« Meine Mutter sagte: »Da hat der Werner nämlich noch Schwierigkeiten!«, drehte sich um, wischte sich die Tränen ab, lachte ihn an und ordnete ihm den Schlips.

Es kam dann noch zu ähnlich unangenehmen Situationen, wenn meine Eltern die Rumba übten. Mal stand einer der Großväter im Zimmer, mal der Bruder und einmal sogar der Nachbarsjunge, was beinahe eine Anzeige wegen Erregung öffentlichen Ärgernisses nach sich gezogen hätte, denn der arme Junge rannte heulend aus dem Haus, weil er noch nie eine Frau in einem schwarzen BH gesehen hatte. Vielleicht hatte ihm aber auch der Gesichtsausdruck meines Vaters Angst gemacht, der sich seit einigen Minuten mühte, das verdammte Ding aufzuhaken.

Richtig ungestört waren die beiden nur, wenn sie sich mit dieser karierten Wolldecke, die noch zwanzig Jahre später bei uns im Schrank lag, auf das Gelände der Zeche »Constantin« schlichen, um alle möglichen Tänze zu üben, Standard und Latein – was dem Begriff »Schmutziger Sex« eine ganz neue Bedeutung verleiht. Und als meine Eltern mir verrieten, dass sie eine eigene

Wohnung erst nach ihrer Hochzeit beziehen konnten, meine Mutter mich zu diesem Zeitpunkt jedoch schon unter dem Herzen trug, habe auch ich endlich begriffen, wieso ich ein »Haldenkind« bin.

II
Wie ich Ich wurde –
Geschichten aus der
orangenen Zeit

Spüli, Pommes, Mücke und ich

Als ich klein war, hatte ich drei Freunde, die hießen Spüli, Pommes und Mücke. Zusammen waren wir ein schon phänomenologisch skurriles Pandämonium präpubertärer Merkwürdigkeiten. Zusammen und in der richtigen Reihenfolge sahen wir aus wie eine Treppe.

Spüli hatte seinen Spitznamen schon sehr früh und auf unspektakuläre Weise bekommen, es war einfach die Abkürzung seines Nachnamens Spülberger, Vorname Hans-Jürgen.

Pommes war eigentlich auf Michael Jendritzki getauft, und teilte sich seinen Rufnamen deshalb mit einem in unserer Gegend sehr beliebten Nahrungsmittel, weil er genauso aussah: Seine Hautfarbe spielte immer ins Ungesunde, und er war für unsere Begriffe damals schon ungeheuer lang und dürr. Außerdem hatte er meistens fettige Haare.

Mücke wiederum lief in der Eigentumsliste seiner Eltern eigentlich unter der Typenbezeichnung Mircea Kuwelko, war aber so klein, wieselflink, hektisch und gleichzeitig so bissig, dass für ihn nur der Name eines Insektes in Frage kam.

Es war im Sommer, in der Zeit, als alles orange war, sogar die Telefone. Als die Hosenbeine unten noch glockenförmig auseinander strebten, im Fernsehen Banner Körpergeruch bannte, Walter Sparbier Geld brachte und Leute, die unsere Väter »Terroristenschweine« schimpften, Flugzeuge entführten und Männer erschossen, von denen wir nie gehört hatten. Supsersexyflowerpopopcola, wirklich alles war in Afri-Cola, und dazu sah man Nonnen hinter Milchglas. Ein Mann brauchte nur drei Dinge, nämlich Feuer, Pfeife Stanwell. Kim war für Männerhände viel zu zart, mit Tosca kam die Zärtlichkeit, und mein erster Berufswunsch lautete »Hustinettenbär«.

Samstags lief *Disco* mit Ilja Richter (»Licht aus! Wromm! Spot an! Da ist sie: Susi Schmidt aus Dortmund!«), die ARD schoss zurück mit *Plattenküche:* Habbahabbasuttsuttoderabawattwattwattdann!

Die Frage, ob Karl-Heinz Köpcke einen Schnäuzer tragen durfte, spaltete die Nation, und Helmut Kohl wollte Freiheit statt Sozialismus. Es gab Sendeschluss und Testbild, Hans Rosenthal war spitze und Kuli arrogant. Plötzlich gab es lauter Spülmittel, die das Abtrocknen überflüssig machten und nebenbei auch noch prima die Hände pflegten, unsere Waschmaschine marschierte beim Schleudern durch die halbe Wohnung, putzende Frauen sprachen mit ihrem Spiegelbild, und Stahl Fix ließ alles wieder glänzen. Die Bee Gees verloren ihre Hoden, sangen aber trotzdem weiter. John Travolta trug dazu einen weißen Anzug und zeigte rhythmisch an die Decke. Luke Skywalker sprengte den Todesstern, aber Darth Vader kam noch rechtzeitig raus. Der nächste Winter kam bestimmt, und dann trank man am besten Schlehenfeuer. Man hatte immer ein paar Goldnusspärchen in der aufklappbaren Hausbar stehen. Wie aber sollte man Wirgley's Spearmint kauen? Die waren so groß, dass man sie unter dem Arm tragen musste!

In unseren Jackentaschen trugen wir gern täuschend echt aussehende automatische Pistolen spazieren.

Nach der Schule, wenn wir unseren Eltern und den Hausaufgaben entkommen konnten, trafen wir uns an der »Bahne«, einem alten Bahngelände, wo Gras zwischen den Schwellen wuchs.

In diesem Sommer hatte Mücke von seinem Bruder, der einige Jahre älter war, ein neues Wort gelernt, das sich ziemlich gefährlich anhörte: »Ficken«. Schlimmes schien sich dahinter zu verbergen. Es sollte mit Männern und Frauen zu tun haben, so viel wenigstens war durchgesickert. Mückes Bruder hatte gerade seine erste Freundin, die angeblich viel älter war als er selbst, und wenn er nachts aus dem Fenster der Parterre-Wohnung seiner Eltern kletterte, erkaufte er sich das Schweigen seines im gleichen Zimmer schlafenden Bruders mit der Schilderung dessen, was er mit dieser Frau angeblich trieb. Zunächst ging er offenbar nicht in medias res, sondern ließ einfach Wörter wie das vorgenannte fallen und stellte damit seinen Bruder erst einmal zufrieden. Aber wie das so ist: Wer angefüttert ist, will mehr, wer einmal die Bestie von weitem sah, will ihr auch in den Rachen schauen. Mücke setzte schließlich seinen Bruder unter Druck, ihm unbedingt zu erklären, was »Ficken« bedeutete. Und irgendwann gab sein Bruder nach.

Am nächsten Morgen kam Mücke völlig verstört in die Schule und ging uns den ganzen Morgen aus dem Weg. Wir machten uns nicht viel draus. Am Mittag, als wir, unsere topmodernen Scout-Tornister vorschriftswidrig (aber cool) unter dem Arm tragend, dem mütterlichen Mittagessen entgegenstreunten, sagte Mücke mit Verschwörermiene, er müsse uns heute dringend an der Bahne sprechen, er habe uns etwas Unglaubliches zu erzählen. Wir sahen ihn nur an und versuchten zu verbergen, wie gespannt wir waren.

Und Mücke platzte heraus: »Mein Bruder hat mir gesagt, was Ficken ist!«

Natürlich war es augenblicklich vorbei mit unserer juvenilen Contenance. Nach einer kurzen Schrecksekunde bestürmten wir Mücke (völlig uncool) mit allen Fragen, die uns so quälend lang schon im Kopf herumgeisterten. Als aber Mücke erkannte, dass er mit dieser Ankündigung der Champ des Tages war, grinste er nur breit und verschränkte die Arme vor seiner schmalen Brust. Es war heiß, und die Sonne träufelte uns Schweißperlen auf die Stirn. Über unsere hektischen Fragen hinwegredend, verschob er die Befriedigung unseres Informationsbedürfnisses auf den Nachmittag. Erhobenen Hauptes und scheinbar ein wenig gewachsen, verabschiedete sich Mücke wie ein Initiierter, der kopfschüttelnde Nichtswisser hinterlässt.

Das Mittagessen – an diesem Tag »Möhren-Durcheinander« – zog sich hin, und als ich endlich den letzten Löffel dieser ekelhaft gesunden, orangefarbenen Pampe hinuntergewürgt hatte, mahnte meine Mutter wie jeden Nachmittag die Anfertigung der Hausaufgaben an.

Danach konnte ich Heft und Buch in meine »Tonne« (ugs. für »Tornister«) zurückpfeffern, aus der Wohnung stürzen und mich auf den Weg zur Bahne machen. Als ich ankam, war ich ein wenig außer Atem, ich hatte mich offenbar sehr beeilt, aber Pommes und Spüli waren schon da, und ihren roten Gesichtern war anzusehen, dass sie ebenfalls nicht getrödelt hatten.

Nur Mücke fehlte noch.

Wir saßen in der prallen Sonne und warteten. Es erinnerte an den Anfang von *Spiel mir das Lied vom Tod*.

Dann endlich kam Mücke.

Ich weiß nicht, ob es Absicht war, aber jedenfalls kam er direkt aus der Sonne auf uns zu. Wir bemühten uns, Haltung zu bewahren, was uns sicher nur unzureichend gelang. Mücke schien die Ungeheuerlichkeit seines Wissens mittlerweile verarbeitet zu haben und spielte den Abgeklärten, fragte uns, wie unser Mittagessen gewesen sei und ob wir auch brav unsere Hausaufgaben gemacht hätten. Wir bedachten ihn mit einigen unfreundlichen Worten und forderten ihn auf, endlich zur Sache zu kommen.

»Wisst ihr«, begann er, verschränkte wieder die Arme vor der Brust und gab sich Mühe, wie ein Erwachsener zu klingen, »mein Bruder fickt eine ganze Menge. Seine Perle« – wieder ein neues Wort – »kann nämlich nicht genug davon kriegen, und mein Bruder fickt die fast jede Nacht ordentlich durch.«

Durchficken, aha.

»Ist ja schon gut, Mücke, was ist es denn nun?«

»Ficken«, sagte Mücke und ließ das Wort über seine Zunge rollen wie eine Weinbrandbohne, »Ficken, meine lieben Freunde, das ist …«, hier legte er noch eine Kunstpause ein, »… wenn zwei sich anpinkeln.«

Eine Stille entstand.

Irgendwo wurde eine Autotür zugeschlagen.

»Ist das dein Ernst?«, fand Pommes als Erster seine Sprache wieder.

»Mein voller Ernst!«

»Aber das ist doch ekelhaft!«, gab ich zu bedenken.

»Ich habe mir schon gedacht, dass es so ein Scheiß ist«, ließ sich Spüli vernehmen. »Wenn's schon um Mädchen geht, ehrlich!«

»Na hör mal«, griff Mücke wieder ein, der seinen guten Ruf schwinden sah, »die Erwachsenen machen es von morgens bis abends. Oder würden es jedenfalls machen, wenn sie nicht arbeiten gehen müssten. Eure Eltern machen es auch. Jede Nacht.«

»Komm, erzähl nicht so einen Scheiß über meine Eltern!«, rief Spüli.

»Meine Eltern pinkeln sich auch nicht an!«, war ich mir sicher.

»Dein Bruder hat Blödsinn erzählt«, meinte Pommes.

»Das ist nicht wahr!«, rief Mücke, »Ficken ist, wenn zwei sich anpinkeln, das stimmt auf jeden Fall. Mein Bruder macht es doch ständig, er muss es wohl wissen.«

»Dann müsste es ja im Schlafzimmer meiner Eltern so riechen wie bei uns auf dem Klo, und das tut es nicht.«

»Aber wenn er mich anlügt, verpfeife ich ihn bei meinen Eltern, weil er nachts aus dem Fenster klettert.«

Doch auch das konnte uns nicht überzeugen. Wir konnten uns einfach nicht vorstellen, was unsere Eltern daran finden sollten, sich gegenseitig anzupinkeln. Mir persönlich wurde schon schlecht, wenn ich nur daran dachte. Wenn es das war, was zwischen Männern und Frauen passieren sollte, dann wollte ich nichts damit zu tun haben.

Alle meine Tiere

In der orangenen Zeit hatte ich drei Wellensittiche, eine Schildkröte, zwei Meerschweinchen und eine sehr fette Katze, wenn auch nicht gleichzeitig.

Der erste Wellensittich hörte rätselhafterweise auf den Namen Koko und sah aus, wie Wellensittiche nun mal aussehen. In der Hauptsache war er grün, aber das Gelb auf seinem Kopf ließ auf eine schwere Lebererkrankung schließen. Koko hätte beim Wettbewerb zum faulsten Wellensittich der Welt drei Jahre hintereinander mit Abstand den ersten Platz belegt. Er war in der Lage, geschlagene fünf Stunden auf seiner voll geschissenen Stange zu hocken und etwa so viel Aktivität zu zeigen wie ein Leguan unter Vollnarkose. Einmal am Tag durfte er aus dem Käfig, drehte zwei Runden durchs elterliche Wohnzimmer, hockte sich wieder auf seinen Platz und knabberte lustlos an dem Hirsemast herum, den meine Mutter ihm in den Käfig hängte. Wir hätten nie gedacht, dass Koko noch fauler hätte werden können, doch tatsächlich schaffte er es irgendwann, sich ganze drei Tage nicht von der Stelle zu rühren. Dann fiel uns auf, dass er sich auch für den Hirsemast nicht mehr interessierte. Nach weiteren drei Tagen wagte mein Vater die Vermutung, der Atem des Lebens sei aus ihm gewichen, er sei, um es mit den Worten von John Cleese zu sagen: ein Ex-Wellensittich. Wir begruben ihn im Garten der Nachbarn, während die verreist waren.

Der zweite Wellensittich hieß auch Koko, in Erinnerung an den ersten. Und auch dieser Vogel war etwas ganz Besonderes, er war nämlich ganz besonders blöd. Mehrmals am Tag flog er gegen die Wand oder das Fenster, oder er landete im Spülwasser und konnte nur durch das beherzte Eingreifen meiner Mutter vor dem Ersaufen gerettet werden. Eines Tages war es jedoch um ihn geschehen, als er nämlich in das siedende Fett der Fritteuse flog, in der meine Mutter gerade Pommes frites zubereitete. Da ich zu dieser Zeit mit einer schweren Grippe zu Bett lag und meine Eltern glaubten, mir die Nachricht vom Tod des dämlichen Sittichs nicht zumuten zu können, kauften sie noch am gleichen Tage heimlich einen neuen. Was es an diesem Tag zu essen gab, weiß ich glücklicherweise nicht mehr.

Der dritte Wellensittich – von dem ich ja lange annahm, es sei noch der zweite – musste natürlich auch Koko heißen, aber er war weder faul noch blöd, sondern überaus intelligent und ziemlich aktiv, flog den ganzen Tag in der Wohnung herum und fing schon nach zwei Tagen an, mir nachzusprechen, wenn ich ihm »Koko lieb« oder »Koko blöd« vorsprach. Ich wunderte mich, dass er nicht mehr gegen die Wände und ins Spülwasser flog, aber meine Mutter sagte, er habe früher wohl nur Spaß machen wollen und sei dann erwachsen geworden.

Zu den uninteressantesten Tieren unter der Sonne gehören definitiv Schildkröten. Meine hieß Felix – der Glückliche –, hatte aber ziemliches Pech. Im Winter setzte ich Felix in eine mit Torf gefüllte Holzkiste in den Keller, wo er dann bis zum Frühjahr bewusstlos vor sich hin dämmern sollte. Vielleicht wurde es im Keller irgendwann unnatürlich warm, jedenfalls kriegte er schon im Februar Frühlingsgefühle, versuchte aus der Kiste zu klettern, fiel dabei auf den Rücken und ging ein.

Warum meine Eltern mir zu meinem achten oder neunten Geburtstag tatsächlich zwei Angorameerschweinchen schenkten, wird ewig ihr Geheimnis bleiben. Ich hatte mir kein neues Tier gewünscht, weil ich glaubte, fürs Füttern, Wässern und Ausmisten sei ich langsam zu alt. Und jetzt hatte ich gleich zwei Viecher am Hals, die aussahen wie Wollknäuel, die man unter Strom gesetzt hatte. Entsprechend wenig Sorgfalt verwandte ich auf die Pflege der possierlichen Nager, die von meinen Eltern übrigens Max und Moritz getauft worden waren.

Max und Moritz verhielten sich bald sehr merkwürdig. Entweder waren die beiden die erste schwule Angorameerschweinchenwohngemeinschaft oder der Zoohändler hatte meine Eltern gefoppt und ihnen ein Männchen und ein Weibchen angedreht. Kaum kamen Max und Moritz in die Pubertät, hockten sie ständig aufeinander und rammelten mit dem Tempo einer Nähmaschine. Meine Eltern hielten es für angebracht, die geilen Tierchen im Meerschweinchengehege des Tierparks auszusetzen, wo kurze Zeit später lauter neue Meerschweinchen auf die Welt kamen, die aussahen wie Wollknäuel, die man unter Strom gesetzt hatte.

Danach war erst mal Ruhe an der Haustierfront. Ein paar Jahre später jedoch hockte ein ausgehungertes Kätzchen neben unseren Mülltonnen. Mein Vater gestattete sich einen Moment der Schwäche, brachte es ins Haus, um es aufzupäppeln, es gewann das Herz meiner Mutter und zog bei uns ein. Der Tierarzt stellte fest, dass es kein »Es« war, sondern ein »Er«. Einen Namen bekam er trotzdem nicht, sondern hieß einfach nur »der Kater«. Als er zum ersten Mal rollig wurde und eines Nachts aufgedreht wie ein Lachsack durch das Ehebett meiner Eltern raste und meinem Vater zweimal auf die noch frische Magenoperationsnarbe sprang, gestattete sich dieser einen Moment des Zorns und warf den geilen Kater aus dem Fenster. Nach einigen Tagen des promiskuitiven Herumstreunens trieb es den Kater jedoch wieder an die heimischen Futtertröge. Offenbar war er zu der Einsicht gekommen, dass es weitaus bequemer war, sich von einem Zweibeiner die Dosen mit in delikater Jelly eingelegten Köstlichkeiten öffnen zu lassen, anstatt hinter verlausten Mäusen herzuhetzen und ihnen das pelzige Genick zu brechen. Mein Vater meinte, der Kater könne bleiben, seine Hoden jedoch müssten weg. Am nächsten Tag wurde er kastriert und in der Folgezeit so fett und schwer, dass mein Vater ihn wohl kaum noch aus dem Fenster hätte werfen können. Da der hodenlose Kater keinen Grund mehr sah, sich über das absolut notwendige Maß hinaus zu bewegen, hatte sich das Problem ohnehin erledigt. Mein Vater nannte ihn fortan nur noch »der späte Elvis« – und genauso starb er auch: verehrt wie eine Gottheit, aber unfähig, die Hüften zu schwingen.

Nach dem späten Elvis kam mir kein Tier mehr ins Haus.

Aber vielleicht kommt es mir ja später mal in den Sinn, meine Kinder dazu anzuhalten, anderen Lebewesen mit Respekt zu begegnen und Verantwortung zu übernehmen, und vielleicht streife auch ich dann durch die Zoohandlungen der Stadt – auf der Suche nach einem durchschnittlich begabten, mäßig aktiven kleinen Freund ohne Stoffwechsel und Geschlechtstrieb.

Gott segne Debbie Harry!

Gestern habe ich Debbie Harry gesehen! Auf der Kortumstraße in Bochum! Nein, natürlich nicht. Es war nur eine Frau, die genauso aussah oder wie Debbie Harry mal ausgesehen hat. Das hätte mich ja schon misstrauisch machen müssen, aber manchmal sind unsere Wünsche eben stärker als unsere Augen. Und so kam es, dass ich mich mal wieder an die Zeit erinnern musste, als alles noch ganz einfach war.

Rock 'n' Roll und Sex, das gehört zusammen wie Frikadellen und Senf, Wand und Tapete, Helmut und Schmidt.

Es waren die Siebzigerjahre, und alles war orange, nur einige Telefone und einige Waschbecken waren grün, und schuld am schlechten Wetter war nur die SPD, wusste Rudi Carrell. Musik war das, was im Radio zwischen den Nachrichten lief oder im Supermarkt oder im Lift aus unsichtbaren Lautsprechern kam. Musik war das, wozu die Erwachsenen schunkelten oder marschierten, wobei das manchmal dasselbe war und dann Polonaise hieß.

Und dann war ich plötzlich verliebt. Es war, als hätte jemand einen Schalter umgelegt. Bevor es mit den echten Mädchen so richtig losging, ging es erst mal um die, die größer waren als echt. Meine ersten schlaflosen Nächte verschaffte mir ein Mädchen, das mit traurigen Augen in einen Gartenteich sang, dass sie hopelessly devoted sei. Ja, ich gebe es zu: Ich habe nicht nur Abba gehört, ich war auch verliebt in Olivia Newton-John als Sandy in *Grease*. Travolta, alias Danny Zucco, war ein Idiot, wenn er sie zum Teufel schickte, nur weil seine Kumpel sie nicht cool genug fanden. Und als sie dann in diesen hautengen Lederklamotten vor ihm stand wie eine billige Nutte, wäre ich am liebsten in die Leinwand gesprungen und hätte sie geschüttelt und geschrien: »Nein, Sandy, das bist nicht du, tu mir das nicht an! Wo ist die Strickjacke, wo sind die Söckchen, wo ist der weite Rock und der Reifen in deinem Haar?«

Dieser Reifen hatte es mir angetan, und ich glaube, schuld daran war Paula. Paula war die Mutter aller blonden Reifen tragenden Frauen, Paula war die Tochter von Daktari, in einer Hose, in der sie geboren worden sein musste, denn die war so eng, die konnte man nicht einfach anziehen, und rauskommen war wohl unmöglich. Dass die eine Seite der Hutkrempe von District Officer Headley stets nach oben geklappt war, lag wahrscheinlich daran, dass er sich immer von der Seite gegen den Kopf schlug, weil er es nicht fassen konnte, wie eng Paulas Hose war. Und wieso Clareance so schielte, war auch schnell jedem klar. Der Löwe war zu beneiden, der konnte diesen Hintern zweimal sehen.

Aber es gab auch andere Frauen, das war uns natürlich klar. Frauen, die unsere niederen Instinkte ansprachen, Frauen, deren bloßer Anblick uns in einen Zustand sexueller Kontemplation versetzte. In der *Bravo* war ein Poster der Ritchie Family gewesen, drei schwarze Frauen, von denen ich nicht eine Note Musik gehört hatte, die aber nur Fräcke und Bodys und Netzstrümpfe trugen und auf hohen Hacken standen, die ihre Beine ins Unendliche verlängerten. Mein Gott, war so etwas überhaupt erlaubt? Oder Diana Ross, bei der man auf dem Cover der Single von *Upside down* die Brustwarzen durchs T-Shirt sah. Und Anita Ward wollte gerne, dass man bei ihr klingelte: *You can ring my bell* – ich stand zwar auf dem Schlauch, wenn ich im Deutschunterricht Metaphern in Gedichten entschlüsseln sollte, aber mir war sonnenklar, was mit *diesem* Geklingel gemeint war.

Aber das waren alles nur Untergebene, nachgeordnete Angehörige eines Bienenvolkes, das seinen Nektar aus unseren amoklaufenden Hormonen saugte. Ganz oben in der Hierarchie stand die Königin, der alle anderen zuarbeiteten, jene, die fast zu viel für uns war, der wir opferten, was wir hatten, und eine Zeit lang schlossen wir unser Nachtgebet mit den Worten: »Gott segne Debbie Harry!«

»Geile Schlampe, das!«, hieß es in den Schulhof-Diskussionen über Dinge, von denen wir keine Ahnung hatten, und dann nickten wir wie Weinkenner unter sich.

Nein, wir waren nicht subtil, es war uns egal, ob ihre Haare naturblond oder gefärbt waren, es war uns sogar scheißegal, dass eine gnadenlose kapitalistische Maschinerie unsere erotischen Kontrollverluste zu skrupelloser Geschäftemacherei missbrauchte. Gott war eine Frau mit hängenden Lidern über großen, traurigen Augen, einer schmalen Nase, einer göttlich erregend nach oben strebenden, vollen Ober- und einer auch nicht schmalen, gleichmäßigen Unterlippe. Und Gott hatte eine Stimme, die keinen Umweg über das Ohr nahm, sondern gleich in unsere weichen Lenden fuhr und Männer aus uns machte, wie es sonst angeblich nur die Bundeswehr schaffte. Hör Blondie, da wird ein Mann aus dir gemacht! Schade nur, dass das nicht alle dachten. Die Mädchen, denen man im Alltag begegnete, reagierten oft mit Unverständnis, wenn man zu ihnen sagte: »He, zieh doch mal nur ein weißes Herrenhemd an und darunter nur einen roten Spitzenslip, und dann wälz dich auf dem Boden mit halb geschlossenen Augen und stöhne ein bisschen *Atomic*!« (So ein Bild war in der *Bravo* gewesen!)

Und als ich gestern Debbie Harry auf der Kortumstraße in Bochum sah, rannte ich gleich in den nächsten Plattenladen und riss mir einen Japan-Import von *Eat to the Beat* unter den Nagel. Das Erste, was mir auffiel, war, wie hässlich die Band war, vor allem der Keyborder Jimmy Destri, der aussah, als würde ihm gerade jemand in den Schritt greifen und er könne nichts dagegen machen. Dann sah ich SIE und kaufte die Platte. Zu Hause legte ich mich neben die Stereoanlage auf den Boden, setzte den Kopfhörer auf und sang mit, bis mein vierzehn Monate alter Sohn sich fragte, wer denn hier wohl das Kind sei.

Gott segne Debbie Harry!

Dancing Kings

Dann kam die Zeit, als Mädchen sich veränderten. Dienstag noch waren sie nur ein bedauerlicher Unfall der Evolution, Mittwoch schon so wichtig wie die Luft zum Atmen. Ganz unauffällig kam man ihnen in der Tanzschule näher. Auch wenn das nicht jedermanns Sache war.

»Tanzschule? Hast du sie noch alle? Bin ich schwul oder was?« Irgendwie ließ Mücke echte Begeisterung vermissen.

»Du musst zugeben«, gab ich zu bedenken, »dass man in der Tanzschule Mädchen anfassen darf, ohne dafür aufs Maul zu bekommen.«

»Anfassen *darf*? Doch wohl eher anfassen *muss*! Schon mal was von Damenwahl gehört, der Herr? Da kriegt man immer, aber auch wirklich immer die blödesten Drecksweiber ab. Du holst dir vielleicht abends an Carola Rösler einen runter, aber tanzen darfst du mit der Wegmann.«

Jetzt wurde Mücke geschmacklos. Petra Wegmann galt allgemein als fehlgeschlagenes genetisches Experiment. Ihre Haare hatte sie schätzungsweise das letzte Mal gewaschen, als Willy Brandt noch Bundeskanzler war, sie hatte Pickel so groß wie die rotweißen Hütchen bei den Verkehrsübungen, und wenn sie Schnupfen hatte, dann tropfte ihr der Rotz aus der Nase direkt in den Mund, weil ihr Unterkiefer vorstand wie eine offene Schublade.

Der Kurs war die Idee irgendwelcher Eltern mit viel Geld und noch mehr Dünkel gewesen, die ihre vermeintlich höheren Töchter nicht zu einer gewöhnliche Tanzschule schicken wollten, wo junge Mädchen bekanntlich spätestens nach dem so genannten Mittelball von den Talentscouts der Saunaclubs von Gelsenkirchen bis St. Pauli abgefischt und unter Drogen gesetzt wurden, um bis zu ihrem Lebensende gewerblicher Unzucht der schlimmsten Sorte nachzugehen. Womöglich kam es sogar noch schlimmer, und die Mädchen fingen auch noch das Rauchen an.

Der Kurs fand statt in einer alten Villa am Stadtpark, und die hieß auch noch »Harmonie«. Die Tanzlehrerin war eine sehr blonde Frau in den Vierzigern. An der Frau war alles blond, sogar die Zähne. Sie hatte blonde Ohren, blonde Fingernägel und blonde Lippen. Im ersten Stock der »Harmonie« war eine Art Gesellschaftsraum mit schwerer, dunkler Holztäfelung und einer verspiegelten Decke sowie eine kleine Bühne. Die blondeste aller blonden Frauen stellte sich auf die Bühne und konnte uns so endlich in die Augen sehen, denn sie war kaum größer als eine Tulpe.

Zu Beginn jeder Stunde sollten wir ein Mädchen »auffordern«. Mücke hatte vorher gemeint, das könne nicht schwierig sein, und er hatte uns erklärt, wie er vorzugehen gedenke. Pommes, Spüli und ich hatten leise Zweifel angemeldet, ob Mädchen es wirklich romantisch finden, wenn man ihnen sagt: »Komm her Baby, erst machst du die Arme breit und später die Beine.«

Wir sollten uns also ein Mädchen aussuchen. Zirka vier Sekunden später standen alle zwanzig Jungs vor Carola Rösler und ihren langen schwarzen Haaren, ihrer wunderbaren Nase, ihren tiefdunklen Augen und ihren wohlgeformten … Die anderen neunzehn Mädchen waren nicht amüsiert. Carola ging übrigens der Ruf voraus, etwas blöd zu sein. Die Experten waren sich weitgehend einig, dass alles, was über das Bürsten ihrer Haare hinaus ging, sie intellektuell überforderte. Allerdings waren die Experten sich auch darüber einig, dass man mit ihr nicht gerade ein Verfahren zur Kernfusion entwickeln wollte. Fusionieren wollte man schon, und zwar kernig, aber Referate waren dabei überflüssig.

Wir mussten uns auf andere Mädchen verteilen. Wenn man Carola nicht kriegen konnte, schnappte man sich am besten sofort die am nächsten Stehende, wenn man nicht riskieren wollte, beim Tanzen ständig in eine übel riechende offene Schublade starren zu müssen. Da erwischte es in der ersten Stunde einen, der es wirklich verdient hatte, nämlich Hartmut Reck.

Hartmut Reck war, sagen wir mal: nicht beliebt. Er war ein Ass in Mathe *und* Physik. Solche Typen waren prinzipiell verdächtig. Hartmut trug auch im Sommer braune Cordhosen, verpetzte gern Leute, die in der Klassenarbeit mit Spickzetteln arbeiteten, und beim Fußball konnte man ihn nicht einmal als Torpfosten gebrauchen. Er war eine gesellschaftliche Null mit einem so lächerlichen Versuch eines Oberlippenbärtchens unter der Nase, dass man den Zwang entwickeln konnte, sich im ganzen Gesicht epilieren zu lassen, nur um nicht in die Nähe von Hartmut Reck gerückt zu werden.

In den nächsten Wochen und Monaten ging es vor allem darum, einmal mit Carola Rösler zu tanzen und um Petra Wegmann möglichst herumzukommen. Dazwischen gab es Cha-Cha-Cha und Foxtrott und Walzer, und meine Tanzpartnerinnen lachten sich halbtot, weil ich immer die Anweisungen der blonden Reichs-Tanzführerin nachmurmelte: »Cha-Cha-Cha, Wie-gen. Cha-Cha-Cha, Wie-gen!«

»Was ist mit Tango?«, rief Mücke eines Abends der Blonden zu, als die etwas von Rumba erzählte.

»Was soll mit Tango sein?«

»Na ja«, meinte Mücke, »Tango tanzt man doch mit der Hand zwischen den Beinen der Partnerin, und ich finde, das wird langsam mal Zeit. Die Mädels können sich gar nicht mehr halten!«

Mücke blieb übrigens während der ganzen Schulzeit Single.

Die blonde Tanzpalast-Königin ließ sich nicht provozieren. »Also die Variation mit der Hand zwischen den Beinen ist mir nicht bekannt. Es mag aber regionale Eigenheiten in Argentinien geben, wo das üblich ist. Wir tanzen es meist mit dem Knie am Oberschenkel der Partnerin.«

»Danke, nein«, sagte Mücke, »wenn ich da so einige Oberschenkel sehe … Nee, da finde ich mein Knie vielleicht gar nicht wieder!« Zwanzig Mädchen stöhnten auf, und Mücke raunte mir zu: »Ich kann sie *alle* haben!«

Der Winter ging, der Frühling kam, und tatsächlich konnte ich die offene Schublade vermeiden. Allerdings kriegte ich auch nie Carola Rösler ab.

Schließlich mussten wir uns Gedanken machen, mit wem wir zum Abschlussball gehen wollten. Na ja, mit wem wir *wollten*, war klar.

»Okay«, sagte Mücke, »ich frage zuerst.«

»Wieso du?«

»Weil ich der Einzige bin, der die Cojones dafür hat.« Mücke hatte gerade angefangen, Hemingway zu lesen, und das tat ihm nicht gut.

»Mit dir geht sie sowieso nicht«, sagte Spüli.

»Ach, und wieso nicht?«

»Weil kein Mädchen bei ihrem Abschlussball mit Sauereien zugelabert werden will.«

»Du hast keine Ahnung von Frauen. Die stehen drauf, sagt

mein Bruder. Manche wissen es nur nicht. Und Onkel Mücke bringt ihnen das bei.«

Tagelang führten wir Gespräche wie dieses, aber keiner ging zu Carola und fragte sie. Nicht einmal Mücke mit seinen Cojones. Dann kriegte ich eines Nachmittags einen Anruf von Spüli.

»Es gibt keinen Gott«, sagte er.

»Hast du das gerade herausgefunden?«

»Ja.«

»Dann ruf im Vatikan an.«

»Weißt du, mit wem Carola Rösler zum Abschlussball geht?«

»Keine Ahnung. Mit wem?«

»Hartmut Reck.«

Jahre später habe ich von Menschen gehört, die ein Nahtoderlebnis gehabt hatten. Die sagten, sie hätten ihren Körper verlassen, an der Zimmerdecke geschwebt, sich selbst auf die Fontanelle gestarrt und mit ihrer Kopfhaut geredet. Außerdem seien da ein helles weißes Licht und komische Musik gewesen. (Meistens kam dann raus, dass sie nur auf einem Pink-Floyd-Konzert gewesen waren.) So fühlte ich mich jetzt.

»Du hast Recht«, sagte ich. »Es gibt keinen Gott.«

Ausgerechnet Hartmut Reck! Spüli, Pommes, Mücke und ich ertränkten unsere Trauer bei McDonald's in einem Cola-Rausch.

»Ich wollte ja gar nicht mit ihr«, sagte Mücke. »Die ist doch nur Blödheit mit Titten!«

»Ja, aber was für welche!«

Ich ging mit Nicole zum Abschlussball. Das war in Ordnung. Mit der konnte man sogar *reden*, wenn es unbedingt sein musste. Auch Spüli und Pommes trafen es nicht schlecht. Und Mücke? Mücke ließ uns lange zappeln, bis er die Bombe platzen ließ. Und als er es tat, konnten wir es nicht glauben. Wir hatten mit allem gerechnet, sogar damit, dass er Hartmut Reck von einem Auto überfahren ließ, um doch noch an Carola Rösler ranzukommen. Aber Mücke hatte etwas getan, das noch viel tollkühner war, etwas, das sich keiner von uns getraut hätte, nicht mal unter akuter Gefahr für Leib und Leben.

»Die Wegmann? Ist das dein Ernst? Und du hast sie selbst gefragt? Hast du keinen Spaß mehr am Leben, oder was?«

»Jungs«, sagte Mücke und betrachtete seine schmutzigen Fingernägel, »ihr solltet mittlerweile wissen, dass Onkel Mücke dahin geht, wo noch nie ein Mensch zuvor gewesen ist. Es ist ein dreckiger Job, aber einer muss ihn machen. Und ich sage euch: Die kann sich gar nicht leisten, zu irgendetwas Nein zu sagen!«

Tatsächlich war es natürlich so, dass keine andere mit Mücke zum Ball hatte gehen wollen.

Der Ball zwei Wochen später endete für mich mit meinem ersten Zungenkuss und für Mücke mit einer Anzeige wegen Erregung öffentlichen Ärgernisses. Er war mit Petra Wegmann im Garten der »Harmonie« gewesen, und Anwohner hatten die Polizei gerufen, weil sie meinten, da würde illegal ein Tier geschlachtet.

Tanzen kann ich übrigens bis heute nicht.

Bayernkurier und Penisleder

An meinem ersten Schultag trug ich trug kurze Hosen, Söckchen und Sandalen sowie ein weißes Hemd mit einem maritimen

Motiv auf der Brusttasche. Meine Schultüte war blau, oben und unten gelb abgesetzt, und mittendrauf war die Zeichnung eines Kindes zu sehen, das eine Schultüte hielt.

Mein ganzer Schulweg führte an Hauptstraßen entlang. Aus der Tür raus und dann die Alleestraße stadteinwärts. Bei »Auto Hoffmann« (kurz »Autoffmann«) links und den Westring hinunter, über die Gußstahlstraße, die zum Puff führt, hinweg, am Hotel Ostmeier, einem Teppichparadies und der Fahrschule Helesch vorbei, dann dem leicht nach rechts schwenkenden Straßenverlauf folgend, den Imbuschplatz mit seinen zwei kleinen Bunkern und der Selterbude links liegen lassend, das St.-Vinzenz-Kinderheim entlang und schließlich links in die Fahrendeller Straße, in der meine Grundschule lag.

Die Schule war ein in der Mitte geteilter Altbau. Der vordere Teil war die Gemeinschaftsgrundschule, der hintere rein katholisch. Direkt daneben lag der flache Neubau der Hauptschule, die Schulhöfe gingen ineinander über.

Die Grundschule war kein hartes Pflaster für mich. Ich war clever und nicht so faul wie später auf dem Gymnasium. Mädchen waren kein Thema, nichts hielt mich davon ab, ein guter Schüler zu sein. Nur die so genannten »Schwing- und Schreibübungen« machten mir Mühe. Ich konnte als Erster in der Schule das Alphabet hersagen, aber ich kriegte den Mist nicht aufs Papier, war der graphischen Herausforderung nicht gewachsen. Wenn das große, querformatige Heft mit den aus je vier Linien bestehenden Zeilen vor mir lag, krampfte meine Hand sich um den Stift, meine Kiefer erstarrten, meine Zungenspitze schob sich als Ausdruck höchster Konzentration zwischen meine Lippen, und ich versuchte ehrlich, jeden Auf- und jeden Abschwung an die richtige Stelle zu setzen, nicht über die Linien hinaus zu schießen, sie aber trotzdem gleichmäßig auszufüllen, doch wenn ich mir hinterher ansah, was ich zustande gebracht hatte, sah das aus, als habe jemand auf das Blatt gekotzt.

Wenn meine Klassenlehrerin Frau Marx mir die Hand führte, klappte es einigermaßen. Aber ich fand es unangenehm, wenn ihre langen braunen Haare mir von der Seite im Gesicht hingen. Ich hasste ihren Schweißgeruch. Am schlimmsten war es, wenn sie vor mir stand, sich vorbeugte und ich dann in ihre Bluse hineinschauen musste, auf ihre von einem weißen BH festgehaltenen Brüste. Einmal, im Sommer, trug sie nichts drunter, und plötzlich wusste ich, warum Frauen es nicht gerne hatten, wenn man sie nackt sah.

Beim Elternsprechtag sagte Frau Marx zu meiner Mutter: »Also Schriftsteller wird er nicht.«

Im dritten Schuljahr bekamen wir einen neuen Lehrer. Er war schon ziemlich alt und hieß Herr Gast. Meine Mutter sagte, er sei ein sehr guter Lehrer, denn der sei »streng, aber gerecht«. Das schien ihr zu gefallen.

Obwohl von eher schmächtiger Statur, hatte Herr Gast ein breites Gesicht und eine große Hornbrille mit dicken Gläsern. Ich kann mich nicht daran erinnern, dass er besonders streng gewesen wäre, wohl aber daran, dass er uns Sütterlin beibringen wollte. Einmal in der Woche stand »Altdeutsche Schrift« auf dem Stundenplan. Für mich war das eine Katastrophe. Das normale Alphabet kriegte ich mittlerweile einigermaßen hin, aber mein Sütterlin sah aus wie »mit dem Munde gemalt«.

Am schlimmsten war ein Lehrer namens Schrohe. Riesengroß, mit einem Schädel so kahl wie ein Salatfeld nach einer Raupenattacke, verteilte er Kopfnüsse wie Apothekersgattinnen zu Weihnachten Almosen. Er machte eine Faust, schob den mittleren Knöchel seines enormen Zeigefingers nach vorn, setzte am Hinterkopf des Delinquenten an und riss die Faust mit

Schmackes nach unten, etwa in einer Bewegung, als wolle man ein Streichholz an einer Mauer oder an der Schuhsohle entflammen. Mücke war sein bevorzugtes Opfer. Mücke hatte diesen Touch des Schwererziehbaren, was Herrn Schrohe herausforderte. Und Mücke machte es ihm leicht. Er war zwar gerade mal acht Jahre, aber er konnte seine Klappe nicht halten. Kam er ohne Hausaufgaben in die Stunde, war seine Lieblingsbegründung: »Keine Lust«, was ihm eine Prämie von zwei Kopfnüssen einbrachte. Sagte Mücke dann auch noch: »Danke«, gab es weitere drei. Schrohe wollte Mücke heulen sehen, aber da konnte er lange warten. Einmal biss sich Mücke auf die Unterlippe, bis Blut kam, heulte jedoch nicht, murmelte nur: »Arschloch«. Schrohe lief am ganzen Schädel, sogar hinten, so rot an wie die Plastikhütchen, die auf der Straße die Baustellen markierten. Dann griff er nach Mückes Lineal und schlug es ihm auf den Kopf. Das Lineal zerbrach in zwei Teile. Mücke heulte immer noch nicht.

Dann kamen wir aufs Gymnasium. Das war keine Frage, denn wir waren die beiden Klassenbesten. Herr Gast empfahl unseren Eltern ein Gymnasium, auf dem man mit Latein anfangen könne, das erleichtere das Erlernen anderer Fremdsprachen und bringe ganz allgemein einen Haufen Bildung mit sich, eine Bildung, die über den Unterrichtsstoff hinausgehe. Wer ein altsprachliches Gymnasium besucht hat, besitzt oft einen Vorsprung in Menschenkenntnis, den andere nie aufholen werden.

Da war zum Beispiel Herr H., von dem man sich erzählte, er habe schon in den Fünfzigern an dieser Schule unterrichtet und seinerzeit Schüler bei mangelnden Vokabelkenntnissen auf dem Schulhof paramilitärische Übungen durchführen lassen. Er verfasste lateinische Gedichte und schrieb regelmäßig lange Briefe an die Schulbuchverlage, um sie auf katastrophale Fehler in den von ihnen verantworteten Lehrmitteln hinzuweisen.

Im Unterricht stellte er sich gern auf die Zehenspitzen, rollte mit den Augen und deklamierte: »DAS GERUNDIUM IST EINE VERRRBALFORRRM!« Er hielt sich für mächtig clever und glaubte, dass unter seinen Augen und Ohren niemand in den Klassenarbeiten bescheißen könne. Dummerweise war er auf dem linken Ohr taub, so dass die, welche auf der richtigen Seite saßen, immer wieder rätselhaft gute, ihren Leistungen im Mündlichen diametral entgegengesetzte Arbeiten ablieferten.

Dann war da Herr Dr. B., der Franz-Josef Strauß für eine linke Socke hielt und die Deutsch- und SoWi-Lehrer gern damit provozierte, dass er in aller Öffentlichkeit genüsslich und unter beifälligen Bemerkungen den »Bayernkurier« studierte – und das in einer Zeit, da diejenigen seiner Kolleginnen und Kollegen, die auch im Winter Sandalen trugen, morgens noch vor dem Unterricht Hand in Hand um eine vom Kunstlehrer auf den Schulhof gepinselte Friedenstaube standen und »We shall overcome« sangen, vorgeblich, um die bösen Pershings aus Deutschland fern zu halten, tatsächlich aber – wie Herr Dr. B. allen klarmachte –, um sich »dem Iwan« auszuliefern.

Griechischstunden begann er gern mit dem Gruß: »Poteto-keikon?«, und die ganze Klasse, Jungs wie Mädchen, hatten zu antworten: »Apo gynaikos!« – was so viel heißt wie: »Woher kommt das Schlechte?« – »Von der Frau!«

Eine besondere Erscheinung war der Lateinlehrer St., der uns für kurze Zeit im zehnten Schuljahr bereicherte. Er war klein und dick und trug einen albernen Bartkreis, der sich von dem Bereich unter der Nase in dünnen Streifen über die Mundwinkel hinunterzog und an seinem Doppelkinn auswucherte. St. gehörte zu den Lehrern, die besser Bade- oder Hausmeister geworden wären. »Setz dich erst mal hin, du Fette, du!«, »Du bist sowieso zu blöd für alles« oder auch »Du bist hier die Bratsche unter den Arschgeigen!«, gehörten noch zu seinen freundlichsten Aufmunterungen. Der einzige Vorteil an ihm war, dass man es ihm mit gleicher Münze heimzahlen konnte, schließlich konnte er einen nicht zum Direktor schleifen, weil dann herausgekommen wäre, was er sich so leistete. Als er mich einmal ein »ewig schwätzendes Stück Fleisch« nannte, antwortete ich also beherzt, er solle erst mal so viel abnehmen, dass er wieder durch die Tür statt durchs Fenster in die Klasse kommen könne.

Im sechsten Schuljahr traf ich auf den Kunstlehrer D., der oft ohne Socken zur Schule kam und im Unterricht auch noch seine Jesuslatschen auszog. D. machte mit der Zeit eine bemerkenswerte Wandlung durch. Zuerst durften wir uns bei ihm austoben und allen möglichen Unsinn fabrizieren, wenn wir nur glaubhaft klar machten, dass wir damit unserer Persönlichkeit Ausdruck verliehen. Mücke meinte mal, er könne das am besten tun, wenn er mit einem Bleistift möglichst realistisch etwa eine Blume nachzeichne, aber das konnte D. nicht akzeptieren. Mücke habe erschreckend früh in seinem noch jungen Leben die erdrückenden Imperative eines kleinbürgerlichen Kunstverständnisses internalisiert. Er, D., wolle ihm hier Gelegenheit geben, aus diesem ästhetischen Gefängnis auszubrechen, und Mücke solle sich selbst eine Freude machen und dieses Angebot annehmen. Mücke zog sich dann zurück und meinte eine halbe Stunde später, er habe nun herausgefunden, dass ein völlig weißes Blatt seiner Persönlichkeit tatsächlich sehr viel besser entspreche. Das passte D. auch wieder nicht: »Am Dienstag will ich deine Eltern sehen.«

Herr Kuwelko nahm sich einen Morgen frei, baute sich in der Sprechstunde vor D. auf und meinte, Malerei sei nur was für arbeitsscheue Schwuchteln, und wenn sein Sohn sich dieser Hirnwichse entziehe, spreche das nur für den gesunden Menschenverstand des Jungen.

Ich selbst blieb ein deprimierendes Beispiel dafür, dass in manchen Menschen die Gehirnregionen, in denen Zeichnen, Malen und Werken gesteuert werden, völlig brachliegen. So lange es nur darum ging, zum Ausdruck unserer Persönlichkeiten Papier zu beschmutzen, war ich einigermaßen aus dem Schneider. Als D. jedoch auf Druck des Direktors und einiger Eltern begann, überprüfbare Leistungen einzufordern, war ich verloren.

Einmal verfiel er auf die Idee, wir sollten unsere Zimmer zu Hause maßstabsgerecht auf Millimeterpapier bannen, nicht nur den Grundriss, sondern auch die Stellung der Möbel, die aber schematisch angedeutet werden durften. Glücklicherweise war das eine Hausaufgabe. Abends um zehn hatte mein Vater die Zeichnung fertig. D. gab ihm nur eine Zwei, da mein Vater vergessen hatte, die eingezeichneten Möbel zu beschriften.

Dann meinte D., wir sollten nun unsere Zimmer auch noch nachbauen. Das kostete meine Eltern die ganze Nacht. Am Morgen sah ich meine Mutter, wie sie sich Ponal Holzleim von den Fingerkuppen schrubbte und mit rot geränderten Augen stöhnte: »Diesmal *muss* er uns eine Eins geben!«. Und doch gab es wieder nur ein »Gut«, weil meine Eltern eingeschlafen waren, bevor sie die Möbel hatten anmalen können. Was mein Vater dazu meinte, ist bis heute nicht druckreif.

Wenn er uns nicht gerade bescheuerte Aufgaben stellte, saß D. im Schneidersitz auf seinem Stuhl und zählte seine Zehen durch. Er schien immer wieder zu einem anderen Ergebnis zu kommen und fing von vorne an. Ein besonderes Anliegen war ihm die Verkehrspolitik, forderte er doch immer wieder »die völlige Abschaffung des Indidividualverkehrs und den Ausbau des öffentlichen Personenverkehrs«. Mücke vermutete, das habe mit Drogen zu tun.

Ich erlebte mein Waterloo, als D. uns auftrug, Collagen aus Zeitungsausschnitten zu erstellen. Ich konnte keinen Sinn darin erkennen. Warum sollte man Sachen erst aus einer Zeitung ausschneiden und sie dann wieder neu zusammenkleben? Nachdem meine Eltern sich zweimal für mich abgemüht hatten, wollte ich sie diesmal nicht noch einmal bitten. Es konnte ja auch nicht so schwer sein. Schnibbeln und kleben, eigentlich was für Kleinkinder.

Ein paar Tage lang blätterte ich Zeitschriften und Zeitungen durch. Ich nahm Bilder von Leuten und Bilder von Gegenständen. Ich ging in zwei Schritten vor: Erst schnitt ich mit einer großen Schere großzügig um die Bilder herum, um sie aus der Zeitung zu kriegen, dann schnitt ich, immer noch mit der großen Schere, den größten Teil des überflüssigen Materials weg. Das war nicht schwer. Als ich mich aber daran machte, mit einer kleinen Nagelschere die Ränder so sauber wie möglich beizuschneiden, wurde ich wahnsinnig. Die Schere war so klein, dass ich nur millimeterweise vorankam. Vor allem aber konnte ich sie nicht still halten. Ständig schnitt ich den Leuten oder Gegenständen in die Hände, die Nase, den Deckel oder in den Stromanschluss. Es war frustrierend, aber ich hielt durch, bis ich genug zusammenhatte, um ein DIN-A3-Blatt flächendeckend bekleben zu können. Dummerweise hatte mir noch niemand von Pritt-Stiften oder anderen Papierklebern erzählt. Ich nahm Pattex und versaute damit meinen ganzen Schreibtisch. Außerdem blieb alles Mögliche an meinen Fingern kleben: Stifte, Radiergummis, Schulhefte und die Zeitungen, aus denen ich die Bilder ausgeschnitten hatte. Wenn ich die Seiten von meinen Fingern löste, blieben immer ein paar Fetzen hängen. Meine Fingerkuppen sahen aus wie Saugnäpfe.

Schließlich betrachtete ich mein Werk und fand es gut. Hoffnungsvoll lieferte ich das Ding am nächsten Tag bei D. ab.

D. war nicht amüsiert.

D. war ärgerlich.

D. fragte mich, was das sein solle. Ich sah ihn an und wusste keine Antwort, weil ich die Frage nicht verstand. Da war Elvis, da war eine Saftpresse, da war eine Schachtel Attika, eine Werbung für Goldnusspärchen, ein Bild von Hanns Martin Schleyer, eins von Golda Meir, von einem Nussknacker und von einem Brot. Es war eine Collage. Das, was wir als Hausaufgabe bekommen hatten.

D. sagte, verarschen könne er sich allein. Dann nahm er das Blatt, trug es durch den Kunstraum, zeigte es jedem Einzelnen meiner Mitschüler und sagte, dass man hier sehr gut sehen könne, wie man es *nicht* machen solle, und weil es so unglaublich schlecht sei, bekäme ich eine Sechs dafür.

EINE SECHS IN KUNST! Das war die totale Demütigung. Als hätte man aus einem Meter Entfernung das leere Tor nicht getroffen, als sei man mit elf Jahren beim Daumenlutschen erwischt worden, als hätte man bei einer Mutprobe nach seiner Mutter gerufen. Nur Mücke sagte D. ins Gesicht, dass er das Bild toll fände. D. sagte, Mücke zähle nicht.

Wegen D. habe ich mindestens zehn Jahre Museen jeder Art gemieden und erst wieder vorgegeben, mich dafür zu interessieren, als ich mir dadurch bei einer jungen Kunsthistorikerin erotische Vorteile erhoffte.

Das andere Fach, in dem man sich zum kompletten Idioten machen konnte, ohne etwas dafür zu können, war Sport.

Das Problem am Sportunterricht sind die Sportlehrer, die fast alle an fachimmanenter Eitelkeit leiden. Autoerotisch begeistert vom eigenen gestählten Körper haben sie für alle, die ihnen nicht bereitwillig ins gelobte Land der schweißglänzenden Waschbrettbäuche folgen wollen, im günstigsten Fall Mitleid und ein »Ausreichend« übrig.

Sportlehrer haben es besonders leicht, sich beliebt zu machen. Sie lassen halt Fußball spielen. Und machen dabei gerne mit, weil sie mit Mitte vierzig und kaputten Knien und nachdem es mit der Karriere beim Kreisligisten »Post SV« nicht hingehauen hat, gern ein paar Fünfzehnjährigen zeigen wollen, wo der Libero den Ball holt. So einer war M. Am eindrucksvollsten war die Szene, als er mit dem Ball am Fuß die Mittellinie überschritt und dort vom rothaarigen Uli, der auch im Verein Verteidiger spielte, angegriffen wurde. Vielleicht geriet der arme M. in Panik, vielleicht hatte er was am Auge und wähnte sich tatsächlich in »aussichtsreicher Position«, jedenfalls zog er plötzlich unvermittelt vollspann ab. Das Tor wäre nur unter Ausschaltung einiger grundlegender physikalischer Gesetze zu treffen gewesen – im Gegensatz zu Ulis sechzehnjährigen Hoden. Noch heute meine ich zu sehen, wie sie hart getroffen durch seinen Oberkörper rasten, um kurz an den Ohren herauszuschauen und dann wieder langsam abzusinken. Ob sie jemals wieder im Sack ankamen, ist nicht sicher. Jedenfalls blieb Uli am Boden liegen, kämpfte mit der Bewusstlosigkeit und musste am nächsten Tag zum Arzt, weil sein Sack aussah wie ein Briefbeschwerer für sehr große Briefe. Und M. grinste.

Die Anbiederung des Übungsleiters an das Gros der Klasse funktioniert traditionell vor allem über das Herabsetzen Einzelner. Offenbar galt ich selbst stets als besonders robust, humorvoll, selbstironisch. So meinte etwa M.s Nachfolger C. einmal zu mir, ich hätte ja bekanntermaßen eine »Spiegelei-Figur«, könne also meine Eier nur mit dem Spiegel sehen. Die Klasse bog sich vor Lachen. Auch witzige Bemerkungen über knapp sitzende

Leibchen und meine angebliche Unsinkbarkeit beim Schwimmen lockerten den Unterricht auf.

(C. kam übrigens ein paar Jahre nach dem Abitur bei einem Ehemaligentreffen holzbesoffen auf mich zu und befingerte meine gar nicht mal so teure Lederjacke und lallte: »Is Penisleder, wa?«)

Im zehnten Schuljahr blieb ich sitzen wegen Mathe, Latein, Französisch und Claudia. Schon Monate bevor das feststand, eröffnete mir mein Mathelehrer, dass ich ja im nächsten Schuljahr nicht mehr zu denken bräuchte. Auf meine Frage, was er damit meine, sagte er: »Na, glaubst du, dass auf der Berufsschule viel gedacht wird?« Wow, dachte ich, ich soll nicht nur sitzenbleiben, sondern gleich zur Bewährung in die Produktion geschickt werden!

In gewisser Hinsicht jedoch war die so genannte Ehrenrunde für mich ein Glücksfall. Ohne sie hätte ich wohl mein Großes Latinum nicht geschafft und das dann an der Uni in lästig anspruchsvollen Kursen nachmachen müssen. Nach den Sommerferien jedoch kam ich in eine Klasse, in der von achtundzwanzig Schülern fünfundzwanzig dachten, »Latein« sei nicht etwas, das man früher mal in Italien *gesprochen* hat, sondern das man heute in Südamerika *tanzt*. Die Klassenarbeiten fielen regelmäßig so fürchterlich schlecht aus, dass jener oben erwähnte Lehrer H. eine nach der anderen sich entweder vom Direktor genehmigen lassen oder sie »relativieren« musste, um nicht wie ein didaktisch unfähiger Idiot dazustehen. Er wählte den zweiten Weg. In meiner letzten Klassenarbeit baute ich in die Übersetzung eines Textes von neunzig lateinischen Wörter nicht weniger als siebenundzwanzig Fehler – und bekam doch noch ein glattes »Ausreichend«, wenn auch mit dem Zusatz »Unter schweren Bedenken«. Es gab Menschen in der Klasse, die hatten es auf fünfzig Fehler und mehr gebracht!

Fairerweise muss man sagen, dass es auch andere Lehrer gab. Zum Beispiel A., dessen schematische Darstellung der Weimarer Reichsverfassung von 1919 dereinst zum Isenheimer Altar unter den Tafelbildern erklärt werden wird. Zum Beispiel Frau R., die nicht aus der Ruhe zu bringen war, selbst als ich bei der Weihnachtsfeier im Französischunterricht die Matrize mit dem Text der Marseillaise erst an einer Kerze in Brand setzte und dann den lodernden Fetzen quer durch die Klasse zum Waschbecken trug, die Gefährdung meiner Finger, meiner Mitschüler und der hysterisch zur Seite springenden Referendarin billigend in Kauf nehmend.

Oder auch S., Deutschlehrer und Leiter der Theater-AG, der mir wohl einen gewissen Teil seiner grauen Haare verdankt. Mein apodiktisches Urteil in einer Klausur über Eichendorff, die Romantik sei aus Gründen, die ich zuvor auf mehreren Seiten dargelegt hatte, als einer der Tiefpunkte in zweitausend Jahren Literaturgeschichte zu werten, hängt wohl heute noch über seinem Bett. Auch fiel es ihm wohl schwer zu akzeptieren, dass, meiner unausgesprochenen Ansicht nach, Textsicherheit für einen Schauspieler nur die Angst vor der Improvisation kaschieren solle. Mehrere Kilo muss er in der Kulisse verloren haben, wenn ich George Bernard Shaw, Brecht oder Dürrenmatt nur als Sprungbrett für solipsistische Kapriolen benutzte.

Auf einer Probe zu Shaws *Cäsar und Cleopatra* ließ ich mich in Hörweite meines Deutschlehrers gegenüber einigen Fünftklässlern darüber aus, dass ich zwar am nächsten Tag eine Klausur über Siegfried Lenzens *Deutschstunde* schreiben müsse, vollständige Textkenntnis dabei jedoch nicht für erforderlich hielt. »Merkt euch«, riet ich dem Nachwuchs, »man muss ein Buch höchstens bis zur Hälfte gelesen haben, dann weiß man, wo der Hase lang läuft.«

S. war so sauer, dass er über Nacht die schon formulierten Klausurthemen änderte und zwei Aufgaben stellte, die man nur in Kenntnis des gesamten Romans bearbeiten konnte. Ob er mir mit der dritten genau den Weg eröffnen wollte, den ich schließlich beschritt, weiß ich nicht, jedenfalls lag das Thema so hart an der Grenze zum Jux, dass ich es noch heute hersagen kann: »Hilde Isenbüttel – Mehr als eine Nebenfigur in Siegfried Lenz' ›Deutschstunde‹? Nehmen Sie Stellung!«

Etwa eine halbe Stunde mühte ich mich mit einem der beiden ernst gemeinten Themen ab, ließ dann jedoch davon ab und widmete mich Frau Isenbüttel. Und sonderte allerlei sehr flachen Unsinn ab. Leider ist diese Klausur heute verschollen, so dass ich sie nur noch bruchstückhaft aus dem Gedächtnis zitieren kann. Ich weiß noch, dass es hieß, Hilde Isenbüttel (die im Roman mit einem belgischen Fremdarbeiter nicht nur Torf sticht) kümmere sich intensiv um die »Integration ausländischer Arbeitnehmer in den nordfriesischen Humus«, ich delirierte vom »Schanzara-Syndrom« und ähnlichem Schwachsinn. Wenn jemals ein »Ungenügend« in einer Deutsch-Klausur gerechtfertigt war, dann in dieser. Hätte ich mit einer kleinen Pommesgabel Müll vom Schulhof auflesen müssen – ich hätte mich nicht beschweren dürfen und es auch nicht getan. Stattdessen aber bekam ich die Klausur zurück mit einem immerhin eine Din-A-4-Seite langen Kommentar, in dem zwar korrekt festgehalten wurde, dass der Verfasser des vorliegenden Elaborates das Buch frecherweise nicht gelesen habe, wohl aber über eine gehörige Portion anarchischen Witzes sowie ein ausgeprägtes sprachliches Vermögen verfüge, weshalb man die erbrachte Leistung durchaus mit »Noch ausreichend« benoten könne. Keine Ahnung, ob das legal war, aber es hat mir etwas gesagt.

Kurz vor dem Ende meiner Karriere an jener Bochumer Lehranstalt erhielt ich dann einen Anruf meines Jahrgangsstufenleiters L., der mir zwar einigermaßen zugetan war, sich aber schon einige Male über mich hatte empören müssen, da ich die Vorteile, welche die reformierte Oberstufe jener Jahre Dünnbrettbohrern wie mir bot, schamloser und berechnender ausnutzte, als es anständig war. Von der Elf in die Zwölf war ich beispielsweise mit nicht weniger als vier (!) »Mangelhaft« versetzt worden, von denen jedoch nach Gesetzeslage nur zwei zählten, und mit zweien blieb man (jedenfalls damals, jedenfalls in NRW) in der Elf nicht hängen.

In der Oberstufe durfte man damals eine bestimmte Anzahl von »zählenden« Kursen »verreißen«. Als dann eines Sonntagnachmittags das Telefon klingelte und L. mir mitteilte, ich habe in einer Stunde bei ihm zu Hause zu erscheinen, wusste ich, dass es knapp werden würde. Mich quälte nicht so sehr die Sorge, eine weitere Runde drehen zu müssen als vielmehr die Furcht, meinem Vater gegenüberzutreten und ihm klar zu machen, dass sein liberales Erziehungskonzept gescheitert war. Die bemerkenswerte Überzeugung meiner Eltern, ab einem bestimmten Alter erziehe man sich selbst, hatte schon die süße Frucht eines eigenen kleinen Appartements im gleichen Haus wie die elterliche Wohnung getragen. Mein Vater ließ mir allen Freiraum, den ich zu brauchen glaubte, und fragte nur in unregelmäßigen Abständen: »Machst du Abitur?«, und ich antwortete pflichtschuldigst »Jawoll!«. Es würde kein glänzendes Abi werden, aber da in der Familie die Vergleichsmöglichkeiten fehlten, spielte das keine Rolle. Jetzt also sollte ich vor meinen Vater hintreten und ihm sagen: »Danke für alles, aber leider habe ich dich nur verarscht«?

L. empfing mich an der Tür mit einem Blick, der mich gleich um ein paar Zentimeter schrumpfen ließ. Schuldbewusst saß ich mit gekrümmtem Rücken auf seinem Sofa, wo er mich eine Ewigkeit schmoren ließ. SoWi. Den einen Kurs hätte ich doch gebraucht. Dabei hatte Herr K., dem ich oft erheblich auf die Nerven gegangen war, mich gefragt, ob dieser Kurs relevant für meine Zulassung sei. Nach meinen Berechnungen war das nicht der Fall, sodass er mir (durchaus leistungsgerecht) nur drei Punkte gab. Fehler. Meinem Jahrgangsstufenleiter war eine gewisse Zufriedenheit ob meines nervlich zerrütteten Zustandes durchaus anzumerken. Dann jedoch ging er zu einer Klappe in seiner Wohnzimmerschrankwand, öffnete die dahinter versteckte Hausbar und stellte gleich darauf eine Flasche Calvados und zwei Zinn-Pinnchen auf den niedrigen Couchtisch vor mir, schob ein randvolles Pinnchen in meine Richtung und sagte, er habe schon mit Herrn K. gesprochen, und der sei bereit, mir nachträglich zwei Punkte mehr geben. Es wurde noch ein sehr lustiger Abend.

Ich blieb ein Dünnbrettbohrer – bis zum Schluss. Im Rahmen der Ausgabe der Abiturzeugnisse im Sommer 1986 durfte ich auf der Bühne zusammen mit Frank Neuhaus eine Szene aus Goethes *Faust* spielen, eben jene berühmte Passage »Im Studierzimmer«, von wegen »Habe nun ach …« und so weiter. Frank Neuhaus gab einen hervorragenden, ernsten und souveränen Mephisto, während ich irgendwie vor lauter Feierei nicht dazu gekommen war, den Text auswendig zu lernen, weshalb ich ständig an meinem Pult sitzen bleiben musste, um in den allseits verstreuten Papieren nach den richtigen Worten zu suchen.

In den von Erleichterung geprägten Blick des Direktors beim letzten Händedruck mischte sich so etwas wie Bedauern, ein Exemplar wie mich nicht weiter studieren zu können.

Dylandance

Mücke steckte den Finger in den Mund, beugte sich vor und machte Kotzgeräusche. Ich wusste nicht, was er hatte, schließlich waren sich die Experten einig, dass Carola Rösler das schönste Mädchen der Schule, ach was der ganzen Stadt, nee, der ganzen Welt war. Ihre Haare waren eine Lüge, so etwas konnte nicht natürlich wachsen, so lang, so schwarz, so ... Wenn man sich zu lang damit beschäftigte, wollte man Werbetexter für Shampoo werden: »Acht Uhr, Schulhof, Regen, die Frisur sitzt. Vierzehn Uhr, U-Bahn, die Frisur fällt bis zum Gürtel der verwaschenen Jeans. Achtzehn Uhr, mein Zimmer, die Frisur liegt ausgebreitet auf meinem Kopfkissen.« Acht und vierzehn Uhr waren kein Problem, an achtzehn Uhr arbeitete ich, und das konnte Mücke nicht begreifen.

»Was findest du denn an der?«

Das war eine Frage, die man nicht beantworten konnte, genauso wenig wie man sagen kann, was man an atembarer Luft findet. Es geht eben nicht ohne, und deshalb will man sie haben, bei jedem einzelnen Heben und Senken des eigenen Brustkorbs. Die meisten von uns sahen das ähnlich, hatten doch schon letztes Jahr in der Tanzschule alle versucht, bei ihr zu landen.

»Und außerdem«, meinte Mücke, »wie willst du denn an sie rankommen? Das haben schon ganz andere versucht.«

Es tut immer gut, wenn einem der beste Freund richtig was zutraut. Dummerweise hatte er nicht ganz Unrecht. Bisher waren noch alle bei Carola Rösler abgeblitzt.

»Ich habe da meine Methoden«, sagte ich und versuchte, so etwas wie ein geheimnisvolles Lächeln hinzubekommen, das verschleiern sollte, dass ich noch keine echte Ahnung hatte, was ich tun sollte, um Carolas Haare auf mein Kopfkissen zu bekommen. Aber ich hatte, was noch nicht vielen vergönnt gewesen war, eine Verabredung. Ich durfte sie sogar zu Hause besuchen. Na gut, es war keine echte Verabredung, sie war krank und seit ein paar Tagen nicht in der Schule gewesen, und ihre Mutter bestellte jetzt für jedes Fach den Klassenbesten, der Carola am Nachmittag in gesundheitlich unbedenklichen Häppchen fachlich auf dem Laufenden hielt. Ich war für Englisch eingeteilt. Mein Vater hatte mir immer prophezeit, dass es mir nützen würde, wenn ich gute Noten bekäme. Er schien Recht zu behalten.

Da ich jedoch nicht davon ausging, dass meine schulischen Leistungen mir über den Zutritt zu ihrem Zimmer hinaus erotische Vorteile verschaffen würden, hatte ich mir vorgenommen, das in Liebesdingen angeblich erfolgreichste Instrument ins Spiel zu bringen: Bestechung. Als ich am Nachmittag um Punkt fünf nach vier – also genau die fünf Minuten zu spät, die vortäuschen sollten, dass man es nicht nötig hatte – auf der Matte des weiß geklinkerten Flachdachhauses im Bungalowstil stand, hatte ich ein Geschenk dabei. Carolas Mutter öffnete in einem dunkelroten Hosenanzug, gab mir die Hand und sagte, Carola sei in ihrem Zimmer am Ende des Ganges, ich fände sicher selbst hin, sie müsse nämlich weg, sei schon spät dran. Besser konnte es gar nicht laufen. Carola allein zu Haus. Einsam, krank, schutzbedürftig.

Ich klopfte an ihre Zimmertür, und zuerst hörte ich nichts, dann ganz leise ein »Herein«. Ich öffnete die Tür höflich erst mal nur einen Spalt und sah hinein. Carola lag im Bett, die Decke bis zum Kinn gezogen, die Augen nur halb geöffnet, offenbar hatte sie geschlafen. Es schien ihr wirklich nicht gut zu gehen.

»Oh, hallo!«, sagte sie schwach, als sie mich erkannte. »Komm rein.«

Das Zimmer lag im Halbdunkel, die Gardinen waren zugezogen.

»Ich bin's!«, sagte ich, wahrscheinlich, um es mir selbst noch einmal zu versichern. Wenn ich mich jetzt auf Bettkante setzte, würde ich sagen können, ich sei mit Carola Rösler im Bett gewesen.

Sie fragte: »Ist meine Mutter schon weg?«

»Gerade eben.«

»Gott sei Dank!« Sie schlug die Bettdecke zurück, riss die Gardinen zur Seite und das Fenster auf. Hinter ihrem Bett stand ein Holzregal als Raumteiler, darin waren Bücher und Fotoalben und Schallplatten, auf dem Boden lagen Zeitschriften herum, ich erkannte *Bravo* und *Popcorn*, Bilder von Nena und Depeche Mode und Heaven 17 kämpften gegen Medi&Zini-Pferdeposter um die kulturelle und ästhetische Hegemonie auf der pinkfarbenen Raufasertapete.

Carola trug einen Schlafanzug mit Bärchen drauf und einen dicken Wollschal. Sie sagte: »Ich dachte schon, die geht überhaupt nicht mehr!«, und dabei zog sie ihre Schlafanzughose aus und sagte, ich solle mich mal umdrehen. Ich gehorchte und hörte ihr beim Umziehen zu.

»Ich denke, du bist krank.«

»Das denkt meine Mutter auch. Ich will noch ein oder zwei Tage Sonderurlaub rausschlagen. Du kannst wieder gucken. Englisch kannst du vergessen. Interessiert mich nicht.«

»Mich eigentlich auch nicht.«

»Du bist doch so eine Granate in Englisch.«

»Ja, aber dafür kann ich nichts. Das fliegt mir so zu.« Das stimmte. Ich konnte es einfach, ich tat nichts dafür. Ich war auch der denkbar schlechteste Nachhilfelehrer, denn ich wusste zwar immer, wie etwas heißen und wie man es aussprechen musste, aber ich wusste nicht wieso. Manche Dinge waren einfach wie sie waren, was sollte man sich stundenlang mit den Gründen beschäftigen. Meine Mutter sagte mal, es sei oberflächlich, sich nicht dafür zu interessieren, was hinter den Dingen sei. Ich sagte, das sei meine mediterrane Leichtigkeit, und diese Leichtigkeit könnten wir faustisch verkopften Deutschen fast vierzig Jahre nach Hitler gut gebrauchen. Ich war nicht so oberflächlich, dass ich nicht aus ein paar aufgeschnappten Versatzstücken eine unanfechtbare Handlungsprämisse hätte formulieren können. Mangelnde Ortskenntnis hat mich noch nie davon abgehalten, anderen zu sagen, wo es langgeht.

»Es fliegt dir so zu, soso. Na, mir fliegt es weg.« Sie sang: *Da fliegt mir doch das Blech weg.*

»Ich habe dir was mitgebracht«, sagte ich und nahm die Platte aus der nicht ganz quadratischen gelben Plastiktüte von ELPI, einem Plattenladen in der Innenstadt. ELPI stand für *Langspielplatte.*

»Toll, danke, was ist es denn? Oh, Bob Dylan.« Diese Zeile hatte eine beeindruckende emotionale Bandbreite. Es gibt nichts Deprimierendes als enttäuschte Vorfreude.

»*Desire*«, sagte ich. »Tolle Platte. Äh … also ich denke mal, das mit dem Englisch fällt mir auch deshalb so leicht, weil ich mich so viel mit Songtexten beschäftige.«

»Echt? Mir sind die egal. Es kommt doch auf die Melodie an.«

Irgendetwas lief hier falsch.

»Warte mal, ich lege mal was richtig Gutes auf.« Sie ging zu dem Regal hinter ihrem Bett, bückte sich und suchte nach einer bestimmten Platte. Mir ging durch den Kopf, dass sie ja wenigstens aus Höflichkeit *Desire* hätte auflegen können.

»Einige Songs hier drauf hat Herr Zimmermann mit einem gewissen Jacques Levy geschrieben. Ich glaube, der macht in Amerika Theater.«

»Wer ist Zimmermann?«

Das war sicher ein Witz, also lachte ich. Carola drehte sich um, eine steile Falte zwischen den Brauen. »Wieso lachst du?«

Tatsächlich, sie meinte es ernst. »Äh ... Zimmermann ist der Geburtsname von Bob Dylan. Robert Zimmermann.«

»Simmermähn? Ist doch ein schöner Name, wieso hat er sich denn umbenannt?«

»Na ja, Bob ist die Kurzform von Robert ...«

»Ganz blöd bin ich auch nicht!«

»... und Dylan, das hat mit Dylan Thomas zu tun, dem Dichter.«

»Nie gehört.«

Ich fragte mich, ob Mücke nicht doch Recht gehabt hatte, als er sich den Finger in den Hals steckte, aber da bückte sie sich etwas tiefer, ohne in die Hocke zu gehen. Was soll's, dachte ich. Abgesehen vom Namen kannte ich auch nichts von Dylan Thomas.

»Ah, da ist sie!«, sagte Carola und richtete sich wieder auf, ging zu dem an einen alten Braun-Verstärker angeschlossenen Dual-Plattenspieler und legte die Platte auf.

»Was ist denn das?«, wollte ich wissen.

»Angelo Branduardi. *Den* finde *ich* toll!« Als die Musik losging, schloss Carola die Augen und bewegte sich. Sie warf die Arme nach oben und ließ ihre Hüften kreisen, aber immer nur so ansatzweise. Es kam so etwas wie ein halber Bauchtanz dabei heraus. Sie machte das ziemlich lange. Ich wusste nicht, was ich tun sollte. Ich sah mir noch mal die Poster an. Nena. Hoffentlich legte sie die nicht auch noch auf. Da hätte ich lieber den Gaul daneben singen hören.

»Wie findest du das?«, fragte sie. Sie hatte die Augen noch immer geschlossen und tanzte wie unter Wasser.

Ich war in der Zwickmühle. Wenn ich jetzt sagte, ich fände Angelo ganz toll, dann würde ich Dylan nie wieder in die Augen sehen können, nicht mal auf einem Plattencover. Sagte ich meine ehrliche Meinung, konnte ich die Sache mit Carolas Haaren und meinem Kopfkissen vergessen. Aber: stand Ehrlichkeit nicht gerade wieder besonders hoch im Kurs? Es war doch eine verkommene, korrupte, verkehrte Welt dort draußen, bedroht von Umweltverschmutzung, Hunger und Atomkrieg. Eine Liebe, die auf einer Lüge sich gründete, musste vergehen wie eine Pusteblume im Sturm und ...

Meine Güte, Branduardi war schon dabei, mir das Hirn einzukochen. Ich sagte: »Also, ich finde, er hört sich immer an, als hätte er Schmerzen. Ich meine, was quengelt der so? Hat ihn seine Mami nicht mehr lieb oder ist ihm sein Quietsche-Entchen ins Klo gefallen oder was? Das ist doch was für Kinder!«

Na toll! Ein einfaches *Ist eigentlich nicht so mein Ding* hätte es doch wohl auch getan, oder?

Carola Rösler hielt mitten in der Bewegung inne und öffnete die Augen.

»Aber dein blöder Dylan kann besser singen, oder was?«

Aus der Nummer kam ich jetzt nicht mehr heraus, das musste ich jetzt durchziehen.

»Es geht nicht darum, ob er besser singen kann, es geht um die Inhalte, um die Songs ...«

»Also ich finde, dein Robert Simmermähn muss dringend mal zum Halsnasenohrenarzt. Dieses Gequäke hört sich richtig krank an.«

»Wohlklang ist nicht das einzige Kriterium. Es muss auch immer darum gehen, alte Hörgewohnheiten ... äh ...«

»Und außerdem kann man dazu nicht tanzen!«

Na klar, Branduardi war natürlich der Renner in den Szenediscos von London bis New York!

»Natürlich kann man zu Dylan tanzen! Überhaupt kein Problem!«

»Das will ich sehen!«

»Kannst du haben!«, sagte ich und nahm die Platte aus der Hülle.

Etwas zu hastig griff Carola nach dem Tonarm. Die Nadel hüpfte über die Platte, und Branduardis Weinen endete abrupt in einer Art Keuchhusten. Hoffentlich hatte die Platte jetzt einen Kratzer.

Ich legte den Meister auf und verschränkte triumphierend die Arme vor der Brust, als die ersten Takte von *Hurricane* aus den Boxen kamen. Erst nur die Gitarre und die Geige, dann aber der Bass und das treibende Schlagzeug. *Pistol shots ring out in the ballroom night ...*

»Dazu kann man doch nicht tanzen!«

»Aber hallo!«, sagte ich und machte es ihr vor. Sie lachte sich kaputt. Dabei sah ich sicher nicht halb so blöd aus wie sie vorhin bei ihrem balinesischen Regentanz. Ich machte weiter, bis sie aufhörte zu lachen.

»Na ja, wenn man es so macht, kann man zu allem tanzen.«

Herrgott, was wollte sie denn noch? Es lief Dylan, und ich tanzte dazu. Was zu beweisen war. Aber ich hatte noch was im Ärmel.

»Warte mal«, sagte ich, »das hier, wird dich endgültig überzeugen!« Ich ging zum Plattenspieler, nahm vorsichtig die Nadel herunter, ohne dass Dylan husten musste (womit ich ganz nebenbei demonstrierte, wie man so etwas machte), drehte die Platte um und setzte die Nadel an den Anfang der Rille. Dann stellte ich mich direkt vor Carola Rösler, das schönste Mädchen der Welt, der Stadt, der Schule hin. Jetzt war sowieso alles egal.

Die Musik fing an. *Joey* hieß die Nummer. *Born in Red Hook Brooklyn in the year of who knows when.*

»Was soll man denn dazu tanzen?«

»Dazu geht nur Klammerblues. Aber Tanz ist Tanz. Also?«

Sie legte ihre Arme um meinen Hals und ich meine auf ihre Hüften. Sie grinste und sagte: »Wieso habe ich gerade das Gefühl, verarscht worden zu sein?«

Bevor ich antworten konnte, legte sie ihren Kopf auf meine Schulter. Was sie noch nicht wusste, war: Die Nummer dauerte zwölf Minuten. Abgesehen vom ergreifenden Inhalt war das die entscheidende Qualität des Songs und der eigentliche Grund, warum ich ausgerechnet diese Platte mitgebracht hatte. Mücke würde seine Ansicht, ich sei zu blöd, um bei Mädchen wie Carola Rösler zu landen, revidieren müssen. Und auch Mücke sollte wissen: Man kann zu Dylan tanzen. Man muss es nur wollen.

Eine Brücke über unruhiges Wasser

Mehr als zwanzig Jahre ist es jetzt her, und endlich habe ich das Selbstbewusstsein zu sagen: Ich gebe es zu, ich war beim Simon-and-Garfunkel-Konzert! Und zwar einen Tag vor meinem sechzehnten Geburtstag, 1982, im Dortmunder Westfalenstadion.

Ich war damals fest davon überzeugt, mein restliches Leben mit Claudia verbringen zu dürfen, die schon ein Jahr älter war und wunderschöne lange rote Haare und einen noch viel schöneren Busen hatte. Obwohl ich den noch nicht richtig gesehen hatte. Aber wir hatten im Stadtpark gelegen, auf einer Decke, hatten Melonen gegessen und Musik gehört, und wenn ich brav war, zog sie ihren Pulli aus, und ich durfte sie küssen. Allerdings trug sie unter dem Pulli einen blauen Bikini, und da traute ich mich nicht ran. Von ihr kriegte ich den längsten Kuss meines Lebens. Der dauerte die ganze erste Seite von Paul Simons Solo-LP *One Trick Pony*, fing also an bei *Late in the evening* und endete während *Oh Marion*, wahrscheinlich weil uns langsam schlecht wurde von dem ganzen Kohlenmonoxid, das wir vom jeweils anderen einatmeten und von der ganzen fremden Spucke, die wir schluckten.

    Einmal kamen wir in einen ziemlich heftigen Sommerregen, wir rafften unsere Sachen zusammen, stiegen auf unsere Fahrräder und machten uns auf den Weg nach Hause, aber es regnete so heftig, dass wir an einer Bushaltestelle anhielten und den nächsten Bus nahmen. Claudia trug nur ihren dünnen, weißen Strickpulli über dem blauen Bikinioberteil und untenrum nur das Bikiniunterteil, weil ihr Rock nass geworden war, und der Busfahrer geriet einige Mal in den Gegenverkehr. Bei mir zu Hause waren wir allein, denn es war Samstagnachmittag, und meine Eltern waren in ihrem Schrebergarten, aus dem sie frühestens gegen Mitternacht zurückkommen würden, vielleicht aber auch gar nicht, denn manchmal übernachteten sie dort. Claudia sagte, sie müsse dringend duschen. Ich sagte, wir hätten keine Dusche, da sagte sie, na ja, dann müsse sie eben baden. Ich zeigte ihr das Badezimmer und zog mich diskret zurück, setzte mich vor die Tür und spielte Gitarre für sie. Ich schrieb damals

Songs, nur für Claudia. Gut, ein bisschen auch für den Rest der Welt, denn ich wollte Rockstar werden und hatte schon etwas mehr als zweihundert Texte geschrieben und etwa zwanzig bis dreißig Songs mit Melodie. Auf der Gitarre konnte ich nur 4/4-Takt und auch den nicht immer, und bei den Akkorden kam ich über A, D, C, G, F und E nicht hinaus, aber wenigstens jeweils in Moll und Dur.

Und jetzt hockte ich vor der Badezimmertür und sang für Claudia den Song, den sie am liebsten mochte von denen, die ich für sie geschrieben hatte, und der hieß *Rainbows over Waterfalls*. Was sich so bemüht poetisch anhörte, war aus einem *Lustigen Taschenbuch* von Walt Disney geklaut. Aus welchem Grund auch immer befand sich Donald Duck in einem Land, in dem über jeden der zahlreichen aus einem Berg hervorspringenden Wasserbälle ein Regenbogen gespannt war. Daraus hatte ich einen Song gemacht, und natürlich waren diese Regenbögen über Wasserfällen das, was ich in ihren Augen sah, wenn sie mich nur reingucken ließ. Das war der reine Kitsch, aber ich war noch fünfzehn, und wer mit fünfzehn nicht kitschig ist, wird später ein Arschloch, das steht mal fest.

Und als ich da vor der Badezimmertür saß, rief Claudia plötzlich, ich solle doch mal hereinkommen und ihr den Rücken schrubben. Mit zitternden Knien stand ich auf, stellte die Gitarre ab und ging ins Bad. Da saß sie in der Wanne, die Knie angezogen, sodass sie gegen ihre Brüste drückten. Ich kniete nieder und hätte beinahe das Beten angefangen, nahm aber nur einen Waschlappen, tauchte ihn ins Wasser und wusch ihr den Rücken. Sie sagte: »Oh, das ist schön! Uh, das tut gut!« Und ich wusch weiter. Und dann stand ich auf, ging nach draußen, setzte mich vor die Tür und spielte weiter.

SOLLTE IRGENDJEMAND, DER DAS LIEST, IRGEND-

WANN IN SEINEM LEBEN MAL EINEN GRÖSSEREN IDIOTEN KENNEN GELERNT HABEN, DANN MÖGE ER SICH BITTE AN MICH WENDEN, ES WÜRDE MIR DAS GEFÜHL GEBEN, NICHT ALLEIN ZU SEIN AUF DIESER WELT!

Aber zurück zum Simon-and-Garfunkel-Konzert. In den letzten Monaten hatten wir alle von morgens bis abends *The Concert in Central Park* gehört, und noch heute kann ich die Ansage von Bürgermeister Ed Koch und die Moderationen von Paul und Artie auswendig hersagen. Vor allem diese witzige Bemerkung, als Paul Simon meint, die Typen, die an diesem Abend Joints verkauften, spendeten die Hälfte ihrer Einnahmen an die Stadt New York.

Zum Konzert in Dortmund gingen die meisten von uns im Art-Garfunkel-Central-Park-Look: Blue Jeans, weißes Hemd mit schmalem Steh-Bördchen, schwarze Weste. Ich glaube, ich hätte mir sogar Arties Löckchen drehen lassen, mein Haupthaar hatte sich allerdings schon damals von der weiter vorrückenden Kopfhaut in die Defensive drängen lassen.

Claudia war auch dabei, und aus irgendwelchen Gründen durfte niemand wissen, dass da was zwischen uns lief, was auch immer das sein mochte. Aber ich wurde langsam mutiger, am nächsten Tag würde ich sechzehn sein und dann an der Kinokasse bei viel weniger Filmen lügen müssen. Bei langsamen Liedern, an denen bei Simon and Garfunkel ja nie Mangel herrschte, nahm ich Claudias Hand, ganz heimlich und ohne hinzusehen, damit niemand mir auf die Schliche kam. Ich hielt sie fest und streichelte sie, und manchmal streichelte sie zurück.

Und dann kam *Bridge over troubled water*, ein Song, an den sich vielleicht spätere Generationen als Vorläufer des Megahits *Rainbows over Waterfalls* erinnern würden. Und wieder griff ich nach ihrer Hand, während Artie seine Stimme ganz nach oben schraubte, aber diesmal streichelte die Hand nicht zurück. Stattdessen drehte sich Ingo Wohlfahrt zu mir um, sah mich an, als hätte ich ihn mit Scheiße beworfen, und raunte: »Entweder du lässt sofort meine Hand los oder ich stecke deinen Kopf ins Chemie-Klo, du miese Schwuchtel!« Ich konnte erst am nächsten Tag wieder atmen, und die rote Farbe wich erst im Dezember aus meinem Gesicht. Das war wohl die Strafe dafür, dass ich mir Räucherstäbchen-Musik anhörte.

Ich und der Butt: Jetzt geht's los

Kurz bevor Helmut Kohl Bundeskanzler wurde, kriegten wir einen neuen Klassenlehrer. Das war ein schlechtes Omen. Der Typ, der uns jetzt vorstehen sollte, war verschrien als hinterhältig und missgünstig. Er war klein und trug hohe Hacken, um größer zu erscheinen. Tatsächlich machte es ihn nur lächerlicher. Sein Name war Hecker, aber wir nannten ihn nur den Butt, denn von der Seite sah er aus wie der Fisch auf dem Buch von Günter Grass. Er hatte eine winzige Nase, die kaum aus dem Gesicht hervorstand, kleine Augen, nach vorn drängende Wangen und flach am Schädel anliegende Ohren. Und er rauchte seine Zigaretten aus einer perlmuttfarbenen Spitze.

Es gibt Menschen, die wissen bei der ersten Begegnung, dass sie sich niemals werden ausstehen können. Als Hecker und ich uns zum ersten Mal in die Augen sahen, hatten wir jeder einen

Feind fürs Leben gefunden. Der Butt gab Deutsch. In Mathe hätte er mich fertigmachen können, aber in Deutsch war das nicht so einfach.

Wir kriegten ihn zu Beginn des zehnten Schuljahres, wo der Klassenlehrer normalerweise nicht mehr wechselte, aber Frau Fuhrmann war schwanger geworden und damit außer Gefecht gesetzt. Zur ersten Stunde kam er herein und verkündete erst mal, ohne guten Tag zu sagen, es sei nicht gerade sein sehnlichster Wunsch gewesen, diese Klasse zu übernehmen, aber der Direktor habe ihn hier eingeteilt, und jetzt müsse er es mit uns bis zum nächsten Sommer aushalten. Er erwarte von uns nicht mehr als das Übliche, also gründliche Vorbereitung und regelmäßige Mitarbeit, und dass wir gefälligst nur den Mund aufmachten, wenn wir gefragt würden. Ganz leise sagte ich etwas zu Mücke, und schon hatte der Butt mich auf dem Kieker. Er meinte, wir beide würden sicher ganz besondere Freunde werden. Ich nickte und sagte, das könne ich mir gut vorstellen.

Kurz nach dem Beginn des Schuljahres ging es auf Klassenfahrt. Es war die letzte Woche im September 1982, ein Dienstag. Wir fuhren in ein kleines Nest an der Nordsee und bewohnten jeweils zu viert schmale, aber dreistöckige Ferienwohnungen. Unten waren ein Wohnzimmer mit einem offenen Kamin sowie eine Kochnische mit Tresen und Kühlschrank. In der ersten Etage dann das Klo und ein Schlafzimmer und ganz oben, unter der Dachschräge, ein weiteres Schlafzimmer. Natürlich waren Spüli, Pommes, Mücke und ich in einer Wohnung. Es ergab sich, dass ich mir mit Spüli das Zimmer unterm Dach teilte und Mücke und Pommes das in der ersten Etage nahmen, weil Mücke meinte, er müsse dicht am Klo schlafen, niemand könne ihm zumuten jede Nacht stockbesoffen die enge Wendeltreppe hinunterzustolpern.

Dass wir mit Alkohol mehr als nur experimentieren würden, war gewissermaßen Ehrensache. Klassenfahrten waren nur für zwei Dinge gut: saufen und sich nachts zu den Mädchen schleichen, vielleicht etwas rumknutschen, und wenn man sehr viel Glück hatte, vielleicht eine Brust zu fassen kriegen, aber das war schwer, denn diese Dinger waren wachsam und immer ganz schnell wieder weg.

Der Butt nahm sich Verstärkung mit, Frau Boelcke, eine Religionslehrerin, die der Butt wohl nur mitgenommen hatte, weil sie die Einzige im Kollegium war, die noch kleiner war als er. Aber Frau Boelcke war in Ordnung, sie konnte nichts aus der Ruhe bringen. Wenn man im Unterricht störte, dann beklagte sie sich eher, wenn man unoriginell oder nicht witzig störte, als über den Umstand an sich. »Mach das doch ein bisschen witziger, damit ich auch was zu lachen habe«, sagte sie dann.

Wir fuhren am frühen Morgen los. Erst mit dem Bus nach Wanne Eickel, und von da aus mit dem D-Zug an die Nordsee.

Nachmittags kamen wir an und bezogen unsere Zimmer. Dann gingen wir los und kauften im einzigen Supermarkt des kleinen Kaffs ein, vor allem Unverdächtiges: haufenweise Nudeln und Fertigsaucen, Cola, Chips, Butter, Nutella, Wurst, Käse, Marmelade und Brot. Aber während Pommes, Spüli und ich an der Kasse standen und die Dame dahinter mit dem Eintippen beschäftigt war, drehte Mücke noch eine Runde und stopfte sich die Taschen seines sehr weiten Parkas voll mit Bier und Schnaps, stieß dann zu uns und legte noch eine Packung Kaugummi aufs Band, als sei er nur dafür noch mal zurückgegangen. Zu dieser Art der Beschaffungskriminalität sollte es in den nächsten Tagen noch einige Male kommen. Mücke wurde nie erwischt.

In der Wohnung galt es erst mal, alles buttsicher zu verstecken. Wir stellten fest, dass der offene Kamin im Wohnzimmer innen einen Vorsprung hatte, auf dem man bequem knapp zwanzig Dosen Bier abstellen konnte. Die Kleiderschränke in den Schlafzimmern konnte man ankippen, und unter dem Sockel noch mal einiges an Flaschen und Dosen lagern. Der Whiskey, mit dem Mücke uns überraschte, verschwand im Spülkasten der Toilette.

Zwischen sechs und sieben wurde in den Wohnungen gekocht, und der Butt steckte seine Nase in jeden Topf. Schließlich hockte er sich zu den Mädchen und gab ihnen Tipps, die sie nicht brauchten.

Nach dem Essen ließ der Butt uns in seiner Wohnung antanzen und stellte die Regeln für die nächsten Tage auf: Sieben Uhr aufstehen, halb neun antreten zum Tagesprogramm, achtzehn Uhr Abendessen, danach »geselliges Beisammensein« mit Nachbereitung des Tages, zehn Uhr Zapfenstreich. Das hörte sich an wie ein Vorgeschmack auf die Bundeswehr. Der Butt sagte, er dulde keine Exzesse, es herrsche strengstes Alkoholverbot, und er werde jeden Abend die Wohnungen überprüfen. Mücke grinste mich an und machte mit der rechten Hand Wichsbewegungen. Der Butt sagte, der Rest des heutigen Abends stehe zur freien Verfügung, aber wir seien sicher nach der langen Zugfahrt alle ziemlich erledigt. Mücke grinste wieder, bewegte seine rechte Faust vor seinem Mund vor und zurück und stieß mit der Zunge immer wieder von innen gegen seine linke Wange. »Schwanzlutscher« sollte das heißen. Die Boelcke hatte die ganze Zeit etwas betreten zu Boden geschaut, offenbar war ihr das präpotente, pseudomilitärische Gehabe ihres Kollegen peinlich.

Dann unverdächtiger Zeitvertreib bis zehn. Karten spielen und Cola. Punkt zehn stand der Butt auf der Matte. Er sah im Kühlschrank nach, ob da verbotenes Schmuggelgut, was schon fast eine Beleidigung unserer Intelligenz war. Er ließ uns das Sofa anheben, sah in dem kleinen Kabuff nach, wo die Putzmittel lagerten, roch sogar an einer Flasche Meister Propper und kam sich sehr clever vor. Als der Butt nicht hinsah, bückte sich Mücke und tat so, als würde er sich etwas in den Hintern schieben. »Arschficker« sollte das heißen. Wir mussten die Bettkästen herzeigen. Der Butt sagte, er kenne jedes verdammte Versteck, ihn könne man nicht verarschen. Und dann wollte er den Spülkasten der Toilette sehen. Pommes, Spüli und ich sahen uns an. Nur Mücke blieb ganz ruhig. Er führte den Butt sogar hin und nahm selbst den Deckel ab. Und im Wasser lag – nichts. Der Butt sah Mücke an, als wolle er auf seiner Stirn lesen, aber da war auch nichts. Fünf Minuten später war der Butt weg, und wir fragten Mücke, was er mit dem Whiskey gemacht habe, aber er wollte es nicht sagen. Wir warteten noch eine halbe Stunde, dann fingen wir mit Bier an. Wir schoben eine Cassette in den mitgebrachten Radiorecorder und drehten ein bisschen auf. Dass der Butt was hören würde, war unwahrscheinlich. Er hatte sich das luxuriöseste Appartement gesichert, fast hundert Meter von unserem entfernt.

Die anderen kamen zu uns in die Wohnung, und Mücke verkaufte ihnen Bier, zwei Mark die Halbliterdose. Der Whiskey, der plötzlich wieder aufgetaucht war, war nur für uns.

Um Mitternacht ging es hinüber zu den Mädchen. Wir rechneten uns was aus, wussten aber nicht genau, was. Mücke tat so, als würde ihn das alles nicht interessieren. Pommes gestand mir flüsternd, dass er alles tun würde, um an Kathrin Brand heranzukommen. Spüli sagte gar nichts. Als ich gefragt wurde, auf wen ich es abgesehen hätte, zuckte ich nur mit den Schultern. Das ging niemanden was an.

Wir holten den Radiorecorder und dimmten das Licht. Susanne hängte ein rotes Tuch über die Lampe über dem Tisch,

Pommes drehte zwei der drei Birnen aus der Stehlampe. Es lief *Maneater* von Hall and Oates, und dann Foreigner, *Urgent* und *Waiting for a girl like you*, und Eurythmics mit *Sweet Dreams* und Men at Work's *Down under*. Es war Kathrin, die mit dem Tanzen anfing, einfach so, vor der Küchenzeile. Petra und Andrea zogen nach. Dann wir anderen. Wir tanzten nur für uns, tanzten uns gegenseitig nicht an, das hatte noch Zeit, es musste ja nicht gleich am ersten Abend zum Äußersten kommen.

Ich hatte mir Carola mittlerweile aus dem Kopf geschlagen. Wir hatten ein paar Mal in ihrem Zimmer getanzt und herumgeknutscht, dann war uns beiden klar, dass da mehr nicht laufen würde.

Jetzt tanzten alle außer Mücke. Ein paar Mal sah ich zu Nicole hinüber. Sie trug den schönsten Schlafanzug, sehr schick, aus Seide, schwarz, mit roten Längsstreifen, eigentlich ein Herrenmodell. Ihr blondes Haar fiel in leichten Wellen auf ihre Schultern. Als Extrabreit von der Polizei sangen, setzte sie sich hin. Ich wartete noch eine Minute, dann setzte ich mich zu ihr. Das war nicht so mutig wie es sich anhört. Sie wohnte bei uns in der Nähe, und manchmal traf ich sie auf der Straße, und wir unterhielten uns. Nicole war Eisläuferin, hatte sogar mal bei den Westfälischen Meisterschaften den zweiten Platz gemacht, aber in letzter Zeit machte es ihr nicht mehr so viel Spaß. Ich bot ihr von meinem Bier an, und sie trank aus meiner Dose, ohne den Rand abzuwischen. Mit Nicole war ich zum Abschlussball der Tanzschule gegangen, und bei der Gelegenheit hatte ich von ihr meinen ersten Zungenkuss bekommen, aber seitdem war nichts mehr passiert, weil ich mich für ein paar Wochen in die Idee verrannt hatte, da könnte was mit Carola laufen.

Dann wurde Klammerblues getanzt, und zwar zu *Nights in white satin*. Ich sah, wie Pommes mit Kathrin tanzte. Aber da war noch einiges an Abstand zwischen ihnen. Spüli ging nach oben, wahrscheinlich aufs Klo. Die Einzigen, die richtig eng tanzten, waren Thomas Knoll und Lucy Martin, die Halbengländerin war. Es wurde schon lange gemunkelt, dass sich da was anbahne. »Guck mal!«, sagte ich zu Nicole. Sie nickte und sah mich an, und dann lachten wir beide. Ich hätte sie natürlich auffordern können, aber ich wollte nicht drängeln. Wir saßen noch ein wenig zusammen, dann meinte Nicole, sie sei müde, und stand auf. Ich sagte: »Wir sehen uns morgen.« Sie lächelte.

Als sie die Treppe nach oben ging, stand Mücke auf und kam zu mir, und wir gingen zu uns in die Wohnung, wo Spüli gerade in den Kamin kroch, um sich noch eine Dose Bier zu nehmen. Mücke spendierte noch eine Runde Whiskey. Wir tranken einigermaßen ernsthaft bis etwa zwei Uhr, dann gingen wir ins Bett.

Am nächsten Tag latschten wir durchs Watt, und irgendein Typ redete von Ebbe, Flut, Wattwürmern, Prielen und Salzwasser. Mittags gingen wir in eine Kneipe und aßen belegte Brote. Ich sah Nicole beim Essen zu, ohne dass sie es merkte. Thomas Knoll und Lucy Martin gingen schon Hand in Hand.

Abends machte der Butt seine Runde und fand wieder nichts. Er sah zufrieden aus, weil er dachte, er hätte uns im Griff. Mücke steckte seinen Daumen durch Zeige- und Mittelfinger. »Fick dich selbst!« hieß das.

In der zweiten Nacht wurde alles etwas konkreter. Die Mädchen empfingen uns nicht mehr im Schlafanzug, sondern in Jeans oder Rock. Kathrin hatte sich etwas geschminkt, aber ich glaube, nicht für Pommes. Es fing an mit *Urgent*, dann *New Year's Day* und *Sunday Bloody Sunday* von U2. Mücke saß in der Ecke und trank Whiskey aus der Flasche. Ich hielt mich an Bier. Als *Beat it* von Michael Jackson drankam, setzte ich mich aufs

Sofa und wartete, ob Nicole sich zu mir setzte. Sie hielt noch durch bis zur Hälfte von Totos *Roseanna*, dann kam sie zu mir und tat, als sei sie etwas außer Atem, um einen Grund zu haben, sich zu mir zu setzen. Dann lief *More than this*. Ich hasste diese Nummer, diesen schmierigen, schwindsüchtigen Gesang, dieses ganze Gewaber, als hätte man Trockeneisnebel im Ohr. Wir tranken wieder aus der gleichen Dose und sahen den anderen beim Tanzen zu. Es kam *Centrefold*, und wir gingen beide wieder auf die improvisierte Tanzfläche. Diesmal tanzte ich Nicole an. Sie erwiderte die Bewegungen. Gegen Ende der Nummer warfen wir alle die Hände in die Luft und sangen das »Nananananana« laut mit. Dann kam *So lonely* von Police. Es folgte *Berlin* von Ideal, und Nicoles Wangen glänzten. Das Licht war heute fast wie in der Disco, denn Kathrin hatte farbige Birnen besorgt und in die Lampen geschraubt.

Dann *Heaven can wait* von Meat Loaf. Um uns herum wurden Arme um Hälse geschlungen. Pommes stand vor Kathrin, Spüli ging aufs Klo. Ich sah Nicole noch an. Alle lief in Zeitlupe ab. Ganz langsam hob sie ihre Arme, legte sie auf meine Schultern und faltete ihre Hände in meinem Nacken. Ich kriegte dieses saugende Gefühl um das Brustbein herum. Sie kam ziemlich nah heran. Nach ein paar Sekunden legte sie ihren Kopf an die Stelle, wo mein Hals in die Schulter übergeht. Hoffentlich kriege ich keinen Ständer, dachte ich. Zu spät. Ich wollte meinen Unterleib zurückziehen, aber Nicole erlaubte das nicht. Thomas und Lucy waren ziemlich heftig zugange. Sie mussten doch schon einen Muskelkrampf in der Zunge haben. Außerdem fummelte Knoll an ihr rum, als gäbe es Geld dafür.

Später saßen wir wieder auf dem Sofa und sahen den anderen beim Tanzen zu. Wir sagten nicht viel, die Musik war ziemlich laut.

Noch später saßen Spüli, Pommes, Mücke und ich in unserem Appartement und tranken Whiskey. Pommes war unzufrieden. Kathrin ließ ihn nicht richtig eng tanzen. »Ich weiß nicht, was ich machen soll«, sagte Pommes er.

»Die Olle will nichts von dir«, knurrte Mücke, »begreif das mal!«

»Aber wieso tanzt sie dann überhaupt mit mir?«

»Um dich zu verarschen. So sind die. Frag doch unseren Experten hier.« Mücke machte eine Kopfbewegung in meine Richtung. »Bei ihm läuft es, morgen steckt er ihr den Finger rein.«

»Arschloch«, sagte ich.

»Oh, entschuldige bitte, ich wusste nicht, dass es die große Liebe ist.«

»Ich weiß nicht, was ich machen soll«, sagte Pommes. »Morgen geh ich mal etwas schärfer ran.«

»Vergiss es«, sagte Mücke. »Spülberger, was ist eigentlich mit dir?«

»Ich bin müde«, sagte Spüli. »Ich geh in Bett.«

»Wichs nicht so viel«, riet Mücke.

Als ich etwas später ins Bett ging, lag Spüli in seinem Bett noch wach. Er sagte: »Ich bin verliebt. Glaube ich.«

»Echt? In wen? Susanne?«

»Nee.«

»Warte mal. Petra?«

»Nein, die kann ich nicht leiden. Die ist so laut.«

»Andrea?«

»Zu blöd.«

»Doch wohl nicht Lucy? Da ist der Zug abgefahren.«

»Nein, nicht Lucy.«

»Kathrin? Das kannst du Pommes nicht antun. Auch wenn er zu blöd ist.«

»Ach was, Kathrin, Blödsinn.«

»Nicole. Du bist in Nicole verschossen, und jetzt willst du es mir beichten. Tut mir Leid, Alter, aber auch da muss ich dich enttäuschen. Ich habe da ziemlich gute Karten, glaube ich.«

»Ach, weißt du was, lass uns einfach pennen.«

»Also wenn es Nicole auch nicht ist, wer bleibt dann noch? Ich meine von denen, die in Frage kommen. Die dicke Carola wird es ja wohl nicht sein.«

»Ich bin müde, lass uns pennen.«

»Okay, gute Nacht.«

»Gute Nacht.«

Am nächsten Tag verkündete der Butt, er würde abends eine Party gestatten, er wolle selbst daran teilnehmen, und jedem seien zwei Bier oder zwei Glas Wein erlaubt. Mücke gingen langsam die obszönen Gesten aus, um den Mist, den der Butt verzapfte, zu kommentieren.

Den Tag vergeudeten wir in irgendeinem Heimatmuseum mit ausgestopften Möwen und Werkzeug, mit dem die Nordseebewohner früher das Watt umgegraben hatten.

Um halb acht ging die »Fete« los. Wir durften Musik machen. Der Butt höchstselbst hatte Bier und Wein besorgt und verkaufte beides zum Selbstkostenpreis. Wir mussten was bei ihm kaufen, sonst würde es auffallen, wenn wir angetrunken waren.

Wie man sich denken kann, war die Party nicht unbedingt ein rauschendes Fest. Erlaubte Exzesse haben keinen echten Reiz. Die Party fand statt im Appartement des Butts, er hielt Hof, saß in einem großen alten Sessel, als hätte er ihn von zu Hause mitgebracht, und grinste dreckig, weil er glaubte, uns im Griff zu haben. Hier gab es auch eine Stereoanlage, und es lief gemäßigte Popmusik. Die Mädchen und die Jungs saßen getrennt voneinander, niemand tanzte. Knoll und Lucy genau an der Schnittstelle der beiden Gruppen und warteten auf ein Signal, wieder über einander herzufallen.

Der Butt versuchte sich zu unterhalten. Er hielt eine Dose Bier in der Hand und redete auf Petra ein, der die Sache einigermaßen peinlich war.

»Super Fete«, raunte Mücke mir zu. »Ungefähr so gemütlich wie bei den Nürnberger Prozessen.«

Zwischendurch gingen wir raus, um »frische Luft zu schnappen«, tatsächlich aber, um an den Whiskey zu gehen, den wir hinter dem Haus versteckt hatten. Wir pinkelten unter das Schlafzimmerfenster des Butts.

Ganz langsam taute die Party auf. Was sollte man auch machen? Butt hin oder her, es waren Mädchen da, es gab Alkohol, und es lief Musik. Wir waren sechzehn, da kämpft man um sein Recht auf Party, zur Not gegen sich selbst. Irgendwann begannen die Ersten zu tanzen, dann wurden wieder die eine oder andere Birne aus der Fassung und die Musik etwas lauter gedreht, die Gangart verschärft. Es lief *Tanz den Mussolini*. Ich sah Nicole, wie sie mit Spüli redete. Er sollte bloß keinen Mist machen. Petra war immer noch dem Butt ausgeliefert.

Es war etwa Viertel nach neun, als ich vom Pinkeln und Whiskeytrinken zurückkam und in der Tür auf Nicole traf. Sie lächelte mich an und sagte »Hallo!«. Ich hallote zurück. Dann standen wir in der Tür. Sie war nicht mehr ganz nüchtern. Als hätte sie in meinen Kopf geguckt, sagte sie: »Ich habe zwei Wein getrunken.« Dabei vertrug sie doch nichts. »Dabei vertrage ich doch nichts. Ich glaube, mein Kreislauf macht … irgendwas.«

»Tja«, antwortete ich, als sei ich Arzt, der sich schon seit Jahren mit dem Kreislauf schöner Teenager beschäftigte, »ich würde sagen, man muss mit dir spazieren gehen.«

Sie sah mich an wie eine Patientin, die ihrem Doktor jedes Wort glaubt. »Ich glaube, du hast Recht.«

Nicole ging zielstrebig zur Hauptstraße und dann ortseinwärts, als wüsste sie, wo wir hinwollten. »Der Butt macht sich an Petra ran«, sagte sie.

»Er ist ein Arsch.«

»So was Schleimiges, mir wird schlecht, wenn er mich anguckt. Und er guckt mich ziemlich oft an.«

»Das wiederum kann ich verstehen.«

Sie sah mich an. »Wie meinst du das?«

»Du weißt genau, was ich meine.«

»Ich habe keine Ahnung.«

»Das glaube ich dir nicht.«

»Ich bin blöder als ich aussehe. Sag's mir!«

»Du weißt schon, was ich meine.«

»Manchmal muss man auch Sachen, die völlig klar sind, noch mal laut aussprechen. Das macht man so.«

»Später vielleicht.«

Es war niemand auf der Straße, und alle Fenster waren dunkel.

Es war kühl. Nicole trug einen Kapuzenpulli, ich nur mein hellgrünes Hemd mit Achselklappen.

Sie erzählte mir von sich. Ihre Eltern waren geschieden, sie lebte bei ihrer Mutter. Sie hatten eine schöne Wohnung und nicht viel Geld, also mussten sie ein Zimmer untervermieten. Zurzeit lebte da ein Schauspieler, der am Schauspielhaus in der »Hermannsschlacht« einen Bären spielte und sich, obwohl er die ganze Zeit in einem dicken, braunen Fell steckte und man ihn nicht erkennen konnte, ziemlich wichtig vorkam.

Nicole hatte ein paar Probleme mit ihrer Mutter, weil sie das Eislaufen aufgegeben hatte, obwohl ihre Mutter doch so viel in sie investiert habe. »Es hat aber keinen Sinn«, sagte Nicole, »es macht mir keinen Spaß mehr. Und es kostet so viel Zeit.« Zwei Jahre lang sei sie jeden Tag direkt nach der Schule mit dem Zug zum Training nach Düsseldorf gefahren und erst am Abend wieder zu Hause gewesen, wo ihre Mutter sie bei den Hausaufgaben überwacht habe. Dann habe sie herausgefunden, dass es auch andere Dinge gebe, die Spaß machen könnten. Dabei sah sie mich wieder an.

»Was sind das für Dinge?«, wollte ich wissen.

»Du weißt schon, was ich meine.«

»Manchmal muss man auch Sachen, die völlig klar sind, noch mal laut aussprechen. Das macht man so.«

»Ich habe zuerst gefragt«, beharrte sie.

Wir standen mitten im Ort, auf einem kleinen Platz, rundherum Straßenlaternen. Es war ungemütlich.

»Lass uns weitergehen«, sagte ich. »Es ist ungemütlich hier.«

»Lass uns ans Meer gehen«, schlug sie vor.

»Ich will nicht in irgendeinem Priel ersaufen.«

»Ich würde auch nicht gern in so einem Hemd gefunden werden.«

Wir bogen in eine Seitenstraße ein. Nach etwa hundert Metern gab es keine Straßenlaternen mehr. Wir gingen weiter. Keine Spur von Nordsee. Die Straße wurde schmaler. Rechts und links lagen Felder in der Dunkelheit.

»Okay«, sagte Nicole und blieb stehen. Es war wirklich sehr dunkel. Aber ihre Haar leuchteten ein wenig.

»Okay was?«, wollte ich wissen.

»Wieso kannst du verstehen, dass der Butt mich anstarrt?«

Ich holte tief Luft. »Du weißt doch, was ich sagen will.«

»Ich weiß gar nichts.«

»Du bist so schön.« Das hatte ich nicht sagen wollen. Jedenfalls nicht so. So verloren und schwärmerisch.

»Das ist sehr nett von dir.« Wurde sie rot?

»Und was sind das für Dinge, die außer Eislaufen auch Spaß machen können?«

Sie gab keine Antwort. Es war völlig still, nicht mal Wind. Ich machte einen Schritt auf sie zu, beugte mich vor. Ich fand ihren Mund nicht. Nicole lachte leise. Beim nächsten Versuch machte ich es besser. Ganz sanft. Sie hatte den Kopf schräg gelegt. Ich hörte, wie sie durch die Nase einatmete. Sie schlang ihre Arme um mich. Sie ließ es nicht nur passieren. Ihre Zunge stieß ganz kurz an meine. Ich legte meine Hände auf ihre Schulterblätter. Meine Zunge gegen ihre. Alles ganz langsam. Sie nahm meine Oberlippe zwischen ihre beiden Lippen, und eine Sekunde fürchtete ich, sie könnte aufhören wollen, aber dann machte sie das Gleiche mit meiner Unterlippe. Ich schob meine Zunge wieder vor und drängte etwas mehr. Es war ein Versuch. Sie atmete wieder tief durch die Nase ein. Ihre Hände waren jetzt in meinem Nacken und strichen nach oben über meinen Hinterkopf und wieder hinunter. Ich bewegte meine Hände auf ihrem Rücken, hinunter zu ihrem Po. Es kam ein Geräusch aus ihrem Brustbein. Sie fasste nach. Mit dem Mund. Dann kam wieder Luft an meine Zähne. Sie küsste mich auf die Wange, ich sie auf die Nase. Wir standen nur so da.

Wir kehrten um, und bald waren da wieder Straßenlaternen. Wir gingen noch einen Umweg, hielten immer wieder an und küssten uns. Von weitem sahen wir einmal Mücke und Pommes, wie sie die Hauptstraße hinunterrannten, Richtung Dorf, dachten uns aber nichts dabei.

»Worüber hast du dich eigentlich mit Spüli unterhalten«, wollte ich wissen.

»Wieso?«

»Ich glaube, er ist ein bisschen in dich verknallt.«

»Oh nein, das kann ich ausschließen.«

»Wieso?«

»Ich kenne ihn ziemlich gut.«

»Woher?«

»Wir haben uns ein paar Mal unterhalten. Und uns ein paar Mal getroffen.«

»Und wieso kann er nicht in dich verknallt sein?«

»Hast du denn keine Ahnung?«

»Ich habe keine Ahnung, wie man *nicht* in dich verknallt sein kann.«

»Zum Beispiel, wenn man es nicht so mit Mädchen hat.«

»Was soll das heißen? Womit soll man es denn sonst haben?«

»Na, zum Beispiel mit Jungs. Ich denke, du hast schon davon gehört.«

»Spüli ist schwul?«

»Er macht sich jedenfalls nicht viel aus Mädchen. Und träumt schon mal von Jungs.«

So richtig überraschte mich das nicht. Mir war die Sache mit dem Holländer noch im Gedächtnis und Spülis merkwürdiges Verhalten. Und dass er immer aufs Klo ging, wenn Klammerblues getanzt wurde. Jetzt war auch klar, wieso ich nicht erraten konnte, in wen er verliebt war. Aber in wen war er denn nun verliebt?

Wir bogen wieder auf die Hauptstraße ein. Kurz darauf kamen uns Mücke und Pommes entgegen, die wohl auf Umwegen wieder zu den Appartements zurückgelaufen waren. Sie waren ziemlich aufgeregt.

»Seid ihr bescheuert oder was?«, schrie Mücke. »Wir suchen euch die ganze Zeit. Der Butt macht einen Riesenaufstand, weil ihr um zehn nicht da wart!«

»Wie spät ist es denn jetzt?«, fragte ich.

»Gleich halb zwölf«, sagte Pommes.

»Ach du Scheiße!«

»Ja, ach du Scheiße!«, rief Mücke. »Ihr sollt sofort zu ihm kommen. Macht euch auf was gefasst.«

Nicole drückte meine Hand. Es würde also Ärger geben. Na gut.

Wir gingen zur Hinterseite der Appartements. Auf den Balkonen standen unsere »Mitschüler«, von denen nur die Silhouetten zu erkennen waren. Einige klatschten. Ich klopfte beim Butt an. Klopfen war Männersache. Die Tür ging auf. Das Buttgesicht erschien. Buttface ist englisch für Arschgesicht, ging mir durch den Kopf. Ich konnte ihm genau in die Augen sehen, obwohl er zwei Stufen über mir stand. Die Wohnung hinter ihm lag in gedämpftem Licht. Er hatte seine affige Zigarettenspitze in seinem fischigen Buttmaul. Mit spitzen Fingern nahm er sie heraus und sagte: »Nicole zuerst!« Sie drückte noch mal meine Hand, küsste mich auf den Mund und ging hinein.

Nicole zuerst! Was glaubte er, wer er war? Der verdammte Pate? *Ich werde ihm ein Angebot machen, das er nicht ablehnen kann*! Lag der abgetrennte Pferdekopf schon in meinem Bett?

Plötzlich stand Mücke neben mir. »Hier, nimm nen Schluck!«, sagte er und gab mir die Whiskeyflasche.

»Meinst du, es ist so clever mit einer Whiskeyfahne da reinzugehen?«

»Meinst du, das macht noch einen Unterschied?«

Ich nahm einen tiefen Schluck. So war das, wenn man erwachsen war und sich langsam daran gewöhnte, schöne Frauen zu küssen. Wenn die Wellen über die Reling schlugen, brauchte man erst mal einen Drink.

Es dauerte fast zwanzig Minuten. Mücke legte sein Ohr an die Tür und versuchte etwas zu hören. Nichts zu machen.

»Hat es sich wenigstens gelohnt?«, wollte er wissen.

»Ach Mücke ...«, seufzte ich, älter als noch vor ein paar Stunden.

Nicole kam heraus, lächelte mich an und küsste mich mit Zunge. Das passte dem Butt nicht.

»Mach dass du wegkommst, Kuwelko!«, schnauzte er Mücke an.

»Leck mich«, sagte Mücke halblaut.

Mit einer Kopfbewegung bedeutete der Butt mir hereinzukommen. Ich sah ihn an und stieg die zwei Stufen hoch. Ich war der geküsste Mann, ich konnte jetzt alles machen. Ich blickte dem Butt auf den Scheitel. Das machte ihn nervös.

»Setz dich!«

Im Kamin brannte ein Feuer. Davor saß Frau Boelcke und starrte hinein. Sie nickte mir zu und lächelte.

Ich setzte mich, der Butt blieb stehen. »Was hast du dir dabei gedacht?«

»Gar nichts.« Das war nichts als die Wahrheit. Ich hatte gefroren, dann war mir warm geworden, ich hatte eine Gänsehaut gekriegt und einen Ständer, ich hatte Spucke mit Spucke vermischt, meine Zunge war rau und meine Lippen fusselig, ich hatte mich gefragt, wo das Meer ist und wo ich auf die Schnelle ein schöneres Hemd herbekommen könnte, aber ich hatte mir definitiv nichts *gedacht*, nicht im Sinne von *Nachdenken*, nicht im Sinne einer zielgerichteten Suche nach Erkenntnis oder einem kritischen Hinterfragen meiner Motive und Absichten. Ich fühlte mich, als könne ich plötzlich komplizierte mathematische Formeln verstehen. Und wenn es einen Gott gab, dann war ich es selbst, so fühlte ich mich.

»Was habt ihr gemacht?«

»Was glauben Sie denn?«

»Komm mir bloß nicht so, Freundchen! Ich kenne das! Ich

habe keine Lust, mit neunundzwanzig Leuten statt mit achtundzwanzig nach Hause zu kommen, das ist mir auch schon passiert!«

»Dann müssen Sie die Finger von den jungen Mädchen lassen« – habe ich leider nicht gesagt, aber gedacht.

Ich fragte mich, wie lange er Petra noch auf die Nerven gegangen war. Es hatte Gerüchte gegeben, er habe sich an einer anderen Schule an ein Mädchen rangemacht. Statt ihn auf dem Schulhof mit Katzenscheiße zu bewerfen, sei er befördert und an unsere Schule weggelobt worden.

»Willst du dazu nichts sagen?«

»Was soll ich dazu sagen?«

»Du hast das doch alles von langer Hand geplant!«

»Was soll ich geplant haben?«

»Du hast deine Zimmergenossen angestiftet, dich zu decken.«

»Ich habe *was*?«

»Du hast sie aufgefordert, für dich zu lügen.«

»Nein.«

»Das haben sie aber gesagt.«

»Haben sie nicht.«

Der Butt hatte jetzt Oberwasser. Er quoll auf vor Erregung. Meine Mutter hatte auf dem Wochenmarkt mal verdorbenen Fisch erwischt. Als sie den aufschnitt, waren Spulwürmer drin gewesen. So musste es im Inneren des Butts aussehen. Spulwürmer der Bosheit. Ich hätte ihn jetzt auch gerne aufgeschnitten, um nachzusehen, ob das stimmte. Die Boelcke sprach mit dem Feuer. Still und stumm.

»Du weißt, was das nach sich zieht?«

»Keine Ahnung. Was denn?«

»Ihr kriegt eine Klassenkonferenz, alle beide.«

»Meinetwegen.«

»Du ...«

Vielleicht würde er mir wirklich eine runterhauen. Ein bisschen wartete ich darauf.

»Hau jetzt ab. Wir sprechen uns noch.«

Ich ging zur Tür. Als ich die Klinke schon in der Hand hatte sagte er: »Das wird nichts mit euch! Du bist nicht der richtige Mann für Nicole!«

»Aber du oder was?«

Das hatte ich tatsächlich gesagt, nicht nur gedacht. In seinem Gesicht erschien eine Farbe, die ich an einem Menschen noch nie gesehen hatte.

Draußen wartete Mücke, hinterm Rücken die Whiskeyflasche.

»Und wie war's?«

»Nun«, sagte ich wie der Tierarzt, der leider Black Beauty einschläfern muss, »ich glaube, wir haben es mit einem sehr kranken Tier zu tun. Jemand sollte es erlösen.«

Ich fühlte mich wie Perry Rhodan, nachdem diese Superintelligenz namens »Es« ihm das Ei auf die Brust gesetzt hat, das ihn unsterblich macht. Ich trank Whiskey. Wir gingen zu unserem Appartement.

»Er hat gesagt, ihr hättet behauptet, ich hätte euch angestiftet mich zu decken.«

»Arschloch. Das hast du doch wohl nicht geglaubt?«

»Nicht eine Sekunde.«

Nicole saß mit Andrea, Carola, Spüli und Pommes bei uns am Tisch. Knoll und Lucy standen am Küchentresen und befummelten sich. Nicole stand auf, als ich hereinkam. Wir küssten uns. Alle grinsten.

Ich erstattete Bericht. Wir überboten uns gegenseitig mit sehr schmutzigen Schimpfwörtern, legten Musik auf, ließen Wein und Bier kreisen.

Die anderen kamen dazu. Es wurde eine wilde Nacht mit viel Tanz und Gesang. Blaue Augen machten alle so sentimental, kaum zu glauben. Goldene Reiter waren verschossen in deine Sommersprossen. Alle hatten den *Look of love* und wurden in *Temptation* geführt. Pommes landete endlich bei Kathrin. Alle küssten sich öffentlich, um zu zeigen, dass sie es beherrschten, dass sie es einfach so tun konnten. Aber: mach mir doch keinen Knutschfleck, alles nur kein Knutschfleck! Knoll und Lucy waren schon einen Schritt weiter. Sie machten auf dem Sofa rum. Er griff ihr an die Brüste und sie ihm in den Schritt. Völlig losgelöst von der Erde.

»Bäh, das ist ja ekelhaft«, rief Mücke irgendwann. »Geht doch nach oben und macht es richtig, hier sind Minderjährige im Raum.« Knoll und Lucy gingen nach oben.

Später rollte sich Mücke auf dem Sofa zusammen.

Es war weit nach Mitternacht, als Pommes und Kathrin und Nicole und ich noch mal Hunger kriegten. Wir setzten Wasser auf und machten Spaghetti. Spüli verabschiedete sich und sagte, er wolle bei Olliver übernachten, da sei noch ein Bett frei. Ich sah Nicole an, und sie grinste.

Pommes meinte, das Einzige, womit man wirklich morgens um drei Spaghetti verfeinern könne, sei Nutella. Wir nahmen unsere Teller mit nach oben, legten uns in das breite Bett und schaufelten es uns gegenseitig hinein. Es war ekelhaft. Die Hälfte der Nudeln landete auf der Matratze. Die anderen aßen wir uns zum Teil aus den Haaren und aus den Gesichtern. Dann stellten wir die Teller neben dem Bett auf den Boden und küssten uns. Also nicht wild durcheinander, sondern ganz ordentlich, Pommes küsste Kathrin und ich Nicole. Und zwischendurch hörten wir Knoll und Lucy von oben. Sie schienen es wirklich zu machen. Wir lagen da und hörten ihnen zu.

Und irgendwann war Ruhe.

Wir lagen so da und redeten wenig, bis es hell wurde. Dann küssten die Mädchen die Jungs und schlichen in ihre Appartements. Pommes und ich blieben zurück in Nudeln und Nutella.

»Mann, was eine Nacht!«, sagte Pommes.

»Das kannst du laut sagen.«

»Ich hätte nie gedacht, dass ich das hinkriege. Ich stelle mich doch immer so blöd an.«

»Das ist jetzt vorbei.«

»Und morgen? Also heute. Ist ja schon fast sieben.«

»Heute wird Helmut Kohl Bundeskanzler.«

»Stimmt«, sagte Pommes. »Meinst du nicht, da schießt noch einer quer?«

»Nein«, sagte ich. »Wir sind verloren.«

»Wie heißt das, was die da machen?«

»Konstruktives Misstrauensvotum.«

»Wie fandest du eigentlich den Schmidt?«

»Ganz okay«, sagte ich. »Kaum war er Bundeskanzler, wurden wir Weltmeister.«

»Helmut Kohl ist doch eine Kartoffel. Meinst du, der hält sich lange?«

»Kann ich mir nicht vorstellen«, sagte ich.

»Ich auch nicht. Ich glaube, der ist zu blöd. Was willst du machen, wenn du wirklich eine Konferenz kriegst?«

Es war mir egal. Ich war nun jemand anderes. Ich drehte mich auf die Seite, bereit einzuschlafen. Jetzt geht es los, dachte ich.

III
Das Ich und die anderen
Friends and enemies of Carlotta

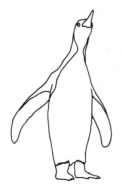

Herrje!

Herrje, warum wollen sie morgens immer das, was du nicht hast: Milch in den Tee, Zucker in den Kaffee, steinharte Butter statt streichfester Margarine, einen Föhn, den Lokalteil, Diätmarmelade, Körnerbrötchen, den Bademantel und das Recht, als Erste aufs Klo zu gehen? Können sie nicht mal höflich sein und sagen, das macht nichts, wenn du keine Milch hast und keinen Zucker, ich lege die Wurst direkt aufs nährstoffarme Weizenbrötchen, ich lasse meine Haare an der Luft trocknen, lese morgens keine Zeitung, esse normal gezuckerte Konfitüre, trage lieber mein langes Hemd, das sieht sexy aus, und habe den Stoffwechsel vorerst eingestellt. Man muss ihnen erklären, wer W.C. Fields ist und dass Groucho Marx keinen echten Schnauzbart hatte, Lothar Matthäus ein Arschloch ist und das mit der zweiten Liga nur vorübergehend. Und die Abseitsregel werden sie nie begreifen.

Hach, ruft sie aus, als sie hereinkommt, du hast aber viele CDs! Und so viele Bücher! Hast du die denn alle gelesen? Ist der Wein da noch gut? Kannst du den Garten mitbenutzen? Oh und so viele Videos! Wann guckst du das denn alles? Gott, also wenn ein Buch mehr als dreihundert Seiten hat, fange ich gar nicht erst an!

Du schleppst literweise Mineralwasser und Weißwein hinter

ihr her, und sie trinkt kein Glas aus, ascht in leere Bierflaschen und hat überhaupt vorher schon mal gar nicht gefragt, ob es dir was ausmacht, wenn sie raucht. Ich darf doch, das ist alles, und dann wirft sie einen unauffällig tadelnden Blick auf die dünnen Spinnweben in der unzugänglichen Ecke über dem schwankenden Regal. Aber dieser Plüsch-Delphin, den du mal zum Geburtstag bekommen hast, den findet sie natürlich unheimlich süß, und Christa Wolf wahnsinnig interessant, Filme von Jim Jarmusch irrsinnig, und wenn sie den Namen des Regisseurs von *Das grüne Leuchten* kennen würde, käme ihr ein sicheres »Ich liebe Eric Rohmer« über die Lippen.

Dann sitzt sie auf dem Sofa und kriegt keinen Ton raus, und alles, was dir in dieser Situation einfällt, ist dieser großartige, aber eben etwas anzügliche Witz, den du gestern gehört hast, und minutenlang überlegst du, ob du ihn erzählen sollst, lässt es erst und tust es dann doch, weil Sting so peinlich weinerlich gegen die Stille anquäkt, dass es dich schüttelt, aber die neue B.B. King wollte sie ja nicht hören, weil sie keine Platten hört von Leuten, die sie nicht kennt. Du erzählst diesen Spaß also doch, und sie sieht dich an, als hättest du auf das Grab ihrer Mutter gespuckt, und du fragst, ob sie noch etwas Mineralwasser oder Weißwein möchte, du hättest ja den ganzen Keller voll davon, und bevor sie antworten kann, bist du auch schon in der Küche und zeigst ihr durch die Wand den Mittelfinger und reißt einige Grimassen, die deine Aggressionen ein wenig abbauen.

Mit der Flasche in der Hand kommst du dann zurück und setzt dich ein wenig näher zu ihr und fragst sie nach ihrem Studium – sie studiert nämlich noch – und prahlst unauffällig mit deinem Abschluss und dem Thema deiner Examensarbeit, immer in der Hoffnung, sie merkt nicht, wie wenig du dich für den Mist interessierst, den sie verzapft. Du nickst und lächelst, und langsam taut sie auf, fragt dich dies und das, kann natürlich mit den Namen, die du fallen lässt, nichts anfangen, und du erwischst dich dabei, wie du über Bismarck sagst, das sei der mit dem Schnaps und dem Hering, und über Kohl, das sei der mit der Suppe, und zu deinem grenzenlosen Entsetzen findet sie das auch noch witzig, verschluckt sich an dem Wein und lacht sich halb kaputt. Du arbeitest dich wieder ein wenig näher heran, sie rückt nicht weg, und du denkst, entweder ist sie so blöd, dass sie es nicht merkt, oder sie ist leicht zu haben, in beiden Fällen kommt sie ins schwarze Buch; aber du machst halt weiter, es ist kurz vor zehn, der Abend ist angebrochen, was soll's, und gerade, als du richtig rangehen willst, ist die CD zu Ende, und sie springt auf und sucht eine neue aus, unter Garantie eine von den fünfen, die du schon vor Monaten als absolute Fehlinvestition abgehakt hast, und als sie sich wieder setzt, ist der alte Abstand wiederhergestellt, das Ganze geht von vorne los, und du denkst daran, dass du morgen Früh eigentlich nicht so spät aufstehen willst. Herrje, so viel Zeit verschwendet für nichts, warum kann man nicht eine einfache Frage stellen, eine einfache Antwort bekommen und loslegen oder es eben lassen und irgendwo noch ein Bier trinken, in der Hoffnung, interessantere Leute zu treffen. Aber nein, du musst diesen Affentanz hier durchmachen, mit einer potentiellen Fehlerquote, bei der dir schlecht wird.

Nach einer Unendlichkeit von geschmackvollen Gesprächen ist es dann endlich so weit. Sie hat zwar nicht begriffen, was der Anfang von Woody Allen's *Manhattan* für dich bedeutet, vor allem die Stelle, an der das Feuerwerk über New York abbrennt, das Tolle ist nämlich, sagst du, dass das alles schwarzweiß ist, und sie sagt *Casablanca* sei doch auch schwarzweiß, und als du sagst, *Casablanca* ist von 1942, als noch fast alle Filme schwarzweiß waren, und *Manhattan* von 1979, als die meisten Filme schon Farbe trugen, da sagt sie nur »Aha« und dass sie wahnsinnig gerne mal in Bayreuth dabei wäre. Du bist gerade dabei, zu resignieren und alles auf den Moment vor dem Einschlafen zu verschieben, wie seit fünfzehn Jahren üblich, da wird SIE zutraulich, rutscht plötzlich das Rückenpolster hinunter und mutiert in eine einzige, offensiv vorgetragene Aufforderung. Aha, denkst du, ab geht die Post. Du gibst alles, und das ist nicht wenig, setzt den blitzartig vorschnellenden Ohrläppchenquirler ein, bis sie quiekt, zeigst ihr, wie toll deine Fingerkuppen über ihren Oberkörper huschen können, ohne ihren Busen zu berühren, vergisst auch nicht den überraschend eingesprungenen Hals- und Schulterknabberer, hältst deine mittleren Körperregionen noch ein wenig zurück und zeigst ihr so richtig, dass du was anderes bist, als dieses ganze Gesocks, das sie sonst kennt. Und als du dann endlich mal deine schon ganz trockenen Lippen auf ihren Bauchnabel applizieren kannst und dich an ihrem Gürtel zu schaffen machst, da springt sie auf und sagt, sie müsse mal eben aufs Klo. Klar, sagst du und würdest doch am liebsten in die Kissen beißen. Na ja, denkst du aber dann, vielleicht trifft sie nur einige Vorbereitungen, auch wenn du nicht weißt, was für Vorbereitungen das sein könnten, denn wenn sie ihre Tage hat, dann willst du nicht, denn das ist eklig, also stehst du auf und gehst zur Klotür und guckst durchs Schlüsselloch, und da siehst du sie umständlich über deine Schüssel gespreizt, ohne die Brille zu berühren, denn sie traut sich natürlich nicht, sich hinzusetzen, denn du bist sicher ein rechter Schmutzfink. Irgendwie findest du das alles jetzt ein bisschen viel, setzt dich aber wieder aufs Sofa und tust so, als sei nichts gewesen, knöpfst dir lediglich noch einen Knopf am Hemd auf, damit sie endlich mal auf die Idee kommt, da hineinzugreifen. Wenn sie zurückkommt, ist natürlich ihre Bluse, die du ganz raffiniert und ganz zurückhaltend aus ihrem Hosenbund gefummelt hast, wieder in denselbem verschwunden, und du fragst dich, warum geht sie nicht nach Hause und guckt *Golden Girls*, aber irgendwie hast du das Projekt noch nicht ganz abgeschrieben und fragst unschuldig, ein subtiles, vieldeutiges Lächeln auf den Lippen, »Wo waren wir stehengeblieben?« und sie sagt nur »Ich weiß nicht«. Oh Heiland, denkst du, vielleicht wäre es wirklich besser, für so was zu bezahlen, dann könntest du vorher alles genau abklären, müsstest keine Zeit mit Geplänkel verlieren, alles wäre ganz klar geregelt, und hinterher könntest du dich beschweren oder auch mal was zurückgehen lassen, danach nach Hause gehen und noch ein wenig fernsehen oder dich mit Freunden treffen, die dich sowieso immer noch am besten verstehen, aber da legt sie dir eine Hand aufs Knie, und nur eine halbe Stunde später seid ihr schon fast nackt, aber als du ihr den Slip herunterwerkelst, denkst du, dass sie doch gerade noch gepinkelt hat und irgendwie ...

Herrje, und am nächsten Morgen blockiert sie stundenlang das Badezimmer, ihre Haare verstopfen deinen Ausguss, du musst diesen uralten Föhn aus dem Kleiderschrank hervorkramen, und als du selbst dann endlich aus der Dusche kommst, hat sie nicht mal beim Bäcker gegenüber Brötchen geholt, will aber Milch in den Tee. Du hast jedoch keine Milch, weil du dieses schleimige Zeug nicht ausstehen kannst. Na ja, aber du hast doch wenigstens Diätmarmelade oder nicht?, oh schade, wirklich schade, jetzt bin ich doch beinahe ein bisschen enttäuscht, dann sei doch so lieb und bring mir bitte ein Körnerbrötchen mit, sag mal, wo ist eigentlich deine Butter, ach Margarine. Na ja, aber dein Bademantel steht mir doch gut, oder?

Und später, kurz bevor sie geht, endlich geht und dich wieder der Freiheit deiner schmuddeligen, schlecht ausgestatteten

46 Quadratmeter überlässt, sagt sie, kurz, trocken und voller vernichtendem Verständnis: »Du, wegen letzter Nacht, mach dir keine Gedanken, das kann doch jedem mal passieren.«

Moderne Menagen

Ich habe ja nur davon gehört, aber es muss ungefähr so gewesen sein:

Als Henry was mit Pia anfing, war das Problem, dass Ralf, der früher mal mit Pia zusammengewesen, und in den Pia noch immer verliebt war, sich gerade von Renate getrennt hatte, um zu Pia zurückzukehren. Als Ralf vor Pias Tür stand, lag Henry noch in ihrem Bett, denn er war am Abend zuvor vorbeigekommen, um ein paar CDs abzuholen, die er Pia mal geliehen hatte, und dann war eins zum anderen gekommen, und plötzlich fuhr kein Bus mehr, und Henry hatte ja auch gerade keinen Führerschein wegen der Sache nach Ludwigs Party vor zwei Wochen, und Pia war auch schon seit fast einem Jahr allein, na ja und jetzt hatte man den Salat.

Als Ralf vor der Tür stand, sagte Pia, es passe gerade ganz schlecht, obwohl sie ihn doch am liebsten hereingezerrt und ihm die Kleider vom Leib gerissen hätte, als er sagte, dass die Sache mit Renate ein Irrtum gewesen sei, und ob sie, Pia, es nicht noch mal mit ihm versuchen wolle. Pia hoffte die ganze Zeit nur, sie könne Ralf ganz lieb abwimmeln und sich später mit ihm treffen, damit sie jetzt Henry erklären konnte, dass diese eine Nacht nicht bedeute, dass sie nun was miteinander hatten. Was Pia noch nicht wusste, war: Henry sah das ganz anders, schließlich war er schon seit Jahren in Pia verliebt, auch wenn er zwischendurch mit Sabine zusammengewesen war, Pias bester Freundin, an die Henry sich nur herangemacht hatte, um Pia öfter sehen zu können. Ralf hatte Pia mal mit Sabine betrogen, wovon Pia nichts wusste, und das war ja jetzt auch schon drei Jahre her und eigentlich gar nicht mehr wahr. Hätte Renate wiederum gewusst, dass Henry gerade bei Pia im Bett lag, hätte sie sich schwarz geärgert, denn sie hatte Henry immer sehr nett gefunden, und eigentlich hatte sie sich vorgenommen, ihn mal anzurufen, jetzt, wo die Sache mit Ralf vorbei war. Außerdem konnte Renate Pia nicht leiden, weil sie, als sie mit Ralf zusammen war, immer den Verdacht hatte, sie, also Pia, sei noch in Ralf verliebt, und auch er finde sie noch immer netter als ein Mann seine Exfreundin finden darf.

Sabine übrigens machte sich nichts weiter aus Ralf, für sie war die eine Nacht nur eine Nacht gewesen, und eigentlich war es auch gar nicht nachts passiert, sondern am Nachmittag, zählte also eigentlich gar nicht. Ehrlich gesagt hatte sich Sabine durchaus mal für Pia interessiert, denn in Liebesdingen war sie flexibel, Pia allerdings hielt mit einer gewissen Sturheit an ihrer Vorliebe für Männer fest.

Na ja, als Ralf jedenfalls bei Pia vor der Tür stand, kam Carola aus dem dritten Stock herunter und beschwerte sich, dass im Hausflur so laut geredet wurde. Vor allem aber hatte sie nachschauen wollen, wer da bei Pia vor der Tür stand, und als sie sah, dass es Ralf war, schüttelte sie nur den Kopf, denn sie hielt ihn für einen oberflächlichen, unzuverlässigen Schwätzer, der sich nie für eine Frau würde entscheiden können und der sogar schon sie selbst, Carola, angemacht hatte, als sie sich im Supermarkt getroffen hatten. Da biss er aber bei ihr auf Granit, denn sie war seit neun Jahren mit Paul zusammen, der zwar oft auf Geschäftsreise war, ihr aber irgendwann Kinder schenken würde, und überhaupt fand Carola, dass körperliche Liebe heutzutage überbewertet würde.

Pia war da ganz anderer Meinung, weshalb die Sache mit Henry ja überhaupt nur passiert war. Aber wer weiß: Wäre Ralf nicht plötzlich aufgetaucht, hätte das mit Henry vielleicht ja noch was werden können, denn eigentlich hatte sie sich damit abgefunden, dass Ralf nun mal mit Renate zusammen war, und Henry war eine treue Seele, der außerdem handwerklich sehr geschickt war und alles Mögliche reparieren konnte. Ralf war da nicht nur ziemlich ungeschickt, sondern vor allem auch sehr faul, er hatte ihr noch nie etwas repariert, dafür aber diese alte Vase zerdeppert, die sie von ihrer Urgroßmutter geerbt hatte. Aber irgendwie hatte Ralf etwas, das Henry nicht hatte, und sei es auch nur, dass Ralf nicht so leicht zu haben war und Henry ihr schon widerstandslos zu Füßen lag.

Als Pia Ralf vorschlug, sich doch in einer Stunde in einem Café zu treffen, schließlich sehe ihre Wohnung fürchterlich aus, sie habe die Maler, und überall rieche es nach Farbe, kam Henry aus dem Schlafzimmer, und sein Aufzug ließ nicht den Verdacht aufkommen, er habe gerade die Wände geweißt, er trug nämlich gar nichts. Für Ralf war natürlich gleich alles klar, obwohl er doch sehr überrascht war, denn er hatte nicht gewusst, dass es zwischen Henry und Renate aus war. Ralf entschuldigte sich und wollte gehen, und Pia sagte: »Das ist nicht so, wie du denkst!« Henry sagte: »Ach nein?« Und Ralf sagte: »Woher weißt du, was ich denke?«, denn wenn er unsicher war, wurde er unfreundlich. Er drehte er sich um und ging, und Carola stand die ganze Zeit auf dem Treppenabsatz und schüttelte den Kopf. Renate schlief übrigens noch, und Sabine war im Urlaub, aber das spielt keine Rolle.

Später saßen Henry und Pia am Küchentisch und tranken Kaffee und sagten gar nichts, denn es war ja nicht so wie Ralf dachte und nicht so wie Henry hoffte, aber schon so, wie Renate fürchtete und Carola vermutete, und es war in jedem Fall so, wie es Sabine nie passieren würde.

Alle waren sich jedenfalls einig, dass es sehr anstrengend war.

Das Glück der Pinguine

Vor einigen Jahren, als meine berufliche Situation eine eigene Wohnung nicht zuließ, sah ich mich einmal gezwungen, um den freien Platz in einer Wohngemeinschaft zu SPIELEN! Ein paar Monate zuvor hatte ich Mone kennen gelernt, die mit zwei anderen Frauen in einer hübschen, gar nicht mal teuren Altbauwohnung lebte. Die eine Frau zog aus, und als Mone vorschlug, ich könne doch das freie Zimmer nehmen, nachdem ich mich häufig und heftig über die hohe Miete meines feuchten, undichten 16-qm-Lochs im Souterrain einer abbruchreifen Bruchbude in der Nähe eines leider sehr gut gehenden Bordells beklagt hatte, musste ich nicht lange nachdenken. Dummerweise jedoch hatte ihre Mitbewohnerin Silvia ihrem Verlobten Eduard ohne Mones Wissen fast zur selben Zeit das gleiche Angebot gemacht.

Ich weiß nicht mehr, wer auf die Idee kam, wir könnten um das freie Zimmer spielen, doch ich weiß, dass ich das zunächst für eine Schnapsidee hielt. Aber nach einem beinahe handgreiflichen Gerangel mit meinem Vermieter drohte ich Ende des Monats auf der Straße zu sitzen, und so ließ ich mich widerwillig auf den Wahnsinn ein. Um nicht Muskelkraft oder Kartenglück entscheiden zu lassen, schlugen die beiden Frauen vor, wir sollten unsere kleinen grauen Zellen in einer Runde *Trivial Pursuit* gegeneinander antreten lassen. Da ich mich für ein helles Köpfchen hielt und Eduard in der Richtung nicht ganz so viel zutraute, rechnete ich mir gute Chancen aus.

Wir spielten die *Genius Edition*. Ich hätte gerne die *Baby-Boomer*-Ausgabe gespielt, was aber ein durchsichtiges Manöver war. Offensichtlich wollte ich nur den Wissenschaftsfragen aus dem Weg gehen. Ich wählte den grünen, Eduard den blauen Stein. Mone würde die Fragen für Eduard vorlesen und Silvia die für mich.

Wir würfelten um den Anfang. Ich hatte eine vier, Eduard eine zwei. Ich fing an.

Mit einer Sechs. In welche Richtung sollte ich gehen? Auf das grüne Feld zu? Um die schwierigste Sache vielleicht gleich hinter mich zu bringen? Oder sollte ich mich an Wissensgebieten, die mir näher lagen, erst mal warmlaufen? Unterhaltung? Oder Geschichte? Ich wählte den schwierigeren Weg, ging auf Grün. Silvia zog eine Karte aus der Box und las vor:

»Was bedeutet der mathematische Ausdruck *Sinus* wörtlich?«

Ich musste grinsen. Es ging gut los. »Busen«, sagte ich. Sie drehte die Karte um und nickte.

Eduard schüttelte den Kopf. »Das war ja einfach.«

Ich hatte meinen ersten Stein, gleich mit der ersten Frage, in meinem Problembereich. Ich würfelte weiter. Eine Drei. Jetzt galt es, erst mal Punkte zu machen, Boden zu gewinnen, um Eduard psychologisch unter Druck zu setzen. Also ging ich Richtung Pink und kam auf ein gelbes Feld: Geschichte.

»Welche religiöse Bewegung wurde durch Joseph Smith begründet?«, las Silvia vor.

Mist, dachte ich. Smith? Amerikaner wahrscheinlich. Quäker? Mormonen? Keine Ahnung. »Mormonen«, sagte ich.

»Richtig«, sagte Silvia.

»Das hast du nicht gewusst, das hast du geraten!«, sagte Eduard.

»Spielt doch wohl keine Rolle! Weiter geht's.«

Mit einer Eins kam ich auf das graue Feld und durfte noch mal würfeln: eine Fünf. Damit kam ich genau auf das pinke Eckfeld. Nach nur wenigen Minuten stand ich vor meinem zweiten Stein!

»Der bepisst sich ja vor Glück«, schnaubte Eduard.

»Wer war der Regisseur des Films *Vertigo – Aus dem Reich der Toten*?«

»Das darf nicht wahr sein!« Eduard konnte es nicht fassen.

»Alfred Hitchcock«, sagte ich sachlich, im Ton aber keinen Zweifel lassend, dass ich mich unterfordert fühlte. Ich bekam meinen zweiten Stein. Mein nächster Wurf war tatsächlich eine Sechs. Damit kam ich bis kurz vor das gelbe Feld, auf ein braunes.

»Wie heißt der Titel des Buches, in dem Günter Kunert seine Gedanken vor und nach seinem Weggang aus der DDR zu Papier brachte?«

Peinlich. Ausgerechnet bei einer Literaturfrage kam ich ins Straucheln. Ich tat noch einige Sekunden so, als läge mir der Titel auf der Zunge, dann sagte ich, ich käme gerade nicht drauf.

»Verspätete Monologe«, las Silvia die Antwort vor.

»Ja richtig«, sagte ich. Nie gehört, dachte ich.

Eduard startete ebenfalls mit einer Sechs und rückte vor auf ein Pink-Feld. »Los, Unterhaltung!«, drängte er.

»Welches Gangsterpaar wurde von Warren Beatty und Faye Dunaway filmisch nachempfunden?«, fragte Mone.

»Bonnie und Clyde! Bonnie und Clyde!«, rief Eduard eilig.

»Meine Güte, beruhige dich doch mal«, sagte ich, »du bist ja völlig fickerig!«

»Halt du dich da raus!«

Er würfelte eine weitere Drei und gelangte auf das braune Eckfeld. Ich wünschte ihm eine Günter-Kunert-Frage.

»Wie hieß die Schriftstellerin, die 1938 den Nobelpreis für Literatur erhielt?«

»Scheiße«, sagte Eduard.

»Falsch«, sagte Mone. »Es war Pearl S. Buck.«

»Würfel her!«, forderte ich. Und wieder kam ich auf ein Noch-mal-würfeln-Feld, diesmal mit einer Sechs. Danach noch eine Sechs. Welche Richtung? Ich hatte den gelben Stein noch nicht. Also wieder zurück, ich erwischte wieder Braun: wieder Kunst und Literatur. Ich seufzte. Eigentlich ein Bereich, in dem ich mich auskennen musste. Ich bekam aber erfahrungsgemäß viel zu oft die falschen Fragen.

Silvia schmunzelte wieder. »Welche Kunst lehrt das indische Buch *Kamasutra*?«

»Fickööön!«, rief ich im besten Ruhrpott-Slang.

»Na ja, es heißt hier: Die Liebeskunst.«

»Falsche Antwort!«, rief Eduard.

»Komm, das kann nicht dein Ernst sein«, meinte Silvia.

»Ich bitte dich!«, empörte sich Eduard. »Das ist hier eine ganz ernsthafte Sache, und er nutzt das, um herumzupubertieren!«

»Einspruch abgelehnt. Ficken ist als Antwort akzeptiert. Darum geht's schließlich. Oder was meinst du, Mone?«

»Es geht ums Ficken. Antwort korrekt.«

»Auf welcher Seite stehst du eigentlich«, zischte Eduard Silvia an.

So ging das eine ganze Zeit weiter. Es wogte hin, und es wogte her, Eduard drohte einige Male die Conténance zu verlieren, da meine Fragen angeblich viel zu einfach und seine selbstredend viel zu schwer waren. Ich überging dieses alberne Gehabe weltmännisch, stellte jedoch auch in meinem Inneren eine gewisse Erregung fest, die durchaus mit der Grenze zum Ehrgeiz flirtete. Plötzlich war es mir ganz egal, weswegen wir hier waren, ich wollte Eduard nur noch sein großes Maul stopfen. Geradezu atavistische Regungen exhumierten den Neandertaler in mir. Meine Keule suchte Eduards Kopf, die Neuronen in meinem Hirn funkten nur noch Aga-Uga. Beide sammelten wir verbissen Stein um Stein, und Eduard legte schließlich sogar eine unheimliche Serie hin, stolperte dann aber endlich über die Frage, wer das Märchen *Die sieben Schwaben* geschrieben hatte. Ich hatte also die Chance, das ganze unwürdige Schauspiel, das sich zu einer billigen Provinzschmiere gewendet hatte, zu beenden. Ich entledigte mich noch der lächerlichen Information, wer *Krieg und Frieden* verfasst habe, und stand schließlich in der Mitte des Brettes. Eine richtige Antwort noch, und Eduards Schädel würde unter der Wucht meiner Keule ächzen!

Eduard grinste. Er musste jetzt ein Wissensgebiet aussuchen. Natürlich wählte er Grün – Wissenschaft. Hätte ich an seiner Stelle auch getan.

Silvia zog die Karte aus dem Karton.

»Also los!«, rief Eduard ungeduldig.

»Wie oft im Jahr«, fragte Silvia, »machen Pinguine Sex?«

»Das ist nicht dein Ernst!«, sagte ich.

»Doch.«

»Das steht da nicht!«

»Jetzt stell dich nicht so an. Gib eine Antwort oder hau in den Sack!«, rief Eduard, und seine Stimme zeigte erste Bestrebungen, sich überschlagen zu wollen.

Ich dachte nach. Die Antwort konnte nur einmal oder zweimal lauten, alles andere ergäbe keinen Sinn. Es musste eine Antwort sein, die man sich irgendwie zusammenreimen konnte. Auf eine Zahl wie sechzehn oder dreiundneunzig konnte man unmöglich kommen. Entweder Pinguine hatten jedes Jahr nur eine eng begrenzte Paarungszeit, in der es nur zu einer Nummer kam, oder aber sie taten es einmal im Herbst und einmal im Frühling, zum Beispiel an den Tagen der Sonnenwenden. Die Chancen standen *fifty-fifty*. Bei solchen Entscheidungen bin ich immer schlecht. Aber diesmal nicht, dachte ich. Ich bin ganz nah dran, meine Keule rauscht schon durch die Luft. Ich musste mich entscheiden. Die Antwort auf solche Fragen lautet immer: einmal. Das war deprimierend für die Viecher, aber die einzig mögliche Antwort. Die Zahl eins baute sich vor meinem inneren Auge auf. Ich stellte mir Pinguine vor. Ein Männchen und ein Weibchen, auf einem blendend weißen Untergrund. Das Männchen hat einen Frack übergeworfen und freit das Weibchen. Wie balzen Pinguine? Tanzen sie? Rufen sie etwas, machen merkwürdige Geräusche, strecken dem Partner den Unterleib entgegen? Und was sagt das Pinguin-Männchen, wenn es Sex machen will? »He, Süße, ich hab da hinterm nächsten Eisberg 'ne tolle Sammlung gefrorenen Kabeljau, richtige Fischstäbchen, die ich dir gerne mal zeigen würde«? Oder doch etwas förmlicher? »Madame, die Zeit ist reif, wir sollten diese Chance nicht verpassen!« Oder waren es hier die Weibchen, die die Männchen freiten?

Ich stellte mir zwei Pinguine beim Vögeln vor. Sie oben. Macht rhythmische Bewegungen, verdreht die Augen, stöhnt. Er unten. Hat die Augen geschlossen, stöhnt auch. Eine Weile nur das übliche Geplänkel, dann bewegt sie sich plötzlich schneller, atmet stoßweise, fängt an, mit den Flügeln zu schlagen und erhöht ihren Geräuschpegel. Vor und zurück, vor und zurück, sie sieht ihn gar nicht mehr an, geht völlig in sich selbst auf, vergisst alles um sich herum und kommt schließlich in einem lauten, kurzen Schrei, und das war es dann: der Fick des Jahres.

»Zweimal«, hörte ich mich sagen.

Drei Tage später ist Eduard in das freie Zimmer eingezogen.

Bad Love

Lydia verließ mich an dem Tag, an dem ich mir die neue Randy Newman kaufte, und die hieß ausgerechnet *Bad Love*. Es war nicht zu fassen, das Leben ist manchmal so geschmacklos. Als ich aus der Stadt nach Hause kam, sah ich, wie sie ihre Sachen in meinen Seesack stopfte, in das Ding, welches ich 1984 während des Interrail-Trips mit Gregor in Lissabon gekauft hatte.

Bisher hatten sich die Frauen meistens von mir getrennt, weil ich ihnen nicht kultiviert genug gewesen war. Ich lag am liebsten vor dem Fernseher, trank Bier, aß Kartoffelchips, Frikadellen und Mettbrötchen, konnte klassischen Konzerten, Opern, Ballettaufführungen und Theaterstücken, die länger waren als ein Spielfilm, nichts abgewinnen. Meine, wie ich fand, bemerkenswerte Fähigkeiten zur Vermeidung von Stress und seinen gesundheitlichen Folgeschäden wurden als »mangelnder Antrieb« missverstanden beziehungsweise denunziert. Die Geschichte mit Lydia dagegen war an einem *Zuviel* an Kultur gescheitert, jedenfalls sah ich das so. Zwar hatte ich auch von ihr zu hören gekriegt, ich solle mich doch mal »auf die Hinterbeine stellen« (sic!), »einen ordentlichen Beruf« (sic!) ergreifen und »regelmäßiges Geld« (SIC!) nach Hause bringen, doch ich glaube, sie hat mich wegen meiner Plattensammlung verlassen. Vielleicht war es auch Neid, weil ich mit meinem Leben zufrieden war. Unregelmäßige humoristische Auftritte in Kneipen und auf kleinen Bühnen im ganzen Ruhrgebiet sicherten mir ein bescheidenes, aber ausreichendes Einkommen. Lydia arbeitete etwa sechsmal so viel in der Personalabteilung eines maroden, nur durch Subventionen am Leben erhaltenen Stahlkonzerns, verdiente aber nicht mal doppelt so viel wie ich.

Ich legte mein Geld gut an, schuf »bleibende Werte«, was eigentlich Lydias Beifall hätte finden müssen, doch wichen unsere Definitionen dieses Begriffes stark voneinander ab. Sie verstand darunter Immobilien, Bundesschatzbriefe und Festgeldkonten, während ich wusste, dass nach dem Zusammenbruch des Kapitalismus immer noch Rockmusik gehört werden würde, weshalb ich versuchte, diese Musik von 1954 an möglichst vollständig in meinen Regalen zu versammeln. Das ist nicht billig. Aber einen van Gogh kriegt man auch nicht für ein Butterbrot, und Robert Plant singt einfach besser.

Als sie weg war, setzte ich mich ins Wohnzimmer und hörte *Bad Love*. Irgendwie schien Randy Newman an allem schuld zu sein.

Ein paar Tage später telefonierte ich mit Gregor, auf dass er mich aufbaue. Aber das ist bei Gregor so eine Sache. Er sagte: »Sei froh! Sie ging mir auf die Nerven.«

Was hatte ich erwartet? Er hatte sie nie leiden können und damit auch nie hinter dem Berg gehalten.

»Ich weiß nicht«, sagte ich, »ich fühle mich merkwürdig. Irgendwie nicht schlecht genug.«

»Du solltest auf dem Tisch tanzen, dass sie weg ist.«

»Drei Jahre, und sie stopft einfach ihre Sachen in meinen Seesack und haut ab. Muss man sich da nicht irgendwie mies fühlen?«

»Man fühlt sich mies, wenn der Fernseher kaputt ist, oder wenn man mitten in der Nacht bei strömendem Regen auf der Landstraße eine Reifenpanne hat, aber man fühlt sich nicht mies, wenn man von jemandem verlassen wird, der glaubt, die Eurythmics seien die Hausband der Waldorf-Schule und hätten was mit Eurhythmie zu tun.«

»Aber drei Jahre sind eine lange Zeit und …«

»Sie hielt Julian Barnes für den Bruder von Cliff Barnes, Monty Python für eine seltene Amphibienart und Umberto Eco für einen italienischen Sänger, der mal das Festival von San Remo gewonnen hat.«

»Du übertreibst.«

»Sie hat Bruce Springsteen mit Rick Springfield verwechselt!«

»Ich weiß, aber …«

»Sie fand Annie Lennox' Version von *A whiter Shade of Pale* besser als das Original.«

»Du hast Recht, es ist gut, dass sie weg ist.«

Lydia war so handfest gewesen. Sie wusste, wie man eine Steuererklärung machte. Das musste doch auch etwas zählen.

Am Nachmittag starrte ich aus dem Fenster und versuchte zu grübeln. Dafür war ich allerdings nie der Typ gewesen. Ich war der Typ, der Liebeskummer als Ausrede benutzte, den ganzen

Tag fernzusehen. Aber jetzt war ich verlassen worden, weil ich zu viele Platten hatte. Da ging es ans Eingemachte, das musste doch einen Unterschied machen.

Was sie nervte, war die angebliche Wahllosigkeit meines Sammelns.

»Was ist das hier?«, fragte sie mich einmal und hielt eine Vinyl-Platte in die Höhe.

»Steht doch drauf«, sagte ich.

»Sag es mir!«, verlangte sie wie eine strenge Kindergärtnerin, die mit einem ungehorsamen Fünfjährigen spricht.

Ich sagte: »*Never mind the Bollocks* von den Sex Pistols.«

»Wie oft hast du die gehört?«

»Was spielt das für eine Rolle?«

»Sag doch einfach mal ne Zahl.«

»Es geht doch bei Platten nicht nur ums Hören.«

»Nicht ein einziges Mal«, sagte sie und machte ein Gesicht wie eine Polizistin, die nach langer Jagd endlich den sechsfachen Serienkiller überführt hat. »Du kannst nämlich die Sex Pistols nicht ausstehen. Hast du mir selbst gesagt. Du bist nie ein Punk gewesen. Herrgott, mit sechzehn warst du auf einem Simon-and-Garfunkel-Konzert!«

Das stimmte, aber mit fünfzehn war ich bei Trio gewesen und hatte gegrölt: »Los Paul, du musst ihm voll in die Eier hau'n! Das ist die Art von Gewalt, die wir seh'n woll'n! Wenn auch nicht spür'n woll'n!« Ich fand, das machte einiges wett.

»Was willst du mir damit sagen?«

Lydia schloss die Augen und schüttelte den Kopf, als müsse sie sich schwer zusammenreißen, nicht völlig auszurasten. Reg dich doch mal richtig auf, dachte ich. Dann ist vielleicht noch was zu retten. Sie sagte: »Du gibst einen Haufen Geld aus für Platten, die du nicht hörst.«

»Was geht das dich an?« Das war zwar kein Satz, der einen stotternden Beziehungsmotor wieder rund laufen ließ, inhaltlich jedoch war er vom Grundgesetz gedeckt. Der Mensch darf sein Geld ausgeben, wofür er will. Lydia sah das anders. Und stellte sich meiner Ansicht nach damit gegen unsere freiheitlich-demokratische Grundordnung. Das behielt ich aber für mich. »Schau mal«, sagte ich stattdessen, »*Let it bleed* von den Stones. Habe ich mindestens zweitausend Mal gehört!«

»Erinnere mich nicht daran!«

Also Platten, die ich *nicht* hörte, waren nicht okay, Platten, die ich *hörte*, aber auch nicht.

»Ich mache dir einen Vorschlag«, sagte sie, und zwar in einem Ton, in dem Diplomaten ein Ultimatum verkünden, auf das die Gegenseite unmöglich eingehen kann, »du holst ein paar von den alten Umzugskartons aus dem Keller, sortierst die Platten, die du nicht oder nicht mehr hörst, aus, verkaufst sie irgendwo, und Schwamm drüber.«

Was sollte ich jetzt noch sagen? Dass es vor allem um das Gefühl ging, auch Platten, die man nicht hörte, einfach zu besitzen? Dass es unglaublich befriedigend ist, zu wissen, dass, wenn mich jemand fragte, ob ich *Marquee Moon* von Television habe, ich mit einem klaren, festen Ja antworten konnte? Es gibt Menschen, die ein glückliches Leben führen können, ohne auch nur zu wissen, dass es eine Band namens Television überhaupt gegeben hat, von eben jenem Album ganz zu schweigen. Ich gehöre nicht zu diesen Menschen. Ich gehe an meinen Regalen entlang und weiß: Wenn der Tag der jüngsten Quizshow kommt und der Hauptgewinn die Ewigkeit ist, werde ich bei Fragen zum Thema *Trout Mask Replica* von Captain Beefheart and The Magic Band keinen Joker brauchen.

Das Seesackstopfen erledigte Lydia sehr schnell. Obwohl sie

offiziell noch in ihrer eigenen Wohnung lebte, hatten sich bei mir in den letzten Jahren einige Sachen angesammelt, die ihr gehörten, einfach, weil ich näher an ihrer Arbeitsstelle wohnte. Pragmatismus kann so sexy sein.

Ein paar Wochen, in denen ich mich vor allem von Dosenbier und Junk Food ernährte, gingen ins Land. Lydia meldete sich nicht. Schließlich beschloss ich, dass mein Leben, welches unter der dunklen Wolke der Depression so dahingeronnen war, nur unterbrochen von ein paar lustlos abgespulten Auftritten, wieder einen Sinn bekommen sollte. Ein neues Leben brauchte eine neue Ordnung, also sortierte ich meine Plattensammlung neu. Wie jeder, der mehr als drei Bravo-Hit-Sampler zu Hause hat, hatte ich schon diverse Ordnungsprinzipen durchexerziert. Ganz langweilig nach Alphabet, dann getrennt nach Solokünstlern und Gruppen, die Binnenordnung wieder alphabethisch; dann hatte ich mal alles nach Farben geordnet; nach einer wirren Nacht, in der Leute, die ich nicht kannte, neben Alkohol noch diverse namenlose Substanzen ins Spiel gebracht hatten, war es mir ein Bedürfnis gewesen, alles nach den Geburtsdaten der beteiligten Schlagzeuger aufzustellen – was wieder aufgab, nachdem ich mich im Delirium etwa eine Stunde gefragt hatte, wo *Trans Europa Express* von Kraftwerk nun hingehöre; dann hatte ich alles wieder auseinander gerupft und nach Musikrichtungen sortiert, mich aber nicht entscheiden können, ob Kate Bush zu Velvet Underground in die Abteilung *Innovative Artisten* oder zu Radiohead und *Quengeliger Intellektueller Dreck* gehörte. Eine Zeit lang hatte sich die Ordnung nach Erscheinungsdatum gehalten, weil man dann so tolle Sachen sagen konnte wie: »*Highway 61*? Oh, 30.8.1965, das müsste da drüben stehen!«

Jetzt musste etwas Neues her.

Ich ging in der Wohnung umher und dachte nach, und weil ich am besten nachdenken kann, wenn ich etwas tue, das mit dem, worüber ich nachdenke, rein gar nichts zu tun hat, fing ich an aufzuräumen. Im Bad stellte ich fest, dass Lydia auch die Kondome mitgenommen hatte, was mich erst überraschte, dann enttäuschte und schließlich anwiderte. Einmal hatte sie gesagt, wir seien zu alt für Kondome, was ihre Art war, mir zu sagen, dass sie gerne ein Kind hätte. Was machte sie jetzt mit den Dingern? Vielleicht war sie nicht zu alt, sie wegzuwerfen, nur damit ich die Dinger nicht in eine andere steckte. Dabei hatte sie *mich* verlassen, was ging es sie also an?

Als ich mit dem Bad fertig war, fiel mir auf, dass es in der Wohnung immer noch nach Lydia roch. Sie hatte ihr Revier markiert. Ich riss die Fenster auf, aber das half nur wenig. Ich riss die Bettwäsche von den Kopfkissen und Decken, ich riss das Laken von der einsvierzig breiten Matratze und trug alles in den Keller zur Waschmaschine, überlegte es mir dann aber und verbuddelte das Zeug im Garten.

Ich kaufte Raumspray und leerte eine ganze Dose in die Wohnungsluft, schäumte den Teppichboden ein und nahm mir vor, die Wände neu zu streichen. Irgendwie musste man den Geruch doch wegkriegen. Und die ganze Zeit über dachte ich: Welche Ordnung? Und fasste schließlich einen kühnen Plan: Ich würde meine Platten nach Wichtigkeit ordnen, nach der Bedeutung, die sie für mein Leben hatten. Ganz nach oben, ganz nach vorn platzierte ich *Never mind the Bollocks*, eine Platte, die ich hasste, ohne sie zu kennen, die mich aber letztlich davor bewahrt hatte, mein Leben mit einer Frau zu verbringen, die ihrem Freund bei der Trennung die Kondome klaute.

Der Anfang war gemacht. Links oben im Regal stand eine Platte. Welche sollte Nummer zwei sein? Was war mir im Leben wichtig gewesen, musikalisch? Was war für andere wichtig gewesen? War eine gute Platte eine, die ich mitsingen konnte? Mein Gott, dann müsste ich eigentlich so etwas wie *Lonely Sky* von Chris de Burgh an die zweite Stelle setzen, da es mal eine Zeit gegeben hatte, als ich dieses Zeug rauf und runter singen, sprechen und hauchen konnte, weil ich verrückt war nach ... Jetzt fiel mir der Name nicht ein. Das ist doch pervers, dachte ich, den Namen des Mädchens, das dich zuerst unter den Pullover gelassen hat, hast du vergessen, aber diesen triefenden Dreckssong kannst du noch Zeile für Zeile mitsingen. Und tatsächlich fing ich an zu summen: *It's such a lonely sky / They'll trap your wings my love and hold your flight ...* Schockiert von mir selbst und den nicht nachvollziehbaren Irrwegen meiner selektiven Erinnerung legte ich mich auf den Boden und starrte an die Decke. Stück für Stück zog diese ganze Chris-de-Burgh-LP vor meinem inneren Ohr vorbei. *Spanish Train, Lonely Sky, This Song for you, Patricia the Stripper, A Spaceman came travelling ...* Mein Gehirn wurde mir peinlich.

Ich sprang auf und stellte zur Sicherheit alle Beatles-Platten als nächstes ins Regal. Mit Beatles konnte man nie etwas falsch machen. Für ein paar Minuten war ich aus dem Schneider. Dann fiel mir Velvet Underground in die Hände. Ich wollte doch nicht ernsthaft *Help*, auf der sich zwar Knaller wie der Titelsong und *You've got to hide your love away* befanden, aber auch rätselhaftes Mittelmaß wie *Act naturally* und das zu Tode gehörte *Yesterday*, noch vor einer Platte wie *Velvet Underground and Nico* mit *I'm waiting for my man* oder *Heroin* platzieren! Mir brach der Schweiß aus. Ich hatte mir eine Aufgabe gestellt, für die ich zu gering war. Aber ich konnte doch nicht nach einer einzigen Platte aufgeben. Noch dazu nach einer, die ich nicht mal leiden konnte.

Ich räumte die Beatles-Platten wieder aus dem Regal. Bis auf eine: *Revolver*. Absolut konsensfähig. Landete ständig bei Umfragen nach den besten 100 Platten unter den ersten drei. Und hatte auch für mich selbst eine enorme Bedeutung. Es war die Lieblingsplatte von Regina gewesen, der gefährlichsten Frau, der ich je begegnet war, schön, verdorben, untreu und sexuell einschüchternd. *She saaaaiid I know what it's like to be dead* hatte sie gesungen und mir Drogen angeboten, die ich nicht mal aus dem Fernsehen kannte. Ich hatte dankend abgelehnt, mich aber als Ausgleich mit Mariacron an den Rand einer Alkoholvergiftung gesoffen. Noch heute reagiere ich mit einer Mischung aus Angst, Erregung und Kopfschmerzen auf alle Songs von Revolver. Ich war der einzige Mann, der die Begriffe *Sex* und *Yellow Submarine* zusammen denken konnte.

Um mich auf andere Gedanken zu bringen, dachte ich an *Pet Sounds*. Aus reinem Prinzip würde ich es höchstens an einhundertzweiundzwanzigster Stelle platzieren, um alle anderen zu ärgern, die diese Platte für den Hammer schlechthin hielten.

Ich fragte mich zum x-ten Male, wieso die CD-Hüllen »Jewel-Case« heißen und hatte schließlich *Nevermind* von Nirvana in der Hand, die Platte, die mir zum ersten Mal klar gemacht hatte, dass ich älter wurde. Als *Smells like Teen Spirit* rauskam, war ich sechsundzwanzig, und der Zorn, den man brauchte, um diese Platte nicht nur intellektuell zu verstehen und zu würdigen, sondern ihre Kraft über ein anderes Organ als das Gehirn aufzunehmen, war bei mir im Abflauen begriffen. Tolle Platte, aber nicht wirklich für mich gemacht.

Stunden später, nachdem mir sicher über tausend Platten, von denen ich dachte: Mann, die könntest du auch mal wieder hören, durch die Finger geronnen waren, und mindestens siebenhundert, von denen ich nicht mal wusste, dass ich sie überhaupt besaß, war ich nervlich zerschlissen und emotional zerrüttet. Im Regal stand bisher nur *Never mind the Bollocks*.

Da ich Gregor nicht erreichen konnte, hinterließ ich nur eine Nachricht auf seinem Anrufbeantworter und ging allein in die *Sackgasse*, eine Kneipe ganz in der Nähe, trank in kurzer Zeit viel Bier und versuchte, die Telefonnummer der Kellnerin herauszubekommen. Das funktionierte nicht. Aber ein zwei Meter großer Schrank mit Lederweste über dem nackten Oberkörper und Haaren auf dem Bizeps sagte, ich könne bei ihm übernachten, wenn ich nicht wisse, wohin.

Betrunken und melancholisch kam ich kurz nach Mitternacht zurück in meine Wohnung, trank noch etwas Wein und fing an, alle CDs auf dem Boden zu verteilen, bis sie einen geschlossenen Bodenbelag im Wohnzimmer bildeten. Kunst, dachte ich. Ich trank weiter, rief bei Lydia an und schrie ihr etwas auf den Anrufbeantworter, das sich anhören sollte wie *Sex Pistols*, und sagte: »Geile Platte übrigens!« Das war sehr peinlich. Was nutzten einem die besten Platten, wenn man selbst ein Idiot ohne Selbstachtung war.

Ich schloss die Tür zum Wohnzimmer, ging ins Schlafzimmer und legte mich ins Bett. Jetzt war endlich Ruhe. Bis das Telefon klingelte. Es war Gregor.

»Ich hab mich nur verwählt«, sagte er. »Glaub bloß nicht, ich wollte wissen, wie es dir geht, weil du dich auf meinem AB so komisch angehört hast.«

»Auf die Idee wäre ich nie gekommen.«

»Du bist ein glücklicher Mann, der jetzt wieder schrankenlos polygam leben kann. Brauchst du Geld?«

»Ich werde meine Plattensammlung verkaufen.« Die Idee kam mir praktisch erst, als ich den Satz aussprach.

»Das wird dich ein paar Jahre über Wasser halten.«

Einige Sekunden Stille.

»Alles okay?«, fragte Gregor dann. »Nicht, dass es mich interessieren würde, aber so was fragt man doch, oder?«

»Morgen fange ich mit dem polygamen Leben an.«
»Recht so!«
»Ich muss mir nur neue Kondome kaufen.«
»Was redest du da?«
»Nichts. Schon gut.«
Wir legten auf.

Ich kroch unter die Bettdecke. Die Plattensammlung verkaufen und Lydia nichts davon sagen. Das würde meine Rache sein. Alles verkaufen, gleich morgen – das war mein vorletzter Gedanke, bevor ich einschlief. Mein letzter war: Aber nicht *Rubber Soul*. Und nicht *Who's next*. Und nicht *Blonde on Blonde*. Und nicht *Achtung Baby, Rumours, Sticky Fingers, James Brown live at the Apollo, Sign o´ the times, Lust for Life, Horses, Hunky Dory, The dark side of the moon, Electric Ladyland, London Calling* ...

Ich schlief erst ein, als ich alle durch war. Ich hatte sie alle im Kopf, in einer Reiheinfolge, die mir selbst nichts sagte. Und genauso war es richtig.

In der Wohnung über ihm übt Audrey Hepburn auf der Geige

Daniel wohnte gerade zwei Wochen in der neuen Wohnung, als der Lärm losging. Es war mitten in der Nacht. Halb zwei, um genau zu sein. Daniel hatte noch ferngesehen und machte sich gerade bettfertig, als er plötzlich eine Geige hörte. Irgendjemand versuchte sich mit mehr Begeisterung als Talent an Mozart. Von den anderen Mietern waren ihm schon fast alle begegnet, und keiner von denen machte den Eindruck, als wüssten sie von Mozart mehr, als dass man seine Kugeln essen konnte. Nur die Frau, die in der Wohnung über ihm wohnte, hatte er noch nicht getroffen. Die alte Retzlaff aus dem Parterre, die über alles im Haus bestens informiert war, hatte gesagt, die Dame, Frau Riess mit Namen, sei im Urlaub, dazu habe sie genug Zeit, schließlich müsse sie nicht arbeiten, besser gesagt, sie könne gar nicht, und überhaupt sehe sie aus wie eine amerikanische Filmschauspielerin, sie, Retzlaff, komme aber gerade nicht auf den Namen.

Er legte sich ins Bett und musste feststellen, dass die Geige weiterspielte, unverändert laut, unverändert durchsetzt mit gerade so vielen falschen Tönen, dass es einem auf die Nerven ging. Kein Zweifel: Das musste aus der Wohnung über ihm kommen. Die amerikanische Filmschauspielerin hatte eine Schwäche für Streichkonzerte. Gut aussehend und kulturbeflissen. Daniel war solo und hatte viele Bücher. Und von einem zu der Dame gehörenden Herrn hatte die Retzlaff nichts gesagt. Die Musik hörte nicht auf, aber irgendwann schlief Daniel ein.

In den nächsten Tagen hielt er sich öfters länger im Hausflur auf, um dieser Frau Riess mal zufällig zu begegnen. Er las seine Post auf dem Treppenabsatz oder gab vor, die Reklamebroschüren, die tonnenweise im Flur lagen, einzusammeln, um sie zum Altpapiercontainer zu bringen. Er lief allen anderen über den Weg und musste auch Frau Retzlaff wieder Rede und Antwort stehen, Frau Riess aber lernte er nicht kennen.

Zu allen möglichen und unmöglichen Tages- und Nachtzeiten wurde da oben gestrichen. Er traute sich noch nicht, sich offiziell zu beschweren, schließlich wollte er nicht dastehen wie der sprichwörtlich faschistoide Blockwart, der Referate über Zimmerlautstärke hielt. Langsam ging ihm das Gefiedel jedoch auf die Nerven, und er dachte, die Nachbarin müsse schon ziemlich toll aussehen, damit er ihr Spiel weiter ertrug.

Einmal sprach er mit der hässlichen Studentin aus dem dritten Stock, und die sagte, sie fühle sich durch die Musik auch gestört, aber man könne ja nichts sagen, der Frau sei doch nicht viel geblieben.

Nach drei Wochen hatte Daniel die Nase voll. Wieder war es nachts, fast schon früher Morgen. Daniel warf sich im Bett hin und her, steckte den Kopf immer wieder unters Kissen, fand aber weder Ruhe noch Schlaf. Werden Violinensaiten nicht aus Schweinedarm gemacht?, dachte er. Meinetwegen, aber sollte man das Schwein nicht vorher schlachten? Ihm platzte der Kragen. Er sprang aus dem Bett, warf sich den gestreiften Bademantel über den karierten Flanellschlafanzug, verließ die Wohnung, stürmte die Treppe hinauf und klingelte Sturm. Das Geigenspiel brach ab, und ein paar Sekunden später ging die Tür auf, und Daniel sah – zunächst mal nur einen Garderobenhaken mit einem Mantel drüber. Dann senkte er den Blick und erkannte die amerikanische Filmschauspielerin. Es war Audrey Hepburn, und sie war wunderschön. Sie sah aus wie in dem Film mit Fred Astaire, wo sie eine Buchhändlerin spielt. Wie hieß der noch? *Funny Face*? Wunderbarer, passender Titel. Wenn man ihr in die Augen schaute, konnte man wieder daran glauben, dass es mit der Menschheit irgendwann mal aufwärts gehen könnte. Sie war die schönste Frau, die er je gesehen hatte. Und sie saß im Rollstuhl. Ihre Geige und der Bogen lagen auf ihrem Schoß, und die rechte Hand hatte sie noch auf der Türklinke.

»Was ist los?«, fragte Audrey Hepburn sichtlich verärgert.

»Ich ... äh ... guten Tag.«

»Wohl eher gute Nacht. Wieso klingeln Sie hier mitten in der Nacht Sturm?«

»Nun ja, ich ... ich ... wollte ...«

»Und wieso tragen Sie einen gestreiften Bademantel über einem karierten Schlafanzug? Das sieht fürchterlich aus!«

»Ich wollte Sie ... Ich wohne unter Ihnen.«

»Na, ich will auch hoffen, dass sie in diesem Aufzug nicht auf der Straße herumlaufen.«

»Ich wollte ... mich mal vorstellen.«

»Morgens um fünf?«

»Na ja, ich dachte, Sie sind früh auf den Beinen und da ...«

»Sehr witzig. Vielleicht sollten wir mal zusammen joggen gehen.«

»Oh ... äh ... tut mir Leid ...«

»Na prima, jetzt haben Sie sich vorgestellt, also lassen Sie mich wieder in Ruhe arbeiten.«

Und damit schlug sie ihm die Tür vor der Nase zu. Daniel stand da wie ein abgewiesener Freier. Audrey Hepburn saß im Rollstuhl. Das hatte also die hässliche Studentin aus dem dritten Stock gemeint, als sie sagte, der Frau sei nicht viel geblieben. Na ja, das war wohl nicht ganz falsch. Schon als er die erste Stufe abwärts nahm, fing sie wieder an zu spielen. Und wirklich: Sie spielte toll.

In den nächsten drei Wochen schien sie ihr Spiel weiter zu intensivieren. Die Pausen zwischen den Stücken wurden kürzer. Bald hörte sie gar nicht mehr auf. Musste die denn nie essen oder schlafen? Blöde Zicke, dachte Daniel, aber dann biss er sich in Gedanken auf die Zunge. Er konnte doch keine Frau im Rollstuhl beleidigen. Nach fünf Wochen fragte er sich: Wieso eigentlich nicht? Krach wird nicht weniger lästig, nur weil der Verursacher gelähmt ist. Und sie machte den Krach ja nicht *weil* sie gelähmt war, sondern sie war gelähmt und machte nebenher noch Krach. Daniel hatte mittlerweile dunkle Ringe unter den Augen, weil er nachts kein Auge mehr zumachte. War es das, was sie wollte? Die Welt mit Schlaflosigkeit überziehen wie eine musikalische Anti-Tse-Tse-Fliege, um sich für ihr schlimmes Schicksal zu rächen? Nach sieben Wochen dachte Daniel: Himmelherrgottnochmal, soll ich mir extra ein Bein abschneiden, damit ich mich über diese beschissene Musik beschweren kann? Nach neun Wochen war er so geladen, erschöpft, übermüdet und dem Irrsinn nahe, dass er abends um elf inmitten eines Beethoven-Infernos nach oben stürmte und aus dem Sturmklingeln ein Notfall-Klingeln machte. Und als Miss Hepburn die Tür öffnete, stammelte er diesmal nicht wie ein Primaner bei seiner ersten Verabredung, sondern machte gleich mal klar, wo der Hase langlief, um den Most zu holen.

»Ich habe die Schnauze voll, was bildet ihr euch eigentlich ein? Ihr habt Behindertenparkplätze, ihr habt Frauenparkplätze, ihr kommt billiger ins Kino, und man darf keine Witze über euch machen. Und was ist der Dank? Mozart, Beethoven und Brahms bis zum Erbrechen. Und ich hasse Klassik! Ich will schlafen! Ich kann nichts dafür, dass ich laufen kann. Und nur weil Sie so verdammt schön sind und aussehen wie Audrey Hepburn müssen Sie nicht glauben ... dass ... dass ...«

»Dass was?«

»Ach, weiß ich jetzt auch nicht mehr!«

»Finden Sie wirklich, ich sehe aus wie Audrey Hepburn?«

»Ich finde gar nichts.«

»Und ich bin verdammt schön?«

»Ich verweigere die Aussage!«

»Wissen Sie, ich habe mit dem Geigespielen erst nach dem Unfall angefangen, ich war vorher völlig unmusikalisch, aber das wird Ihnen sicher völlig egal sein, Sie denken nur an Ihren Schlaf! Und wissen Sie was?«

»Was?«

»Da haben Sie völlig Recht. Ich habe mich schon lange gefragt, wann in diesem Haus jemand endlich mal die Eier hat, sich zu beschweren. Das Gedudel ging mir selbst schon auf die Nerven. Aber es hat sich natürlich keiner getraut, weil ich ja so ein verdammt armes, behindertes Mäuschen bin, und da dachte ich, ihr habt es nicht anders verdient, ich spiele weiter, bis sich einer aufregt und mir mal richtig die Meinung geigt, wie er es bei jedem anderen, der ihm den Schlaf raubt, auch tun würde. Möchten Sie nicht auf ein Glas Champagner hereinkommen?«

Daniel kam auf ein Glas Champagner herein. Und als die zweite Flasche leer war, sagte Audrey, dass sie Michaela heiße. Daniel dürfe sie aber Audrey nennen.

Drei Monate später brachen die Handwerker ein großes Loch in ihren Wohnzimmerboden und in Daniels Schlafzimmerdecke und bauten einen Aufzug ein. Der Vermieter hatte nichts dagegen gehabt. Audrey hatte ihn von unten her angesehen wie Bambi mit einer Schussverletzung, und ganz nebenher war an ihrer Bluse ein Knopf zu wenig geschlossen gewesen.

Und als der Frühling kam, saßen sie auf dem Balkon, und Audrey sagte: »Morgen verbrennen wir diesen hässlichen gestreiften Bademantel.«

»Und übermorgen diese Scheissgeige!«

»Ist gebongt.«

Und seitdem hören sie Beatles.

Misstrauischer Monolog

Sie schließt nachts die Wohnungstür nicht mehr ab. Warum tut sie das? Sie weiß, ich hasse das. Die Wohnungstür muss nachts abgeschlossen sein, sonst träume ich schlecht. Schon als Kind war das so. Vielleicht will sie mich loswerden. Vielleicht mischt sie feine Glassplitter in mein Essen, damit ich irgendwann elend verrecke.

Warum schließt sie neuerdings die Badezimmertür? Früher hat sie die Tür immer aufgelassen, selbst wenn sie auf der Toilette saß. Heute macht sie die Tür zu, manchmal schließt sie sogar ab. Was treibt sie da? Treibt sie da was? Oder sitzt sie nur auf dem Wannenrand und denkt nach? Und wenn ja: worüber? Wie sie mich loswird? Manchmal höre ich weibliche Geräusche durch die Tür: Das Knipsen der Kappe, wenn sie den Kajalstift verschließt. Das Auf- und Zuschrauben von Hautölflaschen, Bodymilk-Tuben oder Nachtcremetiegeln. Wenn ich die Ohren spitze, höre ich den Lippenstift aus der Hülle gleiten und wie das Mascara-Bürstchen über ihre Wimpern fährt. Wozu der Aufwand? Für mich braucht sie das nicht zu tun. Sie wird älter, sagt sie. Na und, sage ich. Für wen will sie jung sein? Ich höre das Herabrinnen einer Träne über ihre Wangenhaut, wenn sie mit dem Eyeliner ausrutscht. Eigentlich nicht hörbar, aber ich hör es doch, denn ich bin der Spitz, ich pass auf.

Die Art, wie sie neuerdings ihren Sherry trinkt ... Steckt darin nicht die Erinnerung an ein Sherrytrinken in einer Hotelbar mit einem fremden Mann, dem sie bald danach auf sein Zimmer folgte? Die Lippen ein kleines bisschen zu sehr gespitzt, die Lider einen Millimeter zu weit über den Augäpfeln, ein kleines bisschen zu sehr Schlafzimmerblick, und den hat sie bei mir schon lange nicht mehr nötig. Wenn wir uns einen Film ansehen, rutscht sie dann bei Liebesszenen neuerdings nicht immer so merkwürdig auf dem Sessel hin und her? Standen nicht ihr, die sonst nie weint, Tränen in den Augen, als wir in dieser ergreifenden »Othello«-Inszenierung saßen? Das Schicksal der Desdemona, der zu Unrecht des Ehebruchs Verdächtigten, hat sie doch ein wenig zu sehr mitgenommen. Lebt sie in der Furcht, ihr Mann, ich, könnte othellosche Leidenschaft entwickeln und eines Abends vor ihr stehen, den Dolch im Gewande, und sie fragen: »Hast du zur Nacht gebetet, Desdemona?«

Was tut sie, wenn ich zur Arbeit gehe? Geht sie weg? Der Kühlschrank ist immer gut gefüllt, natürlich geht sie einkaufen. Und die Wohnung ist immer sauber, natürlich räumt sie auf. Aber braucht sie dafür den ganzen Tag? Das bisschen Haushalt! Bleibt da nicht noch genug Zeit, um …

Manchmal rufe ich unerwartet an, gebe vor, ihre Stimme hören zu wollen. Immer ist sie da. Warum erwische ich nie die Zeit, wo sie zum Einkaufen ist? Bekommt sie Besuch? Ist deshalb die Wohnung so sauber, weil sie die Spuren ihres Tuns verwischen musste? Legt sie deshalb immer Parfüm auf, um andere Düfte zu verdecken?

Sie sagt, sie schlafe nicht gut, in letzter Zeit. Sie fühle sich müde, meine, das sei das Wetter. Was tut sie, wenn das Licht ausgeht? Was denkt sie, wenn sie mich neben sich atmen hört? Steht sie auf, in der Nacht, und führt heimliche Telefongespräche? Unsere Telefonrechnung ist rätselhaft niedrig, das könnte ein Ablenkungsmanöver sein. Geht sie zu einer Telefonzelle und telefoniert stundenlang im Stehen? Aber wieso ist sie dann immer zu Hause zu erreichen? Das ist sehr rätselhaft.

Warum betont sie immer wieder, dass sie an anderen Männern kein Interesse habe? Sie finde Banderas nicht attraktiv, Brad Pitt sogar hässlich, Hugh Grant einen langweiligen Deppen. Sie wolle mich, und nur mich. So bescheiden kann niemand sein.

Warum trinkt sie seit Wochen ihren Kaffee schwarz? Hat jemand anderes sie auf die Idee gebracht? Wir haben jetzt eine Espresso-Maschine. Ist er Italiener? Ist sie im Bett jetzt nicht viel leidenschaftlicher als zu Beginn unseres gemeinsamen Lebens? Müsste es nicht umgekehrt sein? Hat sie ein schlechtes Gewissen?

Sie schließt nachts die Wohnungstür nicht mehr ab. Ich befestige einen schmalen Streifen Tesafilm am Rahmen und am Türblatt. Am nächsten Morgen ist er unverletzt, aber das musste nichts heißen. Vielleicht hat sie ihn bemerkt und wieder befestigt, als sie fertig war. Doch womit? Kommt er nachts in meine Wohnung, und beide betrachten mich im Schlaf? Ich will wach bleiben, doch es gelingt mir nicht. War da etwas in dem Wein, den wir zum Abendessen hatten?

Am Morgen verlasse ich die Wohnung, gehe aber nicht zur Arbeit, habe Urlaub genommen. Ich stehe vor dem Haus, auf der anderen Straßenseite, hinter einem Baum. Ich beobachte die Haustür. Sie kommt heraus, ich folge ihr. Unauffällig. Sie geht in den Supermarkt. Ich warte draußen. Sie kommt wieder heraus, an der Hand eine volle Einkaufstasche. Sie geht zum Bäcker, in eine Apotheke, zum Metzger.

Drei Wochen lang nichts. Sie bekommt keinen Besuch. Trifft sich nur mit ihrer Schwester oder ihrer Mutter. Sie ist gerissen. Vielleicht weiß sie, dass ich sie beobachte. Sie hat die Sache auf Eis gelegt, bis ich es aufgebe. Aber ich gebe nicht auf.

Eines Morgens sieht sie mich, als sie aus der Reinigung kommt. Sie tut überrascht, kommt auf mich zu, fragt mich, was ich hier mache, warum ich nicht auf der Arbeit sei, lächelt. Ich sage nichts. Aber in meinen Augen sieht sie, dass ich alles weiß.

Sie schließt nachts die Wohnungstür nicht mehr ab. Das hat sie verraten. Ich weiß alles.

Sie streitet es ab.

Aber nicht mehr lange.

Wie Ralle zum Film kam (und ich nicht)

Als ich neulich bei meinem Freund und Doppelkopf-Kollegen Ralle auf einen Schwatz vorbeischaute, war er gerade dabei, einen grauen Pappkarton aufzureißen. In dem Karton waren fünfhundert Postkarten, die einen hoch gewachsenen Mann in einem Smoking zeigten, der eine halbautomatische Pistole neben sein Gesicht hielt. Dieser Mann war Ralle. Unter dem Tisch standen noch sechs weitere Kartons. Schmerzlich wurde ich daran erinnert, dass mein langjähriger Freund sich am Fuße einer steilen Filmkarriere befand – im Gegensatz zu mir.

Als es auch in meinem Bekanntenkreis nicht mehr zu verheimlichen war, dass mein erster Roman *Liegen lernen* verfilmt werden würde (die bettlakengroßen Transparente unter meinem Wohnzimmerfenster mögen zur Verbreitung dieser Information beigetragen haben), gingen mir die vier Typen, mit denen ich die unter Männern üblichen Rivalitäten in einer monatlichen Kartenrunde mit durchgehender Jahreswertung institutionalisiert habe, wochenlang auf die Nerven, ich solle ihnen doch bitte schön Gastauftritte »am Set« besorgen. Irgendwann mürbe geredet, nahm ich Kontakt zur Produktionsfirma auf und fragte an, ob Bedarf an Komparsen bestehe. Es bestand. Eine Kneipenszene war zu drehen, und im Hintergrund sollte allerlei Publikum herumlungern. »Lungern können sie«, sagte ich, und der Deal war perfekt. An einem bestimmten Tag im August 2002 hatten die vier Herren gegen achtzehn Uhr in Düsseldorf am Drehort zu erscheinen. Die Enttäuschung, für diesen Einsatz keine Arbeitszeit opfern zu müssen, wich der freudigen Erwartung, kurz mal gefilmt zu werden, dann noch ein paar Bierchen zu nehmen und sich von den beim Film sicher zuhauf anzutreffenden Groupies ein wenig verwöhnen zu lassen. Wie so viele Hoffnungen im Leben war auch diese eine trügerische.

Machen wir es kurz: Als die Jungs mit »dem Dreh« fertig waren, hatten sie Mühe, rechtzeitig wieder im Büro, in der Schule, auf der Station zu erscheinen. Feierabend war erst, als schon die Sonne aufging und die Filmleute hurtig in ihre Särge sprangen.

Drei der vier Kollegen sind im fertigen Film nur im Hintergrund zu erkennen, und wenn sie ihren Kindern später diesen Moment nahe bringen wollen, wird die Pausentaste des DVD-Players das wichtigste Hilfsmittel sein. Ralle jedoch ist zweimal fett im Bild zu sehen, ja es wird sogar über ihn geredet. Er spielt einen Mann im mittleren Alter, der, Jahre zuvor von seiner Frau verlassen, unbeweglich und sehr melancholisch eine Tischplatte auswendig lernt. Er schaut so elend drein, dass man tatsächlich Mitleid mit ihm bekommt.

Entgegen von mir selbst in Umlauf gesetzten Gerüchten komme ich selbst in der Verfilmung von *Liegen lernen* NICHT vor, ereilte mich doch das Schicksal vieler hoffnungsvoller Nachwuchsmimen, als »meine« Szene als Zelluloid-Sondermüll auf dem Boden des Schneideraums landete.

Dabei hatte alles so schön angefangen: An einem heiteren Spätsommertag in Düsseldorf, Anfang September 2002, empfingen mich freundliche, zum Teil zwar gepiercte und tätowierte, aber gar nicht mal besonders kokainsüchtig wirkende Filmmenschen, beteuerten mehrfach pflichtschuldigst, wie toll ihnen das Buch gefallen habe, und geleiteten mich zum kalten Büfett. Ein guter Anfang. Die Kostümbildnerin akzeptierte die von mir mitgebrachten Kleidungsstücke, wahrscheinlich, weil sonst nichts in meiner Größe aufzutreiben war. Ein junger Mann mit einer Videokamera fragte, wie ich das alles fände, und ich sagte, ich fände das alles ganz toll, obwohl ich erst zehn Minuten da war.

Am eigentlichen Drehort, einem liebevoll eingerichteten Appartement in einem Düsseldorfer Vorort-Neubau, wurde ich von Hendrik »Henk« Handloegten, den eine sehr coole Brille mit einem Fünfzigerjahre-Kassengestell als Chef of Alles auswies, begrüßt. Zusammen loteten wir die Tiefen und Untiefen meiner Rolle aus, die im Wesentlichen darin bestand, als melancholisch dreinschauender Mann im mittleren Alter einen Stromkasten anzustarren, mir die Schnürsenkel zu richten und dann aus dem Bild zu gehen. Seit Wochen hatte ich mich auf diese Rolle method-acting-mäßig durch stundenlanges Stromkastenanstarren vorbereitet. Ich hatte begonnen zu denken wie ein Stromkasten, zu fühlen wie ein Stromkasten, ja, ich war einige Male selbst Stromkasten *geworden*. Als ich das in die Diskussion einbrachte, erntete ich Blicke, die man sonst nur für Menschen mit künstlichem Darmausgang übrig hat. Henk legte mir eine Hand auf die Schulter und sagte, er wisse es zu schätzen, dass wenigstens einer den Job hier ernst nehme. Andererseits hätte ich ja nicht den Stromkasten zu spielen, sondern den Anstarrer. Nun, meinte ich, wer sich selbst verstehen will, muss die verstehen, die ihn verstehen sollen. Henk sah mich lange an und nickte dann sehr langsam. Der Regieassistent fragte mich, ob ich Aspirin wolle.

Vom Balkon der Wohnung aus sollte ich »geschossen« werden. Zuerst würde ein Dialog zwischen zwei Darstellern aufgenommen werden und dann die Kamera über die Brüstung fahren und mich einfangen, wie ich mit dem Stromkasten kommuniziere.

Unten auf der Straße war ein Mann mit einem großen Feuerwehrschlauch damit beschäftigt, die Straße nass zu halten, da die Szene offenbar nach einem großen Regenguss spielte. Beim Film ist ja immer alles symbolisch aufgeladen. Offene Augen sind geschlossene Seelen und geschlossene Türen meinen offene Leben.

Neben dem Stromkasten stand ein Funkgerät, über das ich Anweisungen erhalten sollte. In völlig unorganischer, seitlich abgeknickter Haltung musste ich dastehen, den Kasten mustern, dann auf ein via Funkgerät übermitteltes Signal so tun, als ob ich mich beobachtet fühlte (was angesichts von Dutzenden von Filmleuten und fachkundig kommentierenden Passanten nicht schwer fiel), meine Schnürsenkel richten und schließlich davongehen. Beim ersten Mal kam nur ein »Los!« aus dem Walkie Talkie, ich aber hatte auf »Action« gewartet.

»Wir sagen nicht so gern Action«, meinte der Regieassistent, »das hört sich affig an.«

»Könntet ihr das nur für mich trotzdem sagen? Ich meine, ich bin jetzt irgendwie darauf eingestellt, und es würde mir wirklich helfen.«

Ich bekam mein »Action«, aber als ich in die Knie ging, stellte ich fest, dass ich Slipper trug. »Ich hab keine Schnürsenkel!«, rief ich zum Balkon hinauf.

»Sieht man hinterher sowieso nicht«, kam es aus dem Funkgerät. »Mach einfach weiter!«

»Aber das Publikum spürt das!«, zitierte ich Erich von Stroheim, der während der Dreharbeiten zu *Five Graves to Cairo* als Darsteller des Erwin »Wüstenfuchs« Rommel von Regisseur Billy Wilder eine Original-Wüstenarmbanduhr gefordert hatte, obwohl die von den Manschetten der Uniformjacke verdeckt sein würde.

»Würdest du bitte für uns eine Ausnahme von deinem professionellen Ethos machen?«, flehte Henk. »Wir sagen auch immer fleißig Action.«

Seufzend nahm ich hin, was nicht zu ändern war, und starrte weiter, hatte aber beim nächsten Take den Eindruck, bloßes Anstarren des Kastens reiche nicht aus, damit die Szene wirklich tief auf den Betrachter wirken könne. Also machte ich nach dem brav eingesprochenen »Action!« einen Schritt auf das Ding zu, legte ihm erst eine Hand aufs Dach, ging dann auf die Knie und umarmte ihn. Danach spürte ich tatsächlich einen unangenehmen Blick im Rücken, fuhr mit einem Gesicht, das den Begriff »inneres Leid« neu definierte, herum, vergoss ob des Fehlens von Schnürsenkeln an meinen Schuhen derartig realistische Tränen, dass ein Teil von mir schon eine Oscar-Dankesrede probte, erhob mich dann wie unter den Mühlsteinen des Lebens ächzend und schlich, das eindrucksvollste Bild eines gebrochenen Mannes seit Hiob, langsam aus dem Bild. Es rauschte sehr lange im Walkie-Talkie, bevor der Regieassistent sagte: »Okay. Das war toll.«

Ich nahm das Gerät, drückte den Knopf und antwortete. »Ist die Szene gestorben? So sagt man doch, oder?«

»Äh … ja, ja, die Szene ist gestorben, die ist absolut tot. Toll, Mann, wirklich. Du, dem Henk geht es gerade nicht so gut. Wir machen wohl erst einmal eine Pause.«

»Ich würde gern noch zusehen. Wann geht es denn weiter?«

»Tja, ich denke, so in zwei, drei Wochen. Ruf uns nicht an, wir rufen dich an.«

Zwei Monate später bekam ich einen Anruf, in dem man mir mitteilte, dass die Szene im Film nicht verwendet würde, was aber wirklich und ganz bestimmt nicht an mir liege, ich hätte das toll gemacht, sehr eindrucksvoll und ungewöhnlich, aber der Dialog, der meinem Auftritt vorausging, sei misslungen, und deshalb würde leider auch der Stromkasten gestrichen. Wahrscheinlich um mich zu trösten, teilte mir die namenlose junge Frau am anderen Ende mit, dass dafür mein Freund Ralle groß im Bild sein werde, und das gleich zweimal. Ja, sicher, dachte ich, erst fängt er mich in der DoKo-Jahreswertung auf der Zielgeraden noch ab, und dann ruiniert er mir meine berufliche Zukunft. Vielen Dank, Kumpel!

»Ein toller Typ«, flötete die junge Frau.

»Sie sollten ihn mal sehen, wenn sein höchster Trumpf ein Kreuzbube ist«, sagte ich.

»Nein, nein, wirklich. Absolut phänomenal. Wo haben Sie den denn hergehabt? Der konnte ja vier Stunden sitzen, ohne sich zu bewegen!«

»Na ja«, sagte ich, »der ist Lehrer.«

Als ich also neulich bei meinem Freund Ralle auf einen Schwatz vorbeischaute und er gerade dabei war, die Kartons mit seinen Autogrammkarten aufzureißen, bekam ich einen Edding in die Hand gedrückt, mit der Bitte, doch vielleicht einen Karton für ihn zu unterzeichnen, er müsse dringend telefonieren. »Steven braucht noch mein Go für die Fortsetzung von *Minority Report*, und wir haben nur ein ganz enges Zeitfenster für unser Gespräch, weil Jack ...« Aber da hörte ich schon gar nicht mehr zu, sondern fing einfach an, Ralles Namen auf die Karten zu schreiben.

Heiß und fettig

Ich weiß noch genau, wann ich sie das erste Mal sah. Ich war allein, ich war heimatlos, und mein Herz hungerte. Ich war verfallen und schmächtig, die letzten Begegnungen mit dem anderen Geschlecht hatten mir nicht gut getan, meine Kraft war verbraucht. Es war ein heißer Mittwoch mitten in einem viel zu heißen Mai. Schon seit Mitte April hielt sich das gute Wetter, die Sonne lachte sich kaputt, und viel zu viele Männer liefen in Bermudashorts herum. Das Wetter verlangte eher nach einem leichten Salat mit nur einem Hauch einer fast nicht spürbaren Vinaigrette, verlangte nach dünnen Tomatenscheiben mit einer Ahnung von Mozzarella, dazu vielleicht einen gewichtslosen Weißwein und schwebendes, helles Brot. Und doch: Zum ersten Mal seit Monaten gelüstete mich nach schwerer Kost, nach einer Currywurst mit einer doppelten Portion Pommes frites und doppelt Mayo. Eine geheimnisvolle Macht musste mir diese Lust eingegeben haben, denn diese Lust besiegelte mein Schicksal.

Ich ging zum Imbiss an der Ecke. Es war kein Lokal, wie man es sich gern vorstellt, wenn man anderswo vom Ruhrgebiet erzählt, keine charmant proletarische Essensausgabe für hart arbeitende Menschen, sondern eher ein heruntergekommenes Loch mit fast blinden Fenstern, einem schmierigen Boden und einem mit nicht zu zählenden Brandspuren übersäten Tresen. War es draußen auf der Straße schon warm, kam man sich hier drin vor, als hätten zweihundert Lungenkranke drei Wochen in den Raum hineingeatmet, ohne dass seitdem ein Luftmassenaustausch stattgefunden hätte. Auf dem Grill lagen hart an der Grenze zum totalen Verkohlen dahinvegetierende Bratwürste, die nach allem aussahen, aber nicht nach Wurst. An der Wand hing ein Spielautomat mit eingeschlagener Frontscheibe. Mir wollte schon wieder der Appetit vergehen, da kam plötzlich SIE aus dem hinteren Bereich, wischte sich die Hände am weißen Kittel ab und verstaute mit einer eindrucksvoll energischen Handbewegung eine widerspenstige Strähne irgendwo hinter ihrem rechten Ohr.

Sie war kräftig. Schon ihr Hals und ihr Nacken waren muskulös. Nur ihr Haar war fein, hell und lang, nach hinten gekämmt und im Nacken von einem schlichten schwarzen Gummi zusammengehalten, bis auf die eine widerspenstige Strähne, die sich nicht einordnen wollte. Ihre Hände waren groß, ihre Finger lang und die Nägel nicht lackiert.

Der Kittel! Er musste eigens für sie hergestellt worden sein. So ein perfekter Sitz, ihre Rundungen betonend, den kleinen Bauch jedoch verflachend, während aus den Achselöffnungen zwei gebräunte Arme wuchsen, deren Bizeps das regelmäßige Training verrieten. Die zwei Knöpfe direkt unter dem Dekolleté standen offen. Sie stemmte die Hände in die Seiten und fragte mich, was ich wolle, und dabei wölbten sich die beiden Kittelteile nach vorn. Sie trug nichts unter ihrer fleckigen Arbeitskleidung, jedenfalls nicht oben herum, und als sie sich bückte, um mit einer Art Schaufel die gefrorenen Fritten aus dem Karton unter dem Bratwurstgrill zu heben, war auch nicht die Ahnung eines Slips zu erkennen.

Ich zwang mich, die geborstene Scheibe des Spielautomaten einer genauen Prüfung zu unterziehen, um nicht ständig SIE anstarren zu müssen. Doch als sie mir den Rücken zuwandte, um die Fritten im heißen Fett zu schütteln, oder als sie mit einer erregend flüssigen Bewegung die zehn Bratwürste auf dem Grill wendete, eine davon mit der schlichten Metallzange packte und in die kleine Häckselmaschine steckte, da vermaß ich ihre Schultern und ihr Kreuz und, ich muss es gestehen, ihren Hintern. Unter dem Kittel zeigten sich Waden, die jeden Wadenkampf gewonnen hätten. Sie war perfekt. Ich war hingerissen. Ich war verliebt in das Pommes Girl.

Der Qualität meiner Ernährung war diese neue Leidenschaft nicht eben zuträglich. Fast jeden Tag wurde ich jetzt im Imbiss an der Ecke vorstellig. Aus gesundheitlichen Gründen war ich fast erleichtert, wenn SIE nicht hinterm Tresen stand, dann ging ich nämlich wieder nach Hause und aß Obst. Doch an drei Tagen in der Woche, immer von fünf bis neun, hatte SIE Dienst.

Es war eine für die frühe Jahreszeit ungewöhnlich lange Hitzewelle. Zwischendurch machte das Wetter nur ein oder zwei Tage schlapp, dann war es wieder voll da. Einmal saß sie auf einem Barhocker vor dem Imbiss und hielt ihr helles, breites, beinahe slawisches Gesicht in die Sonne, die Beine übereinander geschlagen, sodass die Kittelschöße fast bis zur Hüfte hochrutschten und ich ihre festen, kräftigen Oberschenkel sehen konnte. Es war kaum auszuhalten.

Ich begann, Signale auszusenden, bestellte immer unterschiedliche Gerichte, um ihr zu zeigen, dass ich ein fantasievoller, abwechslungsreicher Typ war. Und immer bestellte ich »mit allem«, Pommes mit Mayo UND Ketchup, Gyros mit Zwiebeln UND Zaziki und den Hot Dog mit extra viel Zwiebeln und doppelt Remoulade, um ihr zu zeigen: Ich bin der leidenschaftliche, lustbetonte Typ, der alles will, Risiko ist mein zweiter Vorname.

Ich wollte sie haben, ich musste sie haben. Zwischen Gyrosstab und Currywursthäckselmaschine wollte ich über sie herfallen, mit meinen Händen persönlich den Sitz ihres Kittels überprüfen, ich wollte ihr Currysauce vom ganzen Oberkörper lecken, Mayonnaise aus dem Bauchnabel und Senf von den

Zehen. Ich wollte, dass sie nach der Arbeit gleich zu mir kam, ohne sich zu waschen, ohne zu duschen, in einer heißen, feuchten Nacht, damit ich mein Gesicht versenken konnte in ihren nach sämigem Fett duftenden Haaren. Ich wollte den entschlossenen Griff ihrer kräftigen Hände spüren, herrisch, als sei ich nur Ware, nur ein weiteres armes Würstchen, das auf dem Grill ihrer Leidenschaft verbrennt. Ich wollte den Schweiß auf ihrem Nasenrücken sehen, wenn sie mich zum Mitnehmen oder zum Hieressen zubereitete. Unsere Liebe würde sein wie unser Essen: schnell gemacht, heiß und fettig. Ja, dachte ich, in deinem Öl soll meine Fritte sieden!

Der Sommer machte da weiter, wo der Frühling aufgehört hatte. Die Nächte waren so heiß wie die Tage, und ich nahm zehn Kilo zu. Unsere Gespräche blieben geschäftsmäßig, beschränkt auf die Bestellung und belanglose Bemerkungen über das Wetter. Im August zählte ich die Schweißperlen auf ihrer Stirn, wenn ich glaubte, dass sie es nicht merkte.

Dann kam der September. Der Sommer ging zu Ende, doch nichts kühlte ab. Die Hitze steckte in den Mauern und den Wänden, in den Scheiben und in den Menschen und im Asphalt der Straße. Ich wog jetzt zwanzig Kilo mehr als noch im März. Und eines Tages hatte sich etwas verändert.

Es war abends, kurz vor neun, ich war der letzte Kunde, sie bereitete schon alles zum Schließen vor. Ich hatte es nicht früher geschafft und schon gefürchtet, sie zu verpassen. Sie schien sich zu freuen, mich zu sehen, ich war ja schon ein alter Bekannter. Ich hatte Durst und bestellte eine Fanta. Als sie sich bückte, um die Dose aus dem Kühlschrank zu nehmen, war da eine bisher nicht gekannte Linie unter dem Kittel. Sie trug einen Slip! Und noch bevor ich sagen konnte, dass mir der Sinn nach einem halben Hähnchen und einer Portion Djuvec-Reis stand, beugte sie sich weiter vor als nötig und schenkte mir ein Lächeln, das mir verwegener vorkam als die professionelle Freundlichkeit, die bisher der Grundton unseres Umgangs gewesen war. Und als ihr Kittel sich weiter teilte als üblich, sah ich einen roten Spitzen-BH, der ihre festen Brüste umschloss. Ich weiß nicht mehr, ob ich meine Bestellung tatsächlich aufsagte oder ob sie schon meine Gedanken las. Ich sah nur noch, wie sie ein Hähnchen vom Grillspieß zog, es auf dem groben Holzbrett, von dem es fast heruntergerollt wäre, mit ihrer ganzen, großen, rechten Hand festhielt, mit der linken zur Geflügelschere griff, die Schere sich spreizen ließ und den einen Teil dem Hähnchen in den Hintern steckte. Sie sah mich an und lächelte wieder, und genau in dem Moment, da sie zum Schneiden ansetzte, fiel wieder diese Strähne in ihr Gesicht, aber diesmal blies sie die nicht stirnwärts, sondern ließ sie, wo sie war, und begann zu schneiden, teilte unbarmherzig das Brustbein des Tieres, und ich sah die Muskeln in ihrem Unterarm arbeiten, und dann sah ich noch, wie sie sich eine Schweißperle von der Oberlippe leckte, in einer unverschämt langsamen Zungenbewegung. Ich war unfähig, mich zu bewegen.

Dann sah sie mich wieder an, mit gesenktem Kopf ein wenig aufwärts blickend, doch anstatt das halbe Hähnchen aufzuspießen und in die mit Aluminium ausgeschlagene Warmhaltetüte zu verpacken, nahm sie es in die Hand und trug es, den Blick noch immer in meinen Augen verankert, um den Tresen herum. Sie warf die offen stehende Tür mit einer kurzen, geschickten Bewegung ihres Hinterteils ins Schloss, während sie mit der freien Hand über den Schalter daneben wischte und das Licht löschte. Von der Straße fiel der fahle Schein der Straßenlaternen herein, und dann und wann fingerten Autoscheinwerfer durch den Raum.

Sie trug das tote geteilte Tier vor ihrer Brust wie eine heilige Gabe, und als sie endlich vor mir stand, zog sie mit den Fingern der freien Hand die goldgelbe Fettpelle ab und hielt sie mir vor, sodass ich danach schnappen konnte wie ein gehorsamer Pudel. Wie ein Pudel machte ich Männchen, und sie steckte mir die zarte Haut in den Mund. Ich ließ den Geschmack meine Zungenränder umspielen, schluckte und leckte noch Fettreste von ihren Fingern. »Jetzt bist du bereit!« Während ich ihr den Vogel abnahm und mein Gesicht darin vergrub, ließ sie ihren Kittel fallen und sagte: »Im Frühling warst du noch so dünn und schwach, jetzt bist du gut und bereit und richtig für mich!« Sie öffnete ihr Haar und schüttelte den Kopf, so dass es um sie herumflog. Sie nahm mir den Vogel ab und biss hinein, teilte die Speise mit mir. Ich beugte mich vor und senkte gleichzeitig mit ihr meine Zähne in das weiße Fleisch. Ich sog den Duft ihres Haares ein, der genauso war, wie ich es erhofft hatte. Ich ging auf die Knie und roch an ihren Schenkeln. Ihre Haut bedeckte eine dünne, feine Schicht aus Gesottenem. Sie schmeckte wunderbar, selbst an den Knien. Wie eine Amazonenkönigin bedeutete sie mir aufzustehen, und ich gehorchte. Sie zog mich aus und nahm mich auf den Arm, trug mich hinter den Tresen und legte mich auf das grobe Holzbrett. Ich sah die Saucenkelle in ihrer Hand. Sie kletterte zu mir hoch, ließ sich nieder und sagte: »Vorsicht! Heiß und fettig!« Und ich wusste: es war so weit, ich war am Ziel, ich war zu Hause, ich würde nie wieder Hunger leiden müssen, wonach auch immer.

Hochzeit mit Ginger Rogers

Es war an einem sonnigen Januarmorgen, kurz nach der Jahrtausendwende. Ich war Anfang dreißig, aber voller Hoffnung, saß am Frühstückstisch und arbeitete irgendein Feuilleton durch, da bemerkte ich, dass die Frau, der ich vor etwa anderthalb Jahren begegnet war, mir immer noch gegenüber saß. Und sie hatte etwas gesagt, das ich zuerst nicht richtig verstanden hatte. Vielleicht hatte ich es auch verstanden, im Sinne von »gehört«, aber nicht verstanden im Sinne von »begriffen«.

Ich sagte: »Könntest du das bitte noch einmal wiederholen?«

»Wenn wir eh zusammenbleiben wollen, könnten wir eigentlich auch heiraten, oder?«

»Wen sollen wir denn heiraten?«, entgegnete ich verwirrt.

»Na ja«, sagte sie, »ich dachte, ich heirate dich, und du heiratest mich, dann könnten wir in der gleichen Wohnung wohnen bleiben.«

»Ja, aber ist heiraten denn nicht spießig?«

»Nein, das war früher.«

»Ach so.«

»Frag mal deinen Steuerberater!«

Ich stand auf, ging zum Telefon und rief meinen Steuerberater an. Bis dahin war ich immer davon ausgegangen, dass die meisten Ehen auf dem Stockholm-Syndrom basierten, also der zwanghaften Verbrüderung einer Geisel mit ihrem Kidnapper. Nur dass in der Ehe beide beides waren. Mein Steuerberater rechnete mir vor, was ich sparen könnte, wenn ich die Frau, die bei mir wohnte, gesetzlich an mich bände. Das gab mir den Glauben an die Liebe zurück. Ich ging wieder in die Küche.

»Du hast Recht«, sagte ich, »es ist überhaupt nicht spießig zu heiraten. Es ist sogar ziemlich cool.«

»Also, dann ist das gebongt. Wann sollen wir es machen?«

»Wir könnten unseren Jahrestag im August nehmen, dann muss ich mir nicht so viele Daten merken.«

»Gute Idee.«

Damit war die Sache erst einmal erledigt. Wir nahmen unser gefahrloses Leben wieder auf und waren so glücklich und zufrieden, wie man es sein kann, wenn man Anfang dreißig ist und sich selbst einer versteckten Leidenschaft für Einbauküchen und Ford Mondeos verdächtigt. Dann erwischte ich meine Frau (die ja noch nicht meine Frau war) eines Nachmittags, wie sie in ihrem Zimmer auf dem Boden kniete, um sich herum unüberschaubare Stapel von Papier. Auf meine Frage, was sie da treibe, antwortete sie, sie ordne die Quittungen für unsere Steuererklärung. Unsere? Tatsächlich: Auf den zweiten Blick stellte ich fest, dass sie auch *meine* Bahnfahrkarten, Gagenabrechnungen, Buch-, Bürobedarfs- und Taxiquittungen, die ich einmal pro Woche in eine große Kiste warf und damit komplett von meiner internen Festplatte löschte, in eine nachvollziehbare Ordnung zu bringen suchte.

»Ich weiß genau, dass dieses ganze Zeug mich an irgendetwas erinnern soll«, sagte sie, »ich weiß nur nicht mehr an was.«

»Du tust ja so, als wären wir verheiratet.«

Sie schlug sich mit der flachen Hand gegen die Stirn. »DAS war es! Heiraten? Habe ich mich nicht kürzlich mit irgendjemandem darüber unterhalten?«

»Ich glaube, mit mir«, entgegnete ich.

»Und aus welchem Grund?«

»Ich glaube, du wolltest mich ehelichen.«

»Wirklich? Das ist ja lustig.«

Mühsam rekonstruierten wir unser zurückliegendes Gespräch, ich rief noch mal meinen Steuerberater an, der mich statt einer Begrüßung gleich anschnauzte, wieso er zu der bevorstehenden Hochzeit noch nicht eingeladen worden sei, und als wir wieder wussten, was wir vereinbart hatten, kam die Sprache auf die Angelegenheit mit dem Namen.

»Ich nehme natürlich deinen Namen an«, sagte meine Freundin, meine Konkubine, meine Intensiv-Mitbewohnerin, SIE eben.

»Wie bitte?« Ich dachte, ich hätte mich verhört.

»Doppelnamen finde ich albern.«

»Du könntest doch deinen eigenen Namen einfach behalten.«

»Wie sollen dann unsere Kinder heißen?«

»Was meinst du mit Kindern?«

»Du weißt schon, diese kleinen Wesen, die einem aus dem Bauch wachsen, sehr viel Geld kosten, einen jahrzehntelang in den Wahnsinn treiben und dann in ein Altersheim abschieben.«

Ich runzelte die Stirn. »Sind die nicht verboten worden?«

»Leider nicht.«

»Ist man denn verpflichtet, welche zu machen?«

»Ja, sicher! Hast du das noch nicht mitbekommen? Stand neulich in der Zeitung.«

»Muss ich überlesen haben.«

Sie wollte also wirklich meinen Namen annehmen. Das ging doch nicht. Was sollten denn meine ganzen linken Freunde sagen? Ich würde dastehen wie ein drittklassiger Pascha aus der Adenauer-Ära, der sich seine Frau auf den Rücken bindet wie ein prähistorischer Jäger seine erlegte Beute. Ich fragte die Frau, die mit mir die Steuerklasse wechseln wollte, ob sie sich das nicht noch einmal überlegen wolle, ihr Name sei doch eigentlich sehr hübsch, ich würde nie von ihr verlangen, den abzulegen, aber sie sagte, gerade *weil* ich das nicht verlangen würde, sei sie ja bereit, es zu tun. Ich änderte meine Strategie und sagte, in der Hoffnung, eine entsprechende Reaktion zu erhalten, na gut, sie habe schon Recht, so sei es von der Natur vorgesehen, der Mann nehme sich das Weib, auf dass es seinen Namen trage, jetzt und immerdar, im Heim und am Herd, am Tisch und im Bett, aber sie lachte nur und fragte mich, ob ich wieder an den Mottenkugeln gelutscht hätte.

Ich stellte mir vor, wie ich Olaf in Berlin anrief und ihn dabei erwischte, wie er gerade seinen Erstgeborenen stillte, um ihm zu erzählen, dass ich heiraten würde, ach und übrigens, SIE nimmt MEINEN Namen an. Völlig unmöglich. Da konnte ich ja gleich wieder im Stehen pinkeln, ohne die Brille, ach was, ohne den *Deckel* hochzuklappen! Ich machte noch einen letzten Versuch.

»Dann nehme ich deinen Namen an.« Genau. Das war noch besser, als wenn sie ihren behielt! Damit würde ich mir freien Eintritt in allen soziokulturellen Zentren der näheren Umgebung sichern, Olaf würde mir ein kenianisches Baby-Tragetuch schenken, und alle meine linken Freunde würden mich neidisch ansehen, weil ich den einen Schritt weitergegangen war, zu dem sie nicht die Kraft gehabt hatten.

DIE FRAU jedoch machte mir einen STRICH DURCH DIE RECHNUNG.

»Bist du irre?«, sagte sie. »Ich habe keine Lust als männermordende Amazone dazustehen, die ihren Mann nicht nur unter den Pantoffel, sondern gleich unter die Auslegeware zwingt. Wenn man die freie Wahl hat, heißt das auch, dass man sich für den Namen des Mannes entscheiden kann!«

»Findest du nicht, dass du es dir ein bisschen zu leicht machst?«

»Findest du nicht, dass zu es dir ein bisschen zu schwer machst? Und mir auch?«

Wir stritten noch zwei Stunden, dann zeugten wir ein Kind.

Ein paar Wochen später gingen wir zum Standesamt und meldeten uns zur Eheschließung an. Ein kleiner Mann mit großen Schweißflecken unter den Achseln sagte, wir dürften uns ein Familienstammbuch aussuchen. Am Bochumer Standesamt kann man wählen zwischen den Modellen »Roxana Nubuk«, »Veneto Glanz«, »Palazzo«, »Bozen« und »City«. Ich nahm das Modell »City« in die Hand und war versucht auszurufen: »Ich hätte gerne einmal das Hacksteak mit Bratkartoffeln, den Beilagensalat und eine Cola light ohne Cola«, denn das Ding sah aus wie die Speisekarte einer Pommesbude.

Nachdem wir unseren Wunschtermin festgeklopft hatten, fingen wir mit den Listen an. Listen sind sehr wichtig für eine Hochzeit. Listen sind wichtiger als Ringe. Man erstellt zuerst die Liste der Verwandten, die eingeladen werden *müssen*, zum Beispiel, weil man sie beerben will. Dann die Liste der Verwandten, die man einladen *könnte*, wenn noch Platz wäre. Dann die Liste der Verwandten, die *auf keinen Fall* eingeladen werden *dürfen*, weil sich entweder Braut oder Bräutigam in letzter Minute gegen die Ehe entscheiden könnte, weil er/sie nicht bedacht hat, welchen menschlichen Sondermüll man am Hacken haben könnte.

Dann kommt die Liste der Freunde, ohne die man nicht leben, geschweige denn heiraten kann. Die ist sehr kurz. Dann die Liste der Freunde, die keine mehr sind, denen man das aber nicht sagen will, weshalb man sie trotzdem einladen muss. Diese Liste ist die längste.

Aus all diesen Listen gilt es, eine Festgemeinde zusammenzustellen, bei der die Wahrscheinlichkeit, dass sie sich nach der zehnten Runde Bessen Genever die Schädel einschlägt, möglichst gering ist. Doch merke: Eine Party völlig ohne Ausschreitungen ist langweilig.

Dann kam der große Tag. Verschlafen konnte man gar nicht, weil die Familie meiner Fastfrau angereist war, samt drei Jungs und einem Mädchen, die sich gegen sieben Uhr morgens neben unserem Bett aufbauten und die kongolesische Nationalhymne sangen. Vielleicht imitierten sie auch Störgeräusche einer Funkverbindung zwischen Houston und der Venus, jedenfalls war an Schlaf nicht mehr zu denken. Mir wurde plötzlich klar, dass ich in ein paar Stunden mit diesen ... Kindern verwandt sein würde. Ich fragte mich, ob die Frau, die sich neben mir gerade aus dem Bettenberg wand, mir wohl ein Alibi geben würde, wenn ich das Kindszeug noch eben schnell im Garten vergrub. Ich wollte es nicht drauf ankommen lassen, stand auf, wusch mich und erfuhr beim Frühstück die kompletten Lebensgeschichten von Bibi Blocksberg und Benjamin Blümchen, den Pokémons und eines Katers namens Findus, und alles in der Lautstärke, die sonst nur dreihundert gleichzeitig laufende Mähdrescher hinbekommen.

Plötzlich stand eine ziemlich gut aussehende Frau in einem knallroten Kleid neben mir, und ich dachte, eigentlich könnte ich sie heiraten. Ich fragte sie, sie sagt Ja, und der Einfachheit halber machten wir uns gleich auf den Weg zum Rathaus.

Bisher waren meine Besuche beim Standesamt immer so verlaufen: »Nun, Herr Goosen, Sie erscheinen jetzt hier zum fünften Male und wollen heiraten, haben aber keine Frau mitgebracht.« – »Na, ich riskiere doch nicht, dass die Nein sagt!«.

Diesmal aber lief alles glatt. Erste Erleichterung: Wir waren ausverkauft, einige mussten sogar stehen. Alle Gäste sahen lecker aus, die Stimmung war gut, nur als ich meiner attraktiven Trauzeugin am Ohrläppchen herumknabberte, zog noch einmal ein Schatten durch den Raum. Die Neffen und Nichten begannen, sich mit der Zimmerpflanze im hinteren Teil des Raumes zu befassen.

Der Standesbeamte sprach deutlich im hiesigen Idiom, was ich sehr begrüßte, nur war er auch noch ziemlich witzig, was mich durchaus verunsicherte, schließlich war ich hier der Komiker. Plötzlich sagten zwei Menschen nacheinander sehr laut »Ja«, und es machte sich allgemeine Erleichterung breit, dass ich einer von ihnen war. Im Augenwinkel sehe ich, wie einer der kleinen Jungen, die jetzt meine Neffen waren, in die Zimmerpflanze pinkelte.

Dann durften wir hinausgehen und die Geldgeschenke entgegennehmen. Wer etwas anderes oder gar nichts schenkte, wurde verhauen.

Danach wurden alle verscheucht, und wir fuhren in die Flitterwochen nach Bottrop. Ach nein, es gab ja noch eine riesige Fete mit hunderten von Gästen, in deren Verlauf ich meine Omma wiederholt von der Tanzfläche aboperieren musste, weil sie sich für Ginger Rogers hielt – und das ist sie wohl auch, aber das ist eine ganz andere Geschichte.

Natürlich hätten wir nicht zu diesem Dia-Abend gehen sollen ...

... aber hinterher ist man immer schlauer. Helga und Horst gehörten zu diesen Leuten, mit denen man eigentlich nicht bekannt und schon gar nicht befreundet sein möchte, die man aber trotzdem nicht los wird, weil sie einem zwar unentwegt auf die

Nerven gehen, man es aber gleichzeitig nicht über sich bringt, ihnen zu sagen, was sie einen mal können.

»Also, wieso gehen wir da hin?«, fragte meine Frau, als wir schon im Flur waren. Sie wollte nicht wirklich wissen, weshalb wir da hingingen, sie wusste es längst, sie wollte es nur noch mal von mir hören, denn es war alles meine Schuld.

»Weil ich die Einladung nicht dankend zurückgewiesen habe.«

»Und warum hast du sie nicht zurückgewiesen?«

»Muss ich das noch mal sagen?«

»Och bitte! Ich höre es so gern!«

»Na gut. Also, ich habe die Einladung nicht zurückgewiesen, weil ich schwach bin. Ich bin weich und nachgiebig und nehme Einladungen an, ohne vorher mit meiner Frau darüber zu sprechen. Ich bin unwürdig. Ich bin weniger als das Erdreich unter dem Gras unter der Sandale meiner Frau!«

»Ich könnte dir stundenlang zuhören! Und was heißt das für diesen Abend und überhaupt alle Abende in den nächsten sechs Monaten, wenn wir irgendwo eingeladen sind oder essen gehen oder sonst was?«

»Ich fahre, du trinkst.«

Helga und Horst waren irgendwann einfach in unserem Leben aufgetaucht. Es war nicht mehr herauszukriegen, wann und wie wir die beiden kennen gelernt hatten, sie waren plötzlich da, wie ein hässlicher Ausschlag. Horst war Urologe, Helga Frauenärztin, und sie betrieben eine Gemeinschaftspraxis.

Helga ernährte sich fast ausschließlich von Gummibärchen und süßen alkoholischen Getränken, was ihren Körper hatte expandieren lassen wie das Römische Reich unter Cäsar. Bei ihr war ganz Gallien besetzt. Ganz Gallien? Jawohl, ganz Gallien.

Horst war so klein wie seine Frau breit war. Bei schlechtem

Wetter konnte er sich bequem unter ihren Brüsten unterstellen. Außerdem hatte er eine enervierend unflätige Art, sich auszudrücken. Angeblich beleidigte er die Menschen umso heftiger, je lieber er sie mochte. »Komm rein, du alte Sau!«, schrie er mir entgegen, als ich die Stufen zu seiner Haustür hinaufstieg. Und zu meiner Frau: »Mann, siehst du heute wieder scheiße aus!« Er musste uns wirklich sehr gern haben.

Im Wohnzimmer hatte Horst schon den Dia-Projektor und die Leinwand aufgebaut, während Helga noch dabei war, die letzten Snacks zu arrangieren: drei riesige Schalen mit Gummibärchen, zwei mit klein geschnittenen Schokoriegeln sowie einen Teller voller Kräcker mit einem Dipp, der aussah wie angedicktes Elefantensperma. (Fragen Sie mich bitte nicht, woher ich weiß, wie das nun wieder aussieht. Es ist eine scheußliche Geschichte.)

Helga selbst sah ebenfalls aus wie ein Snack. Sie trug einen riesigen, brutal gemusterten Sarong, der im Krisenfall mindestens einem halben Dutzend Flüchtlingskindern als Notunterkunft dienen konnte. An ihren Handgelenken schepperten etwa zwei Zentner Geschmeide, ihr Haar sah aus wie etwas, das Katzen manchmal hervorwürgen. Als wir hereinkamen, zuckte ihre klobige Hand hastig von ihrem Mund zurück, und auch wenn Helga sich sehr bemühte, konnte sie nicht verbergen, dass sie sich gerade eine Wochenproduktion Haribo in den Mund gesteckt hatte.

»Hamo!«, mümmelte sie und hieß uns willkommen. Zwei kaum angekaute Goldbärchen verfingen sich in den Haaren meiner Frau. Sie klaubte sie unauffällig heraus und kickte sie unters Sofa.

»Eff ifft allef woweit ffertich!«, quoll es aus Helga, und ich kratzte mir ebenfalls Reste vom Revers.

»Sit down, Possums!«, dröhnte Horst von der Tür her, ging in die Küche und kam gleich darauf mit mehreren Flaschen Wein, Bier und Wasser zurück.

»Es sind ganz tolle Bilder geworden«, sagte Helga, nachdem sie einen eingespeichelten, unförmigen Ball aus Gummibärchenmasse mit einem riesigen Schluck Bailey's hinuntergewürgt hatte.

Es begann mit einer Serie von schätzungsweise 32 Bildern, die Horst und Helga bei Reisevorbereitungen zeigten. Es sah aus, als wollten sie dokumentieren, wie jedes einzelne Kleidungsstück eingepackt wurde. Helga hielt grinsend einen schwarzen Spitzen-BH in die Kamera, in dessen Körbchen zwei Fesselballons Platz gehabt hätten. Ich hätte ohne diesen Anblick weiterleben können. Auch hatte ich bisher nie nachts wach gelegen und mich gefragt, ob Horst wohl einen schwarzen Ledertanga besaß und wie der wohl aussah. Jetzt wusste ich es.

Die nächsten etwa sechzig Fotos hatten sie noch am Flughafen Düsseldorf aufgenommen.

Kaum zu fassen, aber Horst hatte tatsächlich auch während des gesamten Fluges fotografiert, wenn auch fast ausschließlich einzelne Körperteile der Stewardessen. »Geiles Ding so ein Tele!«, meinte er, während Helga sich noch eine Faust voll Gummibärchen hinters Zäpfchen schob.

Helga und Horst hatten Urlaub gemacht in einer riesigen Ferienanlage in der Nähe von Antalya, die wir nach den nächsten drei Dutzend Aufnahmen besser kannten als der Architekt, der sie entworfen hatte. Mit einem kurzen Seitenblick stellte ich fest, dass meine Frau mit offenen Augen schlief, ein Trick, den sie auf der Schauspielschule gelernt hatte.

Als nach zwei Stunden das Licht anging, gab ich mich der Hoffnung hin, es überstanden zu haben, aber Horst schrie:

»Bleib sitzen, alter Schwanzlutscher! Ich hol nur den zweiten Teil!« Meine Frau trank Wein, ohne aufzuwachen.

Zwischendurch musste ich ebenfalls eingeschlafen sein, denn plötzlich schreckte ich hoch, weil ich dachte, jemand brauche einen Arzt. Ich stellte fest, dass ich das war. Helga stöhnte gerade mit vollem Mund: »Und daff ifft Orhan!« Auf der Leinwand war ein gut aussehender, dunkler Türke zu sehen, der in seiner Badehose entweder zwei Tennisbälle spazieren trug oder … Ich wollte es nicht wissen.

»Ach du Scheiße!«, schrie Horst, »den alten Dönerficker hatte ich ganz vergessen!«

»Waffüreinmann!« Es war nicht ganz klar, ob Helga kurz vor einer Ohnmacht oder einem Orgasmus stand. Wahrscheinlich beides.

»Helga glaubt immer noch, der Mustafa wäre scharf auf sie gewesen!«

»Orhan hat mich berührt, als ich im Meer schwimmen war!«

»Quatsch, der hielt dich für ne Sandbank!«

Langsam wurde es ungemütlich.

»Und was war mit dir?«, japste Helga. »Wie du dich bei der Bauchtänzerin aufgeführt hast, war doch mehr als peinlich!«

»Die wollte Kinder von mir!«

»Blödsinn! Die hat zu Hause Dildos, die sind größer als du!«

Die beiden stritten sich jetzt nach Art des Hauses. Untermalt von dieser ehelichen Kakophonie liefen die Dias immer weiter. Horst hatte offenbar auf Automatik geschaltet. Nach ellenlangen Fotostrecken, die fast ausschließlich so gut wie unbekleidete Urlauberinnen am Strand zeigten und die den Eindruck machten, als seien sie aus großer Entfernung durch die Zweige eines dichten Gebüsches aufgenommen worden, hakte die Automatik plötzlich, und die Eheleute stritten sich zum Standbild. Das Dia zeigte beide in, sagen wir mal: unvorteilhafter Kleidung. Die Begriffe »Michelin-Männchen« und »Rumpelstilzchen« schossen mir durch den Kopf. In mir wuchs der Wunsch, gegen das Betäubungsmittelgesetz zu verstoßen. Durch reine Willensanstrengung wurde ich bewusstlos.

Ich kam wieder zu mir, als meine Frau mich weckte. Draußen wurde es gerade hell.

Horst lag auf dem Sofa und schnarchte. Helga hatte es sich auf dem Boden bequem gemacht und hielt eine der Schalen im Arm, die vorhin noch randvoll mit Gummibärchen gewesen waren. Wir machten uns aus dem Staub.

Am nächsten Abend rief Horst an und bedankte sich ausdrücklich für den schönen Abend. »Und morgen kommt ihr Arschgeigen vorbei, und wir zeigen euch die restlichen Bilder, was?«

Meine Frau, die mitgehört hatte, sah mich an, als sei »bis dass der Tod euch scheidet« nur einen Handkantenschlag entfernt.

Siebzehn für immer, achtzehn bis ich sterbe?

Wir sitzen in der Kneipe gegenüber unserer alten Schule – unserer »Penne«, wie wir sagen würden, wenn wir noch früher jung gewesen wären, als wir es ohnehin schon gewesen sind. Die dicken schwarzen Bleistiftstriche bilden bereits eine eindrucksvolle Palisade auf dem Bierdeckel unter den schmucken 0,2-Pilsgläsern, von denen wir schon einige konzentriert durchgearbeitet haben. Wir sind uns einig, dass es nicht mehr dasselbe ist, seitdem Siggi die Kneipe aufgegeben hat, damals 1992, '93, als wir in einer denkwürdigen Nacht nach dem Restesaufen weinend auf dem vierzig Jahre alten Kachelboden der Herrentoilette zusammensanken, gleich unter dem uralten, stahlgrauen Kondom-Automaten mit dem halb abgeknibbelten Aufkleber: »Neu in diesem Automaten: Amor Filigran – Mit zarten Perlnoppen!« Was ist aus dem alten Tresen geworden, der angeblich noch von vor dem Krieg stammte, nur sagte nie einer, welcher Krieg gemeint war? Der Tresen endete in einer Glasvitrine, in der die von Frau Wirtin täglich frisch gemachten Frikadellen gelagert wurden, und auf der Vitrine stand ein kleines Holzschiffchen, in das man Geld schmeißen konnte – zur »Rettung Schiffbrüchiger«. Schiffbrüchige! In Bochum! Da muss man erst mal drauf kommen. Damals trug ich Turnschuhe, heute schwarze Slipper von Ecco, weil die Sohle so elastisch ist. Meine Frau sagt, da geht man fast wie von selbst.

»Fühlst du dich eigentlich alt?«, hat Spüli mich gerade gefragt, und die Frage hängt noch über den Gläsern und zwischen unseren Gesichtern wie Rauch, den keiner wegpustet.

Hm.

Kann man sich alt fühlen, wenn man sein Gegenüber immer noch »Spüli« nennt? Allerdings. Und zwar dann, wenn man feststellt, dass man mit diesem Spüli schon seit knapp achtundzwanzig Jahren befreundet ist.

»Du kannst nicht immer siebzehn sein«, halte ich ihm entgegen, und er nickt langsam, als hätte ich ihm verraten, wie man Stroh zu Gold spinnen kann.

»Chris Roberts!«, seufzt Spüli. »Was für ein Scheiß. Wieso waren wir nicht jung, als Elvis an der Macht war?«

»Dann hätten wir mit der Jeans in der Badewanne liegen und uns die Haare mit Glibber einschmieren müssen, von dem man bestimmt Haarkrebs kriegte. Und zwanzig Jahre später hättest du den Helden deiner Jugend fett wie ein Wal verrecken sehen. Chris Roberts ist wenigstens immer noch Chris Roberts. Denke ich. Bei Leuten, die früher schon lächerlich waren, ist es nicht so schlimm, wenn sie im Alter immer noch lächerlich sind.«

»Dann wenigstens die Sechziger. Beatles, Stones, Dylan!« Spüli sieht mich an, als hätte ich »Die Zeitmaschine«, mit der ich ihn in eine bessere Zeit beamen könnte, nicht nur in der Glotze gesehen, sondern im Keller stehen.

»Die Sechziger, das heißt aber auch halluzinogene Drogen, bis man sich für Churchills Mutter hält, ungewaschene lange Haare, psychedelische Gitarrensoli und im Schlamm stehen und *no rain!* brüllen wie ein durchgeknallter Schamane.«

Ich weiß gar nicht, was er will. Wir hatten es doch ganz nett in den Siebzigern. 1970 waren wir vier Jahre alt und 1980 vierzehn, keiner kann sagen, wir hätten damals Autos angezündet oder mit Terroristen gefrühstückt, unsere Vergehen waren nie politisch, immer nur modisch, erst trugen wir kurze Lederhosen, dann liefen wir in Cloggs durch die Gegend und schließlich in olivgrünen Parkas und Nato-Kampfjacken, obwohl wir gegen den Krieg waren, aber die großen Brüder sagten, das sei Dialektik, und dagegen konnte man nichts machen. Wir sind zwar nicht die Kinder von Marx und Coca-Cola, aber immerhin die von Ilja Richter und Bluna.

»Mein Vater hat immer gesagt«, sagt Spüli und hält zwei Finger hoch, damit der Wirt noch zwei Pils bringt, »wir hätten es immer zu gut gehabt, wir hätten nie gelernt zu verzichten.«

»Blödsinn! Muss ich dich daran erinnern, dass wir mit nur

drei Fernsehprogrammen groß geworden sind? Ohne Nachtprogramm? Ohne Champions League?«

»Auch wieder wahr.«

»Wir haben die Mauer umgestoßen, mein Freund, wir müssen uns vor keinem verstecken!«

»Du hast die Mauer umgestoßen?«

»Du weißt schon, was ich meine. Das Einzige, das ich bedaure, ist, dass ich schon fünfundzwanzig war, als *Nevermind* von Nirvana rauskam. Irgendwie hat mich das nicht mehr erreicht.«

»Mann, das ist auch schon zehn Jahre her.«

»Was danach kam, *das* war übel! Techno, Love Parade, dieser ganze verlogene Quatsch! Für Greenpeace spenden, aber den Tiergarten kaputt schiffen!«

»Übertreibst du jetzt nicht ein bisschen?«

»Tja, mein Lieber, in mir lodert eben noch immer das Feuer der Jugend, da kann man schon mal ein bisschen unsachlich werden.«

»Du bist verheiratet, hast ein Kind ...«

»Eins, von dem ich *weiß*!«

»... du fährst einen Escort Kombi und hast eine große Wohnung mit Garten und Einbauküche und in dir lodert das Feuer der Jugend?«

»Muss es doch wohl auch! Was lodert denn in den jungen Schnöseln heute? Da glimmt doch nur noch der dumpfe Schein der Langeweile und des Stumpfsinns. Zu viel deutscher Hip-Hop und Verena, der brennende Dornbusch, das Menetekel des dritten Jahrtausends. Denen geht es doch allen zu gut!«

»Wenn sie Architektur studieren, werden sie jedenfalls keine Hochhäuser mehr bauen!«, aber die Hälfte seines Satzes geht in dem Gedröhne des Wirtes unter, der uns gerade zwei Pils vor den Latz knallt. »Vollkommen richtig!«, sagt er. »Denen geht es zu gut. Die sollen erst mal richtig arbeiten gehen. Die zwei Pils gehen aufs Haus!«

»Da siehst du, was du uns eingebrockt hast«, sagt Spüli. »Jetzt muss ich ihm nachher besonders viel Trinkgeld geben, weil ich sonst das Gefühl habe, der rechte Arsch hat mich zu einem Bier eingeladen.«

»Mir doch egal. Hau wech, is Beute!«

Wir trinken.

»Werden dir die alten Sprüche nicht langsam mal zu blöd?«

»Die Welt gehört denen, die jung im Geiste sind.«

»Hast du nicht vorhin gesagt, man kann nicht immer siebzehn sein?«

»Ja, aber vielleicht achtzehn. *Eighteen till I die*, wie es bei Bryan Adams heißt.«

»Bryan Adams, also wirklich! Wieso nicht gleich Pur?«

Eigentlich hat er ja Recht. Achtzehn möchte ich nicht mal mehr sein, wenn man mir Geld dafür geben würde. Die permanenten emotionalen Ausnahmezustände, der totale Kontrollverlust beim Tanzen und beim Trinken, der moralische Rigorismus. Und dann mit dem Rucksack durch Europa, im Schlafsack am Strand von Albufeira, bis die Bullen uns mit ihren Stiefeln weckten, und ausgeraubt in Madrid, in Frankreich diese Toiletten, bei denen man im Stehen scheißen muss, und dann die zwei höhnischen Kanadierinnen in Paris, das brauche ich nicht mehr. Mein Leben ist doch jetzt Persil – da weiß man, was man hat. Vielleicht stelle ich irgendwann fest, dass es toll wäre, ewig vierzig zu sein, so auf der Mitte zwischen allem. Aber achtzehn?

»Übrigens«, sagt Spüli und leert das Glas in einem Zug, »es wäre schön, wenn du mich nicht mehr Spüli nennen würdest.«

»Sondern?«

»So wie ich heiße. Hans-Jürgen.«

Wir zahlen. Und als wir draußen auf der Straße stehen und uns die Hand geben, denke ich, dass ich mich vorhin alt fühlte, weil ich einen gewissen Spüli schon seit achtundzwanzig Jahren kannte. Aber jetzt kenne ich erst seit ein paar Minuten einen Hans-Jürgen. Man muss also gar nicht Alzheimer haben, um jeden Tag neue Leute kennen zu lernen. Ich bin älter als ich war, aber jünger als ich sein werde, und ich bin jetzt in der Stimmung, ein Bettina-Wegener-Lied zu schreiben.

»Kannst du dich noch an Amor Filigran erinnern?«, fragt Spüli.

»Klar. Neu in diesem Automaten. Mit zarten Perlnoppen.«

Spüli greift in seine Jackentasche und zeigt mir – ein Kondom. Ein Amor Filigran! »Den habe ich damals an Siggis letzten Abend aus dem Automaten gezogen. Seitdem trage ich den mit mir herum. Willst du ihn haben?«

»Klar Mann! Das ist so was wie ... wie ein Fossil! Wertvoll!«

»Geh nach Hause und lass Wasser reinlaufen. Wenn ein Loch drin ist, bist du alt.«

Wir geben uns die Hand, und Spüli geht nach rechts und ich gehe nach links, wie bei einem Duell, nur drehen wir uns nicht um und schießen. Wir gehen einfach nur nach Hause.

IV
Das Ich unterwegs
Ein Fremder ist in der Stadt

Ich in Hotels

Wer etwa ein Drittel seiner Nächte in fremden Betten verbringt und dies eher aus beruflichen denn aus erotischen Gründen, der wird bald zum Snob, der stellt Ansprüche, fordert Luxus als Ersatz für Privatsphäre.

Und Privatsphäre gibt es unterwegs nur in der Anonymität. Es gibt nichts Schlimmeres als eine dralle Pensionswirtin im ausgebleichten Haushaltskittel, die beim Ausfüllen des Meldezettels von der »persönlichen« Atmosphäre des Hauses schwärmt. Eine Unterkunft »mit Atmosphäre« ist das Gleiche, wie wenn man einen Menschen »interessant« nennt – in beiden Fällen soll das mangelhafte Äußere kaschiert werden. Diese Herbergen heißen meistens »Bären« , »Adler« oder »Zu den drei Hasen«, und im Eingangsbereich grüßt mit totem Blick Ausgestopftes.

In diesen Häusern gibt es Frühstück, wenn man Glück hat, von halb fünf bis fünf. Die Frage nach einer Minibar wird mit einem Gesichtsausdruck beantwortet, den man sonst nur für Kinderschänder übrig hat. In den Zimmern vergammeln Möbel, welche die Betreiber des Etablissements selbst nicht mehr benutzen wollten. Legt man sich ins Bett, macht man unfreiwillig Klappmesser. Will sagen: das Kinn knallt vehement gegen die Knie – und man kann noch von Glück sagen, wenn es die eigenen sind. Manchmal sind auch Vormieter hier vergessen worden, oder man hat sie in den monumentalen Falten der Matratze einfach nicht wiedergefunden.

Wird man im Hotel wünschenswerter Weise in Ruhe gelassen, macht die Baulichkeit Zicken. In Kiel hatte ich ein Hotelzimmer, in dessen Bad ich beim Scheißen die Tür nicht schließen konnte, sodass meine Knie ins Zimmer ragten. Bei meinem nächsten Besuch im gleichen Hotel kriegte ich zwar in jeder Situation die Tür zu, dafür kam ich jedoch an der Schüssel nicht vorbei, sondern musste sie übersteigen, um zur Dusche zu gelangen, in der übrigens noch ein Mainzelmännchen Platzangst bekommen hätte, zumal sich der Synthetik-Vorhang beim Warmduschen gern zärtlich an meinen Leib schmiegte. Bei einer Schüsselsitzung stießen die Knie an die Wand, und auch das eigentlich zwingend notwendige Zeitungsstudium war aus Platzgründen nur möglich, wenn man sich die Zeitung zuvor mit einem Filzstift selbst an die Wand schrieb wie ein chinesischer Dissident.

In einer kleinen Stadt am Bodensee, deren Namen ich gottlob vergessen habe, passierte Folgendes: Als ich nach dem Auftritt am Hotel ankam, war alles dunkel und die Eingangstür abgeschlossen. »Rund um die Uhr besetzt« hatte es geheißen. Ich hatte nur vergessen zu fragen, rund um *wessen* Uhr. Das Hotel hieß »Zum Ochsen« und so sah es auch aus. Ich rüttelte an der Tür, klopfte und rief den Namen einiger ägyptischer Gottheiten, ließ mich auch zu derben Flüchen hinreißen, und meine Stimme hallte in der engen, menschenleeren Gasse von den anderen Fachwerkfassaden wider, bis endlich im Haus gegenüber ein Fenster aufging und jemand fragte, was zum Henker der Lärm solle.

»Ich komme nicht ins Hotel!«

»Dann klingeln Sie doch, verdammt noch mal!«

»Klingeln?«

»Rechts neben der Tür ist eine Klingel oder meinen Sie, wir

machen hier solche Knöpfe nur als Schmuck an die Hauswand?«
Der Mann schlug das Fenster zu.

Ich beugte sich ein wenig herunter und fand gleich die Klingel. »Nachtglocke« stand auch noch drauf. Peinlicher ging es nicht. Nach wenigen Sekunden öffnete ein gebeugter alter Mann die Tür, und ich trat ein.

»Ich dachte schon, Sie finden die Klingel nie!«, sagte der Mann. Er war nicht viel größer als eine Parkuhr, trug einen etwas zu engen dunkelblauen Anzug, und ein weißer Haarkranz umgab eine wie poliert glänzende Glatze.

»Soll das heißen, sie haben mich klopfen gehört?«

»Ich habe Sie klopfen gehört, und ich habe Sie schreien gehört. Aber wenn ich Sie dann reinlasse, begreifen Sie es ja nicht.«

Hotelfaschist, dachte ich.

In Lübeck empfing mich auf dem Weg zur »Stadtpräsidenten-Suite« eine hinkende, längst verwelkte Mecklenburgerin, die mich im Kasernenhofton anschnarrte: »Sie und Ihre Frau hier herein!« Meinem Einwurf, ich sei allein gekommen, ja nicht einmal verheiratet, entgegnete sie: »Dann aber nur ein Bett benutzen!« Die Betten standen nicht neben- sondern hintereinander. Aber man kennt das ja: durchtriebene Gäste stellen sich auf vier Uhr den Wecker und wechseln mutwillig das Bett, um unschuldigen, gehbehinderten Vereinigungsverliererinnen das Leben zur Hölle zu machen.

In Köln antwortete man mir auf die Frage, wieso das Zimmer nicht mit einer Minibar ausgerüstet sei, die Hotelbar habe schließlich bis drei Uhr in der Nacht geöffnet. Allerdings war man dort nicht sonderlich erfreut, als ich gegen halb zwei in meinem Bärchen-Schlafanzug auftauchte.

In Pforzheim brach das Bett zusammen, als ich meinen Koffer drauflegte.

In Magdeburg wurde im Nebenzimmer entweder ein Porno gedreht oder ein Känguru gefoltert.

In Frankfurt stellte ich fest, dass sich das gegenseitig nicht ausschließt.

In Hannover saßen morgens zwei finstere Bauarbeiter auf einem Gerüst vor dem Fenster, aßen Brote, aus denen die Leberwurst herausquoll, und als ich die Decke zurückschlug und erst dann bemerkte, dass eine imposante Morgenlatte die Pyjamahose zu einem Beduinenzelt machte, gab der eine Bauarbeiter dem anderen fünf Mark.

Am schönsten ist es immer noch in riesigen, zu weltumspannenden Konzernen gehörenden Bettenburgen, wo die Dame am Empfang vanillefarbenes Haar hat und so freundlich ist, als sei ich ein verflossener Liebhaber, mit dem das »Wir können ja Freunde bleiben« tatsächlich geklappt hat. Die Minibar ist gut gefüllt, und wer's mag, für den gibt's für zwanzig Euro pro Übernachtung auf dem hoteleigenen Videokanal auch noch Ferkel-Filme.

Vor allem aber: nie wieder Hotels, die wie Tiere heißen.

Lob der Minibar

Oh Tröstende, du!
Verborgen hinter Resopal
mit summender Lüftung,
klein vielleicht, doch kleinlich nie,

Schulter zum Anlehnen in einsamen Nächten,
wenn die schönen Mädchen sich mal wieder
geweigert haben, den Bühnenausgang zu belagern,
Rettungsanker in einem Meer der Einsamkeit
aus Hotelzimmern ohne Sprudelbad.
Birgst in dir Köstliches aus vieler Herren Länder:
Whiskey aus Schottland,
Weinbrand aus Frankreich,
Riesling auch von den Hängen am Rhein,
Bier aus der Zwingerstadt Dresden,
Seit Jahrhunderten nach dem gleichen Rezept gebraut.
Du schenkst Vertrautes,
wo der reisend Gaukler Fremdheit findet.
Und wenn er bittet und bettelt
und aufschraubt und schlürft und schluckt,
dann schenkst du ihm auch Vergessen.
Und wieder geht der Griff hinein.
Sieh doch nur: So klein der Schraubverschluss,
wenn der Tag geht und Johnny Walker kommt.
O Stärkende, du!
Selbst Nahrung hältst du bereit:
Waren meine Pausen früher farblos,
Müssen sie jetzt lila sein.
Und Nüsschen auch reichst du mir
eingeschweißt vakuumverpackt:
Darauf einen Dujardin.

Und wenn ich sag: Die Rechnung bitte,
summst sanft du und scheinst zu lächeln.

Vatertag in der Selterbude des Lebens
oder:
Mittagspause in Bad Oldesloe

Neulich an der Aral-Tankstelle Wittener Straße in Bochum: Ich hatte gerade für einen halben Facharbeiter-Monatslohn voll getankt, lästige Insektenleichen von der Windschutzscheibe meines Familienkombis gekratzt und den Sitz des Käpt'n-Blaubär-Sonnenschutzes am Seitenfenster über dem Maxicosy meines Stammhalters korrigiert, als ich den Mini-Supermarkt-Kassenbereich dieses Zeitschriftenhandels betrat, der nebenher auch noch Benzin verkauft, und in den Rest einer Unterhaltung zwischen dem Blaumann an der Kasse und einem dicken älteren Herrn in Tennissocken, Sandalen und Synthetikhose stolperte. Der dicke Herr erzählte von den phänomenalen beruflichen Erfolgen seines Sohnes und endete mit den feierlich gehauchten Worten: »Und wenn er ganz viel Glück hat, dann kommt er sogar nach Rüsselsheim!« Wow, dachte ich, manche haben es echt geschafft!

Ich habe Kleinstädte immer gehasst. Ich weiß gar nicht genau, wieso. Ich selbst komme aus einer mittleren Großstadt im mittleren Ruhrgebiet mit einem sehr mittelmäßigen Fußballverein. Vielleicht kommt es genau daher: Der Mittelmäßige schielt verschämt zum Großen und erhebt sich über das Kleine.

Sehr schlimm sind Universitätsstädte. Ich meine jetzt nicht diese heimlichen Unistädte wie etwa Bochum, wo die Uni nur ein Pickel am Arsch der Stadt ist, nein, ich meine richtige, klassische Universitätsstädte wie etwa Heidelberg, Tübingen, Marburg. Keine drei Schritte kann man tun, ohne auf einen Studierenden zu treten, an jeder Ecke hört man, wie Menschen einen Satz mit »Du« oder »Du also« beginnen, vor allem aber riskiert man hier sein Leben nicht, indem man nachmittags um vier auf der Hauptstraße Walzer tanzt, sondern wenn man versucht, unverletzt einen fünfzig Zentimeter breiten Fahrradweg zu überqueren. Fahrradwege sind die Todesstreifen der Universitätsstädte.

In Göttingen hatte ich vor kurzem Gelegenheit, meine Abneigung gegen Klein- und Universitätsstädte zu zementieren. Ein paar Meter vom Bahnhof stadteinwärts findet sich etwas, das bei uns »Selterbude« heißt oder auch »Verkaufsshop«. Hier heißt es »Kiosk«. Und ich muss sagen, mein Auge kam schon auf allerlei Unsinn zu ruhen, aber eine Selterbude mit dem Namen »La vie« (sic!) war mir bisher noch nicht untergekommen. Und abends, als ich von einer schlecht besuchten Lesung in einer örtlichen Buchhandlung meinem Hotel zustrebte, saßen etwa fünfzig Menschen vor »La vie« und verfolgten auf einem im Fenster aufgebauten Fernseher das Champions League Endspiel Bayern – Valencia, und jede gelungene Aktion der Lederhosen wurde frenetisch beklatscht. In Göttingen! Einen Tag vor Vatertag! Nur wenige Tage, nachdem dem FC Schalke 04 der Meistertitel so grausam entrissen worden war! Habt ihr den gar kein Schamgefühl?

Mein Hass auf Kleinstädte wuchs.

Ich kann eben Orte nicht ertragen, die über Mittag schließen. Einmal musste ich beruflich nach Bad Oldesloe, kam gegen halb eins an, nahm das deprimierende Schleiflackzimmer mit Frotteebettwäsche in einem sehr deutschen Gasthof missbilligend, aber wehrlos zur Kenntnis, übersah die aus dem Zeitungsständer grüßende »Nationalzeitung« und machte mich auf, die Gegend zu erkunden. Ich wollte einen kleinen Bummel durch die örtlichen Buchläden machen, um dann in einen Restaurant das längst fällige Mittagessen einzunehmen. Doch kaum schlug die Kirchturmsuhr eins, versank das Nest in ein tiefes Koma.

Ich ging zum Gasthof zurück, um auf meinem Bett von belebten Fußgängerzonen und geöffneten Restaurants mit internationaler Küche zu tagträumen, aber auch dieses Haus machte Pause bis drei, was mir der vierschrötige Wirt mit dem ausrasierten Nacken wohlweislich verschwiegen hatte, als ich ihm beim Hinausgehen meinen Zimmerschlüssel in Verwahrung gegeben hatte.

Ich fand und betrat eine wahrscheinlich illegal geöffnete Bäckerei mit angegliedertem Stehcafé, um wenigstens ein Brötchen und etwas schlechten, seit acht Uhr morgens auf der Warmhalteplatte bitter gewordenen Kaffee in den gähnenden Krater meines leeren Magens fallen zu lassen. Eine ältere Dame, die ich, wäre ich ein ungehobelter Klotz, auch als fette alte Schnepfe in einem verfilzten Alte-Leute-Mantel aus der Caritas-Altkleidersammlung bezeichnen könnte, fuhr bei meinem Eintreten herum und schenkte mir einen Blick, den sie sonst sicher nur für Menschen übrig hat, die Unzucht mit Rindviechern treiben: Ein Fremder ist in der Stadt! Und er hält sich nicht an die Mittagspause!

Ach, aber es muss nicht unbedingt Bad Oldesloe sein, ich hätte auch St. Georgen sagen können, wo die Pensionswirtin nach Rasierwasser roch, oder Allensbach, wo an der Zimmerwand über meinem Bett drei totgeschlagene Spinnen klebten, oder Tamm, wo es abends um zehn kein Bier mehr gab, oder Schwaigern, wo mich ein wildfremder Mann auf der Straße ansprach und sagte: »Ich heiße Adolf, und ich bin stolz drauf!«, ja, ich könnte bis Mitternacht so weitermachen und hätte noch genug Material für eine ganze Woche.

Aber wenn ich es mir so recht überlege, hatte ich mein ultimatives Kleinstadterlebnis ausgerechnet in Berlin. Ich war auf dem Weg zu einer Hochzeit im Teehaus des Englischen Gartens nahe der Siegessäule, aber der Taxifahrer hatte mich an der falschen Stelle abgesetzt, was so eine Art Hobby von Berliner Taxifahrern ist. Ich irrte umher und wandte mich schließlich an eine Frau, die gerade ein sehr dickes Kind im Maximaxi Cosi auf dem Rücksitz ihres Passat-Kombis vertäute. Die Frau aber sagte: »Det is hier jar nich meen Bezirk!« Nach dem Motto: Ich bin hier nicht zuständig, Sie Idiot, ick komme ussm Wedding, und wat weeß icke von Tierjarten, wa?

Kleinstadt ist eben überall.

Bitte verlassen Sie diesen Ort so, wie Sie ihn vorzufinden wünschen

Es war die Art, wie sie am Fenster stand, die Bruno den Kopf kostete. Die Arme fast in Augenhöhe auf die schmale Leiste gestützt, die selbst gedrehte Zigarette im Mundwinkel, die Augen unter der gerunzelten Stirn auf das draußen vorbeiziehende Rheinland-Pfalz gerichtet, stand sie da und wechselte immer wieder aufreizend Stand- und Spielbein. Außerdem erbeutete Bruno durch die kurzen Ärmel ihrer weißen Bluse einen Blick auf ihren ebenfalls weißen BH und was darin war. Hier am Fenster stand Sonja, die schöne Zugbegleiterin. Minutenlang starrte er sie an und versuchte die Locken ihrer herrlich proletarischen

Minipli-Frisur zu zählen. Er war sicher, dass sie die Königin jeder Ballermann-Party in der Erlebnisdiskothek nebenan war.

Bruno fand sich mutig. Nicht nur, weil er sich einem unverschämten, indiskreten Starren hingab, nachdem beim Anblick der schönen Zugbegleiterin ein heftiges Verlangen in ihn gefahren war, sondern weil er keine Fahrkarte hatte. Würde sie ihn tadeln? Ihn auffordern, doch demnächst rechtzeitig das Reisezentrum aufzusuchen oder einen dieser neuen Automaten in Anspruch zu nehmen? Es musste wunderbar sein, aus diesem Mund mit seiner leicht aufgeworfenen Oberlippe angeherrscht zu werden!

Bruno musste hart schlucken, als sie ihn plötzlich ansah, die Zigarette immer noch im Mundwinkel und mit einem Blick in den leicht schräg stehenden, dunklen Augen, der Bruno durch den Boden des Waggons auf die Schwellen zwischen den Schienen zu nageln drohte. Sie ließ ab vom Fenster und rückte ihre rote ZugbegleiterInnenmütze zurecht. Bruno schloss für einen Moment die Augen, und als er sie wieder öffnete, stand sie direkt vor ihm, so dicht, dass ihm der Qualm der Zigarette in die Augen stieg und er blinzeln musste.

»Ich wette, Sie haben keine Fahrkarte!«, sagte sie, und Bruno schluckte wieder. Ihre Stimme war rau und tief. Auf ihrer Unterlippe hing ein kleiner Tabakkrümel, wie es bei Menschen, sie selbst drehen, nicht ungewöhnlich ist. Er spürte, wie seine Wangen durchblutet wurden. Oh Glückes Geschick! Sie hatte ihn entlarvt, war ihm auf die Schliche gekommen, hatte ihn durchschaut! Er hoffte, sie würde recht streng sein mit ihm. Jetzt, da sie so dicht vor ihm stand, erkannte er die Andeutung von dunklen Ringen unter ihren Augen. Sie war sicher eine Frau, die schon einiges erlebt hatte, ein gefallenes Mädchen vielleicht, dem der Halt im Leben verloren gegangen war und das nun ziellos durchs

Land fuhr, zu Hause nur in der Heimatlosigkeit sowie im schmucklosen Dienstabteil, ungebunden, hemmungslos und hoffentlich recht deutlich auf den eigenen Vorteil bedacht. Bruno wusste, dass er etwas ausstrahlte, das die Frauen reizte, ihn beherrschen zu wollen und er hatte gelernt das zu nutzen. Selten jedoch lief alles so glatt wie diesmal.

»Ich ... ich ... muss noch ... nachlösen«, stammelte er.

»Na, dann wollen wir mal«, sagte sie und nahm die Zigarette aus dem Mund. Wieder schloss Bruno die Augen und machte bald darauf Bekanntschaft mit ihrem nikotinierten Rachenaroma. Bruno, der passionierte, wenn auch nicht fanatische Nichtraucher fand das wunderbar rücksichtslos. Am sprichwörtlichen Schlafittchen zog sie ihn in Richtung der eigentlich nur dem Personal der Mitropa vorbehaltenen Toilettenkabine, öffnete, ohne die Beatmung auch nur kurz zu unterbrechen, mit einem Vierkant die Tür, zerrte Bruno in den engen Verschlag und drückte ihn auf den gottlob bedeckten Schacht. Sie riss sich die Bluse aus dem Bund ihrer schlecht sitzenden Diensthose, und Bruno durfte sich mit ihrem wunderbar flachen Bauch beschäftigen. Bis kurz hinter Bruchsal machten sie sich auf alle erdenklichen Arten und Weisen aneinander zu schaffen, wobei die schöne Zugbegleiterin in herrlich rauchigem Befehlston die Richtungen vorgab. Bruno war im Himmel. Und während er genussvoll langsam, aber unausweichlich dem Punkt entgegenstieg, von dem aus es nicht mehr höher ging, las er immer wieder die Worte »Bitte verlassen Sie diesen Ort so, wie sie ihn vorzufinden wünschen.« Please leave this room in the state in which you would like to find it. Vogliate lasciare questo posto nello stato in cui lo voreste trovare. Bisher hatte er das immer für eine Aufforderung gehalten, die Wände mit einem Edding zu verschönen.

Als Bruno in Karlsruhe mit zitternden Knien aus dem Zug stieg, wusste er, dass dies nur der Anfang von etwas sehr Schönem war. Wochenlang folgte er nun der Spur, die Sonja durch Deutschland zog. Sie berührte Stellen an ihm, von denen er nicht wusste, dass er sie hatte. Sie ließ ihn die Gefahr schmecken, wenn sie ihn aufforderte, sich ihr bei voller Fahrt und geöffneter Tür zu widmen oder wenn sie eine der älteren Toilettenkabinen benutzten, in der sie dann den Deckel öffnete und ihn während der Behandlung auf den unter dem Schacht dahinschießenden Schienenstrang blicken ließ. Ganz schwindelig wurde Bruno vom Geschmack der Gefahr, der Freiheit und des Abenteuers, der noch dadurch verstärkt wurde, dass der jeweilige Zugchef von ihrem liederlichen Treiben während der Arbeitszeit natürlich nichts mitbekommen durfte. Bruno, der Nichtraucher, hatte erreicht, was die Tabakreklamen nur versprachen, er war in seinem erotischen Marlboro-Country angekommen.

Sonja, die schöne Zugbegleiterin, liebte es, während der Liebe zu reden. Doch stand ihr der Sinn nicht nach schmutzigen Wörtern, nein, lieber hielt sie kleine Referate, versorgte Bruno mit allerlei Informationen über ihre Arbeit als Zugbegleiterin im Besonderen und die Deutsche Bahn AG im Allgemeinen. Etwa, dass sie die Eisenbahn als Verkehrsmittel für unterschätzt halte, das Unternehmen Zukunft aber zu Recht für übel beleumundet. Auch, dass es keine reine Freude war, die Erste-Klasse-Passagiere am Platz mit Kaffee zu versorgen, jedenfalls so lange man nicht in der Lage sei, Züge und Schienen so aufeinander abzustimmen, dass nicht der halbe Kaffee beim Transport im Teppich versickerte. Bei zunehmender Intensität des Spiels wurden ihre kleinen Referate immer atemloser, und Bruno stellte sich vor, er verführe gerade seine Erdkundelehrerin, die ihm im neunten Schuljahr schlaflose Nächte beschert hatte.

Ihre Liebe war immer ein Spiel auf engem Raum – außer, wenn sie eine der für Rollstuhlfahrer vorgesehenen Kabinen aufsuchten. Hier hatten sie Platz genug, um kleine Verfolgungsspielchen zu veranstalten, sich gegenseitig an die Wände zu werfen und wieder zurückzuprallen. Eines Tages, auf der Fahrt von Düsseldorf nach Norddeich-Mole, kam es hier zu besonders leidenschaftlichen Hand- und sonstigen Greiflichkeiten. Kaum hatte Bruno den Waggon betreten, klopfte er, das »Besetzt«-Zeichen ignorierend, an die breite Schiebetür, so wie sie es verabredet hatten. Die Tür glitt zur Seite, und ohne ein Wort warf Sonja sich gleich auf ihn und zog ihn, mit ihrer Zunge gewalttätig in seinem Mund operierend, zu sich hinein. Neben der Tür waren ein roter und ein grüner Knopf angebracht, zum Öffnen und Verriegeln der Tür, und in erstaunlicher Geistesgegenwart dachte Bruno noch daran, den roten zu drücken, bevor es losging. Der Zug hatte sich noch gar nicht in Bewegung gesetzt, da schien die schöne Zugbegleiterin ihm schon die Hose über den Kopf ausziehen zu wollen. Hart prallte er mit der Schulter gegen den Spiegel über dem Plastikwaschbecken. Wunderbar! Doch Halt! War die Benutzung dieser Örtlichkeit während des Aufenthaltes auf den Bahnhöfen nicht untersagt? Sonja wirbelte ihn herum, presste ihn mit dem Gesicht gegen den Spiegel, hob sein Hemd, beschäftigte sich mit seinem Steißbein und fuhr feucht an seiner Wirbelsäule empor. Hach nein, schoss es Bruno durch den Kopf, hier in den neueren Waggons gibt es doch schon einen geschlossenen Wasserkreislauf, so dass weder Flüssiges noch Festes auf den Gleiskörper abgegeben wurde und man so diesen Ort nicht nur während der Fahrt auf offener Strecke aufsuchen durfte. Deshalb war doch das alte Schild durch ein neues ersetzt worden, eben jenes »Verlassen Sie diesen Ort, wie Sie ihn vorzufinden wünschen«, was mittlerweile zu seiner Lieblingslektüre geworden war, ja, er hatte sich diesen Satz sogar zu Hause über das Bett gehängt. Und endlich hatte er diesen Raum so vorgefunden, wie er es sich sehnlicher nicht erhoffen konnte.

Während Bruno so seinen Gedanken nachhing, begann Sonja mit ihrem heutigen Referat. Ob er denn wisse, fragte sie, während sie ihn nun korrekt aus dem Beinkleid schälte, dass sich jährlich immerhin knapp eintausend Menschen vor einen Zug stürzten?

Er wandte seine Aufmerksamkeit ganz der strengen Raucherin zu, die ihn nun schon seit Monaten so einwandfrei beherrsche. Dass es so viele seien, habe er nicht gewusst.

Doch, doch, versicherte Sonja und riss sich die Bluse vom Leib, eine Vielzahl von Verspätungen ginge auf das Konto von Selbstmördern.

Mit einem schnellen Griff, den er durch monatelange Übung mittlerweile perfekt beherrschte, hakte Bruno ihren BH auf und meinte, das sei aber eine verdammte Rücksichtslosigkeit den Lokführern gegenüber.

Och, gab die schöne Zugbegleiterin zurück und machte sich auch unten herum frei, oft würden die das gar nicht mitbekommen. Wenn ein ICE beispielsweise mit 250 Sachen durch Niedersachsen rase und der Selbstmörder erst im letzten Moment vor den Triebwagen sprang, konnte es passieren, dass die Bescherung nicht eher als bei der nächsten Kontrolle im Ausbesserungswerk entdeckt werde. Schlimm sei es vor allem dann, sagte sie und griff beherzt nach Brunos Mitteldeutschland, wenn die Leute sich in einiger Entfernung im Gleisbett aufbauten, um den Zug auf sich zukommen zu sehen.

Bruno sagte, er würde damit nicht umgehen können.

Leise keuchend synchronisierte die schöne Zugbegleiterin ihre Atmung mit der ihres Gegenübers oder besser: ihres Ineinanders und meinte, die Lokführer würden, bevor sie den Job übernähmen, psychologisch geschult, es würde ihnen klar gemacht, dass sie absolut nichts daran ändern könnten, wenn da einer ... huch ... stehe, immerhin habe ein ICE bei voller Fahrt einen Bremsweg von ... na ja einen ... langen Bremsweg, und auch ein ganz normaler Intercity oder auch nur ein ... Regional-EXPRESS ...

Hier endete Sonjas letztes Referat an Bruno. Die Luft entwich aus beiden immer ruckartiger, sie warfen sich durch den engen Raum wie ein hektischer Klöppel in einer großen Glocke, lösten hier die Spülung aus und dort den Händetrockner, und als sie beide, vom eigenen Erstaunen über die Haltlosigkeit ihres Tuns überwältigt, das Denken einstellten, jede Furcht vor Entdeckung beiseite wischten und dem Toben in ihrem Inneren akustisch adäquaten Ausdruck verliehen, gerieten sie auch noch an jenen kleinen, grün leuchtenden Knopf, unter dem die ansonsten nicht sonderlich erwähnenswerten Wörter »öffnen« und »entriegeln« geschrieben standen. Gleich darauf kippten sie zur Seite, schrien gleichzeitig in gemeinsamer Wollust auf und stürzten durch die sich soeben öffnende Tür auf den Gang hinaus – direkt vor die Füße des gestrengen Zugchefs und eines vorsorglich herbeigerufenen Arztes. Man hatte Besorgnis erregende Geräusche hinter der Tür vernommen und wollte auf alles vorbereitet sein. Damit jedoch hatte niemand gerechnet. Und so endete Brunos Affäre mit Sonja, die nach diesem Vorfall ihren Job verlor und aus Brunos Leben für immer verschwand.

Es lohnt sich übrigens, auf den Bahnhöfen Acht zu geben. Es könnte sein, dass Bruno dort steht und versonnen den Zügen entgegenblickt und hinterherschaut, wohlwissend, dass er bestimmte Orte nie wieder so vorfinden wird, wie er es sich wünscht.

Minne menne tänään?

Waren Sie mal in Finnland? Ich kann das nur empfehlen, man kann dort gut essen und teuer trinken. Eine Reise ist Finnland schon wegen der Reise wert. Bei der Anreise mit dem Flugzeug fällt auf, dass die »Finnair« die einzige Fluggesellschaft Europas ist, die Stewardessen recycelt. Trifft man bei Lufthansa, British Airways oder Alitalia meistens auf Hochglanzweiber, die höchstens Ende zwanzig sind und auch für den Otto-Versand als Model arbeiten könnten, begegnet man in einem finnischen Flugzeug rüstigen Mittfünfzigerinnen, die einem den Gratis-O-Saft mit so einer ganz mütterlichen Miene servieren, als wollten sie sagen: »Teil dir das gut ein, mein Junge!« Außerdem tragen die Damen Handschuhe, als hätten sie Angst, sich beim Kontakt mit Rest-Europa zu infizieren.

Der Anflug auf Helsinki geschieht in einer imposanten Schleife. Etwa eine viertel Stunde zeigt die Seite des Flugzeuges, auf der ich sitze, fast im Neunzig-Grad-Winkel auf suomisches Territorium. Ich habe das Gefühl, ich muss aus meinen Ohren kotzen. Ich beschließe, ohnmächtig zu werden und erst am Gepäckband wieder aufzuwachen. Gedacht, getan.

Das Hotel liegt an der Kreuzung zweier Hauptverkehrsstraßen, über die offenbar der größte Teil des Güterverkehrs des Landes abgewickelt wird, aber immerhin hat das Zimmer eine echte finnische Dampfsauna.

Am Abend werde ich im örtlichen Goethe-Institut vorstellig und darf dann einigen sehr gut deutsch sprechenden Finnen und einigen sehr schlecht deutsch sprechenden Deutschen Witze erzählen. Die Stelle im Programm, wo der Oppa den Tauben den

Kopf abreißt, den Torso noch ein wenig über den Rasen zucken lässt und sagt: »Guck ma, so is dat Leben!«, kommt nicht so gut an. Ich fühle mich wie der hässliche Deutsche. Witze über Männer und Frauen jedoch ziehen auch hier.

Am nächsten Tag mit dem Zug nach Tampere, eine Industriestadt mit Universität, also gleichsam das finnische Bochum, etwa hundertachtzig Kilometer von Helsinki entfernt. Im Zug habe ich Gelegenheit, über mehrere Dinge zu reflektieren. Man stellt zum Beispiel fest, dass die finnische Sprache ein wundersam Ding ist. Billy Wilders Berlin-Film *Eins, Zwei, Drei* hieße auf finnisch »Yksi, kaksi, kolme«, »Guten Tag« heißt »Hyvää päivää«. Statt »Verzeihung« sagt man »Anteeksi« und statt »Danke« sagt man »Kiitos«. Nur das dem Klischee nach am häufigsten gesprochene Wort mutet bekannt an: »Prost« heißt »Kippis«. Da schönste Wort aber stand in jenem Zug nach Tampere angeschlagen. Es ist die finnische Bezeichnung für das Bußgeld, das man bezahlen muss, wenn man beim Schwarzfahren erwischt wird. Auf Schwedisch heißt das: »Kontrollagift« (auch schon schön). Auf Finnisch jedoch: »Tarkastusmaksu«. Man wird es nie lernen, aber immer ungern lesen.

Am Nachmittag ergeht eine Bombendrohung an die Filiale der Kaufhauskette »Stockmann« in Tampere. Das Kaufhaus wird evakuiert und durchsucht, dann dürfen alle wieder rein – und dann geht die Bombe hoch, zwei Verletzte. So viel zum Thema »finnische Gründlichkeit«.

Abends dann Witzeerzählen in Tampere, und auch hier erntet der Referent bei der Stelle mit den Tauben nur betretene Gesichter.

Am nächsten Tag zurück nach Helsinki, nachmittags Schulausflug nach Suomenlinna, der Festung, die auf mehreren kleinen, dicht beieinander liegenden Inseln vor der Hafeneinfahrt von Helsinki angelegt wurde. Hier wurde ich in der Betrachtung eines alten U-Bootes von zwei Jugendlichen gestört, welche die mittlerweile international übliche Jugend-Uniform aus Baseballmütze und dreiviertellanger Sackhose trugen. Der eine sagte etwas zu mir, das sich anhörte wie eine atmosphärische Störung. Ich sagte, in Finnisch läge ich brach, wolle aber gern mit Englisch aushelfen. Da entspann sich folgender Dialog:

»Do you have some money?«

»Of course.«

»Would you give us some?«

»For what?«

»For food.«

»No.«

»Why?«

»I would give you money for drugs but not for food.«

Und ich ließ zwei sehr dämliche finnische Gesichter zurück.

Am nächsten Tag geht es über die Ostsee nach Tallinn, die Hauptstadt Estlands oder, wie die Esten selber sagen: die Kneipe Finnlands. Hier nämlich versorgen sich die Finnen mit preiswertem Sprit. Und da sie nur zwei Liter Schnaps mitnehmen dürfen, wird hier der Wodka gern mit achtzig Prozent Alkohol verkauft, geschmacklich also eher in der Gegend von Brennspiritus angesiedelt. Diese zwei Liter werden aber von den Finnen zu Hause auf vier Liter mit je vierzig Prozent gestreckt. Da soll noch einer sagen, Saufen macht blöd. Die Finnen jedenfalls nicht.

Die Furcht, hinter dem ehemaligen Eisernen Vorhang in einem heruntergekommenen Nest zu landen und in einer miesen, verfallenen Absteige abgekippt und von drittklassigen Prostituierten mit Wodkaatem und Einstichstellen in der Armbeuge nachts an der Hotelbar unflätig angepöbelt zu werden, erweist sich als unbegründet. Das Hotelzimmer ist groß und hat eine eigene Sauna. Die Altstadt ist so etwas wie das Bozen des Baltikums, und man gewinnt den Eindruck, 1990 hat man hier, nur einen Tag nach der Unabhängigkeitserklärung von der UdSSR, den Hammer behalten, aber die Sichel weggeworfen und dafür einen Meißel in die Hand genommen, um die ganze Stadt so schnell wie möglich wieder in Schuss zu bringen. Achtundzwanzig Grad Celsius und eine laue Brise von der See her machen den guten Eindruck komplett. Und auch die Prostituierten sind sehr nett und weltgewandt, sprechen Englisch, haben sich die Zähne geputzt und trinken Baileys auf Eis.

Der Auftritt am frühen Abend läuft ähnlich wie die anderen. Die Taubenstelle schockiert auch hier. Erschwerend kommt hinzu, dass ich vor einem nicht abgehängten Fenster agiere, durch das die untergehende Sonne fällt, sodass ich nur als Silhouette erkennbar bin. Mimik kann ich mir sparen.

Die Frau vom deutschen Kulturinstitut, mit der wir später vor einem Café auf einer Holzveranda sitzen, an der morgens noch gezimmert und gestrichen worden war, ist Estin, hat aber einen schwedisch klingenden Namen und ist mit einem früheren Minister verheiratet. Sie trinkt Wodka und hat ein ansteckendes Lachen.

Am nächsten Tag wieder zurück nach Helsinki, und als ich wiederum einen Tag später die Maschine zurück nach Düsseldorf besteige, begrüße ich die greise Stewardess mit einem routinierten »Hyvää yötä« (Gute Nacht), und was sie antworten, hört sich an wie »Missä miloin miksi« (Wo, wann, warum?), und als ich, meine Unterlippe mit den Zähnen knetend, nach einer Entgegnung suche, fällt mir nur ein: »Paljonko se maksaa?« (Was kostet das?), und sie sagt: »Minne menne tänään?« (Wo gehen wir heute hin?) Ich sage noch »Auttakaa minua« (Helfen Sie mir, bitte) zu dem dicken Herrn hinter mir, und der entgegnet nur »Machense voran, Kerl!«

Der Rückflug verläuft ohne nennenswerte Komplikationen, wenn man mal davon absieht, dass die Stewardessen immer wieder die Köpfe zusammenstecken, dann zu mir hinsehen und sich im nächsten Moment total kaputtlachen. Danke für diese Erfahrung.

Kiitos!

Eduard an der See mit Mohnkuchen

Nach seiner Scheidung von Mone war Eduard emotional ausgelaugt. Die zwei Jahre des Getrenntlebens hatte er ganz gut überstanden, doch als es amtlich war und die Besuche bei seinen beiden Töchtern vom Gericht geregelt wurden, drohte er sich aufzulösen. Als ich ihn eine Woche später zufällig in der Haushaltswarenabteilung von Karstadt traf, bot er den üblichen Anblick vernachlässigter, geschiedener Männer: Er hatte Ränder unter den Augen und den Fingernägeln, seine Sachen rochen nach Nikotin und sein Atem nach einer Mischung aus Alkohol und Pfefferminzdragees. Wir setzten uns in die Cafeteria, und ich riet ihm, Urlaub zu machen, er habe doch sicher in den letzten Jahren genug Überstunden angehäuft. Ich unterließ den Hinweis, dass Mone ihn nicht zuletzt deswegen verlassen hatte.

Seine Ehe hatte nur noch auf dem Papier existiert, verheiratet war er mit der Bank.

Zwei Wochen später rief er mich an. Schon seiner Stimme war anzuhören, dass er sich gewaschen hatte und ausgeschlafen war. Er sagte mir, er habe ernst gemacht, sei praktisch in dieser Sekunde auf dem Weg in den Urlaub. Ich beglückwünschte ihn zu der Entscheidung, auch wenn ich sein Reiseziel etwas merkwürdig fand.

Wiederum zwei Tage später traf ich Mone in der Fußgängerzone. Sie schüttelte den Kopf über die Entscheidung ihres Ex-Mannes. Ich sagte, Eduard sei eindeutig reif für die Insel gewesen, als ich ihn das letzte Mal gesehen hätte.

»Mag sein«, antwortete Mone, »aber musste er denn gleich kündigen?«

Das überraschte mich schon sehr. Eduard war nie der Typ für übereilte Entschlüsse und radikale Entscheidungen gewesen. Und dass er seine Wohnung aufgegeben und seine Möbel eingelagert hatte, passte auch nicht zu ihm. Außerdem war er auf eben die Nordseeinsel gefahren, auf der er jahrelang mit seiner Frau und seinen Kindern Urlaub gemacht hatte. Das hörte sich alles nicht gut an.

Als ich nach Hause kam und die Geschichte meiner Frau erzählte, runzelte sie die Stirn und meinte, ich hätte allen Grund, mir Sorgen zu machen. Ich sagte, wir müssten aber auch nicht in Panik verfallen, schließlich sei Eduard ein Mann von vierzig Jahren, der immer auf sich selbst habe aufpassen können. Eine prinzipielle Richtungsänderung in seinem Leben wäre vielleicht gar nicht das Schlechteste. Nur Minuten später fragte ich mich selbst, wen ich damit eigentlich beruhigen wollte.

Es vergingen zwei weitere Wochen, bis eines Abends unser Telefon klingelte, meine Frau abnahm, den Hörer an mich weiterreichte und mit den Lippen das Wort *Eduard* formte.

»Ja, ähm, hallo. Also hallohallohallo, haha«, machte Eduard, und ich stand auf und ging in die Küche. Das hier schien schwierig zu werden.

»Alles klar bei dir?«, wollte ich wissen.

»Alles klar auf der Andrea Doria! Alle Hände an Deck! Scheiß auf die Eisberge!«

»Eduard, hast du getrunken?«

»Fisch muss schwimmen.«

»Bis du immer noch da oben?«

»Da oben? Hier oben ist unten. Wir liegen hier viel tiefer. Mann, hier ist der Meeresspiegel, von dem alle immer reden. Wir sind hier auf Normalnull, also ist hier oben eigentlich unten.«

»Kann ich was für dich tun?«

»Tun, tun, Thunfisch gibt's hier nicht, jedenfalls keinen frischen, nur in der Dose, aber wo du es gerade sagst, also ich meine, wo du die Sprache schon selbst drauf bringst, ich hätte da ja gar nicht von angefangen, aber so ein großzügiges Angebot, du bist ein echter Freund, wie viel kannst du mir denn geben? Kurzfristig natürlich nur, bis ich wieder flüssig bin.«

»Du brauchst Geld?«

Eduard stöhnte auf. »Hör zu, du musst dich gar nicht so aufspielen. Ich kann mich noch an Zeiten erinnern, wo ein gewisser Herr, der heute in seinem Einfamilienhaus im Landhausstil am Stadtrand residiert, mich jeden Abend in der Kneipe angepumpt hat, weil er seinen Deckel nicht bezahlen konnte!«

»Nun beruhige dich mal!«

»Ach leck mich doch am Arsch!«

Und plötzlich war die Leitung tot. Bevor ich nachdenken konnte, was ich tun sollte, klingelte das Telefon schon wieder. Eduard weinte. »Hör zu, es tut mir Leid, ja, verdammt ich brauche Geld, da ist was ... Ich weiß nicht ... Mit meinen Konten. Es sieht so aus, als wär ich pleite, und ich kann mein Zimmer nicht bezahlen, und es ist alles so ..., ach Scheiße, ich ...«

»Ganz ruhig«, sagte ich und ging in der Küche auf und ab, »das ist doch kein Problem. Ich komme morgen hoch zu dir. Oder runter, egal. Ich nehme gleich die erste Fähre. Wie heißt dein Hotel?«

Als ich ins Wohnzimmer zurückkam, küsste meine Frau mich auf beide Wangen und sagte, Eduard könne von Glück sagen, dass er so einen Freund habe, einer, der noch immer zu ihm halte, nach allem, was gewesen sei. Damit spielte sie auf die Tatsache an, dass ich früher mit Mone zusammengewesen war und sie mich wegen Eduard verlassen hatte. Eine Zeit lang hatte ich in einer WG mit Mone und Eduards Langzeitverlobten Silvia gewohnt. Nächtelang hatten Mone und ich auf meiner alten, schmalen Matratze gelegen und uns angehört, wie es die beiden anderen im Zimmer links von uns trieben. Ein paar Monate später lag ich allein auf der Matratze, und der Liebeslärm kam aus dem Zimmer rechts von mir, wo Eduard und Mone sich ein breites, französisches Bett spendiert hatten. Silvia hatte sich eine neue Wohnung gesucht, und ich tat es ihr kurz darauf gleich. Was soll's. Irgendwie haben wir es hingekriegt, weiter befreundet zu bleiben. Außerdem hätte ich sonst meine Frau nicht kennen gelernt. Oder Mone für sie verlassen müssen, was mich zum bösen Buben gemacht hätte. So war ich das bewundernswert faire Opfer gewesen, da ich auf das Heulen und Zähneklappern der üblichen Eifersuchtsszenen verzichtet hatte.

Die erste Fähre ging um 7.30 Uhr. Ich schlief ein paar Stunden, machte mir eine Thermoskanne voll mit Kaffee, fuhr los und kam eine Stunde zu früh in Eemshaven an. Die A31, der

»Ostfriesenspieß«, dieser schnurgerade, Höchstgeschwindigkeiten geradezu verlangende Highway in den Nordseeurlaub war frei. Die Strecke war immer angenehm zu fahren, nur die 45 Kilometer, die man durchs Emsland musste, da die Baulücke dieser Autobahn noch immer nicht geschlossen war, zerrten an den Nerven, wenn man hinter einem Laster hing und nicht überholen konnte. In Nordhorn konnte man im McDonald's-Drive-In, das die fehlende Raststätte ersetzte, all die Leute treffen, die man später auf der Fähre wiedersah. In der Hauptsaison bildeten sich regelmäßig lange Schlangen nicht nur vor der Damentoilette, sondern auch vor dem kleinen Wickelraum.

An Bord frühstückte ich und sah dem Wasser zu, wie es gegen das Fenster spritzte. In Nordrhein-Westfalen hatten gerade die großen Ferien begonnen, und die Fähre war entsprechend voll. Auf den kunststoffbezogenen Bänken an den langen Tischen hockten übernächtigte Eltern mit vom Schlafmangel und dem nächtlichen Fahren auf der Autobahn geröteten Augen sowie überdrehte, jenseits jeder Schmerzgrenze lärmenden Kindern.

Die Überfahrt dauerte etwa eine Stunde. Wenn ich erwartet hatte, Eduard am Anleger zu treffen, wurde ich enttäuscht. Dafür war der Himmel über Borkum von einem fast unerträglichen Blau. Die Sonne hatte auch um diese Zeit schon eine enorme Kraft, abgemildert nur durch die leichte Brise, die hier oben immer die Luft bewegte. Ich fuhr bis nahe an die »Rote Zone«, in der Autoverkehr ganzjährig untersagt war, heran, stellte den Wagen auf dem großen Parkplatz in der Nähe des Bahnhofs ab und ging zu Fuß zur Promenade, wo das Hotel lag, das Eduard mir als sein Quartier genannt hatte. Am Empfang fragte ich nach Eduards Zimmernummer, bekam aber die Antwort, ich fände Herrn Danner im Cyberraum. Unaufgefordert wurde meinem verblüfften Ich erklärt, wo dieser zu finden sei.

Kopfschüttelnd machte ich mich auf den Weg. Früher hatte »Urlaub« die zeitweilige Abwesenheit vom vertrauten Teil der Zivilisation bedeutet, war es nicht mal möglich gewesen, die heimische Lokalzeitung zu lesen, hatten Pensionen und Ferienwohnungen, wenn man Glück hatte, einen Gemeinschaftsraum mit einem alten Schwarzweiß-Fernseher, in dem immer das falsche Programm lief. Heute gab es keine nicht-vertrauten Teile der Zivilisation mehr, heute gab es auch an der Nordsee Cyberräume.

Der hiesige war ein Traum in Holzoptik. Auf drei Resopaltischen standen insgesamt sechs Computerbildschirme. Die Rechner hockten mit leuchtenden Dioden unterm Tisch. Davor standen lasierte Kiefernstühle mit geblümtem Sitzpolster und Rundlehne.

Auf einem davon saß Eduard. »Nimm Platz!«, sagte er, ein wenig ungeduldig, als hätte ich mich verspätet. Kein Wort des Dankes, dass ich mitten in der Nacht losgefahren war, um ihm aus der Klemme zu helfen, nicht einmal eine Begrüßungsfloskel. Eduard trug ein gestreiftes Fischerhemd mit Stehbördchen und bis zur Brust reichender Knopfleiste sowie helle Bermudashorts und Badeschlappen. Im Gesicht hatte er einen sauber gestutzten Vollbart, der ebenso wie sein schon fast bis zum Kragen reichendes Haupthaar von Sonne und Wind ausgebleicht war. Er sah aus wie ein untersetzter Raimund Harmstorff als »Seewolf«. »Ich habe gerade Kaffee bestellt«, sagte er. »Da gibt es eine kleine Rösterei in Hamburg, die machen das ganz toll. Total Öko und superfair gehandelt, hab mal ein paar Kilo bestellt. Sag mir mal deine Kreditkartennummer!«

Ich nahm ihn an der Hand und schaltete den Computer aus. »Wir müssen reden«, sagte ich.

Wir gingen hinunter zur Strandpromenade und setzten uns

auf eine Bank vor der Wandelhalle aus der vorletzten Jahrhundertwende und blickten auf den sich langsam füllenden Strand und die gemächlichen anrollenden Wellen. Weit draußen auf der Strandzunge im Osten tanzten die ersten Drachen im Wind. Die Cafés öffneten erst um zehn.

Ich fragte Eduard, wie es ihm gehe, aber er sah mich nur an und schüttelte den Kopf.

»Du hast gekündigt«, sagte ich.

»Heute Nachmittag ist wieder Konzert«, war seine Antwort. »In diesem Ding da.« Er zeigte auf diesen kleinen Pavillon, der nachmittags und abends bei geöffneten Schiebefenstern als Bühne für Musikgruppen diente.

»Als ich sagte, du solltest mal in den Urlaub fahren, meinte ich nicht, du sollst deinen Job aufgeben.«

Eduard blickte noch immer zu dem Pavillon hinüber. »Zur Zeit spielt da so eine ungarische Band. So richtige Helden der Puszta, mit roten, bestickten Westen und Hemden mit Puffärmeln. Du weißt schon.«

»Ich weiß.«

»Haben wahrscheinlich schon für Marika Röck die Begleitcombo gemacht.«

»Wie lange willst du noch hier bleiben?«

»Komm mal mit. Ich will dir was zeigen.«

Eduard stand auf. Ich folgte ihm. Wir gingen die Fußgängerzone hinunter, am Bahnhof vorbei und raus aus der Ortsmitte, bis wir vor einer kleinen Bäckerei standen. »Guck mal«, sagte Eduard.

»Das wolltest du mir zeigen? Eine Bäckerei?«

An dem Laden war nichts Spektakuläres, wenn man mal von der hässlichen, gelben Plastik-Markise absah, die sich über dem Eingang und dem Schaufenster wölbte.

»Hier gibt es den besten Mohnkuchen der Welt!«, meinte Eduard.

»Seit wann isst du Kuchen?«

»Seitdem ich diesen Mohnkuchen probiert habe.«

»Du hast nie Kuchen gegessen.«

»Außerdem gibt es hier die schönste Bäckerin Deutschlands. Obwohl, ich glaube, sie ist gar keine Bäckerin, sondern nur Aushilfe oder Auszubildende oder Verkäuferin oder was weiß ich. Jedenfalls ist sie wunderschön. Das erkennt man vielleicht nicht auf den ersten Blick, aber ich finde, sie hat etwas ganz Besonderes.«

Bisher hatte Eduard immer eine Vorliebe für auffällige, exklusiv gekleidete Frauen mit hochdotierten Jobs gehabt, wenn ihm auch für einen vollendeten Seitensprung immer die Zeit gefehlt hatte. Auf Betriebsfeiern und Empfängen hatte es zu dem ein oder anderen Flirt, vielleicht sogar einer spätpubertären Knutscherei mit der Abteilungsleiterin Auslandskonten gereicht. Bäckereifachverkaufsaushilfen hatten, jedenfalls soweit ich wusste, bisher nicht auf seiner erotischen Appetitliste gestanden.

»Hast du Lust auf Mohnkuchen?«, fragte Eduard. Ohne meine Antwort abzuwarten, ging er über die Straße.

Vor uns drängelte sich noch eine Urlauberin in den Laden. Sie trug orthopädische Schuhe mit dicken Gummisohlen, luftige, ihre weißen Beine unvorteilhaft entblößende Shorts und die unvermeidliche, wenngleich bei diesem Wetter völlig überflüssige zweifarbige Goretex-Jacke über einem dünnen roten Top. Auf der Nase saß ihr eine Kassengestellbrille mit hochgeklappten Sonnengläsern.

In der Bäckerei war es trotz der frühen Stunde schon sehr warm, und über dem reichhaltigen Kuchenangebot sirrten schon ein halbes Dutzend Frühaufsteher-Wespen. Hinter dem Tresen standen zwei Frauen in weißen, von dünnen, blauen Nadelstreifen durchzogenen Kitteln ohne Ärmel. Die eine ging stracks auf die Sechzig zu, war kompakt und stämmig und hatte ihr Haar zu einem angenehm unmodischen Dutt gebunden. Die andere war höchstens neunzehn oder zwanzig, eher mager, mit schwarzen, halblangen Haaren und großen, dunklen Winona-Ryder-Augen. Das musste sie sein. In mir wuchs ein gewisses Verständnis für Eduards Begeisterung. Sie war nicht mein Typ, wirkte mir zu zart und entrückt, aber ich konnte mir vorstellen, was man an ihr fand, wenn man, wie Eduard, durch ein emotionales Tal ging.

Eduard schwärmte sie schamlos und mit unverhohlener Begeisterung an. Sie stand gegen das Brotregal gelehnt, die weißen Arme vor der Brust verschränkt, dieses wohlkalkulierte Desinteresse umworbener Frauen im Blick.

Die Urlauberin mit den hochgeklappten Sonnengläsern vor der Brille starrte gebückt in die Kuchenauslage. »Haben Sie Donuts? Diese süßen Kringel?«, fragte sie viel zu laut, kam ruckartig aus ihrer eingeknickten Haltung hoch und blickte von der einen Kittelfrau zur anderen. Die beiden starrten ein paar Sekunden schwerlidrig zurück, sagten aber nichts, bis die Urlauberin den Kopf schüttelte und den Laden verließ. Die beiden Frauen lachten. Die Ältere entblößte dabei nikotingelbe Dritte, die Jüngere perlweiße Zweite sowie nicht unattraktive Grübchen. Ihr Lachen wirkte intelligent, wach und ein wenig kokett und setzte sich so in Gegensatz zu dem betont gleichgültigen Gesichtsausdruck, den sie, wie ich jetzt glaubte, ganz gezielt Eduard entgegenhielt.

»Ich kenne einen Donath«, sagte die Alte. »Der ist Raumausstatter.«

»Aber kein süßer Kringel«, gab die Junge mit überraschend tiefer, leicht beschädigter Stimme zurück.

»Nee, aber sein Sohn!«

Jetzt wurde gelacht, bis Tränen kamen. Eduard starrte die Junge an und grinste über beide Backen bis hinauf zu den Ohren. Nachdem die Damen ausgelacht hatten, entstand eine Stille. Die Ältere schaute aus dem Fenster, die Junge betrachtete Brot, und Eduard starrte die Junge an. Ich bestellte Kuchen, bezahlte und zerrte Eduard nach draußen.

Wir gingen nicht zurück in die Innenstadt, sondern Richtung Südstrand, holten uns an einem der Kioske je einen Kaffee und setzten uns in den Sand.

»Ist der Kuchen nicht wunderbar?«, schwärmte Eduard.

Ich musste zugeben, dass ich tatsächlich nie einen besseren Mohnkuchen gegessen hatte. Aber das war jetzt nicht so wichtig. Ich war hier, um Eduard zu retten. Wenn ich ihn so ansah, wusste ich allerdings nicht mehr genau, wovor.

Ein paar Meter weiter kämpfte ein Familienvater in Shorts und mit hartem, gebräunten Bauch in der nun stärker wehenden Brise mit einem Sonnensegel, schnauzte seine bleiche, aus dem geblümten einteiligen Badeanzug quellende Frau an, sie solle gefälligst das andere Ende von diesem Scheißding festhalten, während sich zwei untersetzte Mädchen (ca. acht und zehn) gegen die Sonne blinzelnd vornahmen, ihren Eltern in der Pubertät so richtig auf die Nerven zu gehen. Der Vater drückte das eine Ende der Synthetik-Bahn zu Boden und rammte einen Hering durch die Öse in den Boden, doch bevor das Segel fixiert war, riss der Wind der Mutter das andere Ende aus der Hand. Nun war es auch vom Vater nicht mehr zu halten, stieg empor, wurde ein paar Meter weit getragen, traf auf ein Luftloch und sank auf einen weißen, nach hinten gekippten Strandkorb, in dem ein braun gebranntes, ledernes Rentnerehepaar Ozon tankte. Der Vater fluchte und stapfte davon, um seinen Besitz zu sichern.

»Es ist so friedlich hier, und das Wetter ist so schön, und das Meer ist noch schöner, und die Lust ist wunderbar und …«

»Vielleicht haben sie für dich einen Job in der Touristeninformation«, unterbrach ich Eduards Besorgnis erregende Schwärmerei.

»Ich werde wieder heiraten«, seufzte mein Freund, der ehemals knallharte Ex-Banker, als sei das eine Aufgabe, die irgendjemand ihm zugeteilt hatte.

»Und dann? Willst du eine Bäckerei aufmachen und den Rest deines Lebens Mohnkuchen verkaufen?«

»Wer weiß. Vielleicht werde ich Fischer.«

Als wir den Kuchen aufgegessen hatten, brachten wir unsere leeren Kaffeetassen zum Kiosk zurück und gingen hinunter zum Wasser. Ich zog Schuhe und Strümpfe aus und krempelte meine Hose hoch bis zu den Knien. Eduard nahm seine Schlappen in die Hand. Es ging auf Mittag zu. Es wurde Beach-Volleyball gespielt und Badminton, das man hier wohl noch Federball nennen durfte. Frisbees waren im Einsatz. Zwei Jungs warfen sich über etwa fünfzig Meter ein pinkfarbenes, zylinderförmiges Teil zu, das hinten Federn hatte und im Flug ein nervtötendes, sirrendes Geräusch machte. Es wurde mit Fingern auf Schiffe gezeigt.

Wir spazierten an der Wasserkante entlang, die Nordsee wusch uns anrollend und wegebbend die Füße, und wir redeten darüber, wie lange wir uns kannten, über die Zeit in der WG mit Mone und Silvia, unsere Jobs und wie alles hatte werden können, wie es jetzt war. Schließlich waren wir wieder am inzwischen sehr belebten Hauptstrand angekommen, gingen hinauf zur Wandelhalle und weiter zu einem Laden, in dem ich mir Shorts und ein T-Shirt kaufte. Ich nahm mir ein Zimmer im gleichen Hotel wie Eduard, duschte, legte mich aufs Bett und sah den Sonnenstrahlen zu, wie sie durchs Zimmer wanderten. Ich rief zu Hause an und sagte, dass ich hier übernachten würde, da die Sache komplizierter sei als angenommen.

Am frühen Nachmittag traf ich mich mit Eduard auf der Promenade. Wir sahen den Ungarn zu, wie sie ihre Instrumente aufbauten, hörten von vier bis sechs ihrem zum Teil recht rasanten Puszta-Beat zu und applaudierten wie echte Fans. Eduard wirkte ruhig und klar.

Am Abend aßen wir in einem kleinen Fischrestaurant bei den Kliniken, stiegen danach durch die Dünen zu einem Café hinauf und tranken mit Blick auf das Watt ein paar Absacker. Auf dem Weg zurück zum Hotel fragte ich Eduard, was er nun machen wolle.

»Ich weiß nicht, aber ich denke, es wird mit Mohnkuchen zu tun haben.«

Im Hotel fuhren wir mit dem Fahrstuhl nach oben. Eduard begleitete mich zu meinem Zimmer. Ich gab ihm etwas Geld, das er zunächst nicht annehmen wollte, aber ich bestand darauf, schließlich sei ich deshalb hier herauf, pardon, hier *herunter* gekommen, und schob es ihm in die Hosentasche.

»Ich zahle es dir zurück.«

»Lass dir Zeit.«

Wir umarmten uns, und Eduard ging den Flur hinunter zu seinem Zimmer. Ich telefonierte noch mit meiner Frau und sagte ihr, ich wolle am Morgen die erste Fähre nehmen. Kurz darauf hatte mich die Matratze verschluckt.

Ich schlief wie tot und wurde erst wach, als sich der Schlüssel des Zimmermädchens im Schloss drehte. Sie stammelte eine Entschuldigung, sie habe mehrmals geklopft. Ich sagte, in einer Stunde sei ich weg. Es war halb zehn, die Fähre war weg.

Ich duschte und zog mich an. Rief auf Eduards Zimmer an,

doch er nahm nicht ab. Ich ging hinunter in den Frühstücksraum und danach zur Rezeption, wo mir der Portier mitteilte, Herr Danner sei ausgezogen und habe versichert, ich übernähme Rechnung. Ich nickte, zahlte, holte meine Sachen vom Zimmer, legte sie in mein Auto und ging zu der Bäckerei. Hinterm Tresen stand nur die Alte. Ich wartete, bis sie die beiden Kunden vor mir bedient hatte und fragte nach der jungen Frau, die gestern hier gearbeitet habe.

»Die is wech«, sagte die Alte knapp, in der Hoffnung, durch einen unfreundlichen Ton Nachfragen zu unterbinden. Ich hakte dennoch nach und erfuhr, dass am frühen Morgen ein Mann in einem Fischerhemd und mit Badeschlappen an den Füßen auf die junge Frau gewartet habe. Sie hätten mit einander geredet, dann habe die junge Frau ihren Kittel auf den Tresen gelegt und gesagt, sie komme nicht mehr wieder, und sei mit dem Mann weggegangen.

Ich ging zurück zum Bahnhof, erkundigte mich nach der nächsten Fähre, rief meine Frau an, erklärte ihr die Situation und machte mich auf die Suche nach Eduard und dem Mädchen. Ich suchte die Strände ab, fuhr mit dem Wagen herum und mit der Kleinbahn und lief die Promenade rauf und wieder runter. Nichts, kein Eduard und kein Mädchen, nur Urlaub.

Ich nahm die Nachmittagsfähre, stand die ganze Fahrt über an Deck und schaute zur Insel zurück.

Zwei Monate später bekam ich einen Umschlag mit Geld. Es war die gleiche Summe, die ich Eduard in jener Nacht zugesteckt hatte. Dazu kein Brief, kein Zettel, kein Gruß. Aber der Umschlag war voller Sand, durchsetzt von ein paar dunklen Krumen, von denen ich einen mit dem Zeigefinger aufpickte und probierte. Kein Zweifel: Mohnkuchen.

V
Das Ich in der Nacht
Gedanken beim Abtasten von Häuserwänden

Wenn ich Fantasie hätte

Früher, als ich einsam war und kinderlos, lag ich oft nachts wach, erwartete nichts, lauschte dem Schwappen des Alkohols in meinem Innern und hörte Miles Davis' *The Man I love*, weil ich dachte, ich sei gemeint. Ich fragte mich, wie es wäre, wenn ich Fantasie hätte. Ich denke, dachte ich, ich würde sie benutzen, um manchmal weit weg von hier zu sein, auf der berühmten »einsamen Insel«, ganz allein.

Wenn ich Fantasie hätte, würde ich mir vorstellen, das Wetter sei schon mal gut, auf dieser Insel. Aber das ist ja keine Kunst, das Wetter stimmt dort ja immer. Oder haben Sie schon mal von einem Schiffbrüchigen gehört, der auf einer Insel vor Island strandet und sich jahrelang nicht einkriegen kann über das »Dreckswetter, das verdammte«, das dort vorherrscht? Ich würde jeden Tag nur zehn Minuten in der Sonne liegen, um mich langsam und schonend zu bräunen, denn ich hätte ja Zeit. Aus solchen Situationen wird man immer erst nach einigen Jahren befreit, das ist wohl gesetzlich so festgelegt.

Wenn ich Fantasie hätte, würde ich mir vorstellen, ich fände auf dieser Insel so nach und nach alles, was ich zum Leben bräuchte – zuallererst einen Nagelknipser. Denn wenn ich etwas hasse, dann sind es zu lange Fingernägel. Sicher, eine gewisse äußerliche Verwahrlosung gehört schon dazu, wenn man schiffbrüchig geworden ist, aber lange Fingernägel kann ich nicht ausstehen, ob in einer Notlage oder nicht.

Außerdem würde ich mir vorstellen, frühere Schiffbrüchige hätten einen riesigen Kühlschrank voll mit meinem Lieblingsbier sowie zwei Zentner Aspirin auf der Insel zurückgelassen. Von dort zu einem großen Farbfernseher mit Flachbildschirm und Satellitenschüssel ist es nicht mehr weit in meiner Fantasie. Ich könnte jetzt ungestört jeden Samstag Nachmittag die Live-Übertragung meines bevorzugten Fußballclubs empfangen, und der wäre plötzlich rätselhaft erfolgreich – obwohl ich nicht weiß, ob meine Fantasie dafür tatsächlich ausreicht. Überflüssig zu erwähnen, dass es jeden Samstag frische Mettbrötchen zum Fußball gäbe und nach dem Fußball ganz tolle, spannende Actionthriller, in denen die Schauspieler Shakespeare-Niveau hätten und Gewalt immer nur das letzte Mittel wäre, das zähneknirschend angewandt würde, um noch viel schlimmeres Leid zu verhindern. Außerdem gäbe es natürlich keine Werbeunterbrechungen.

Wenn ich Fantasie hätte, fände ich auf dieser Insel sehr bald einen gut sortierten, klimatisierten Supermarkt, in dem niemand arbeitete, der aber trotzdem immer wieder aufgefüllt würde. Hier gäbe es natürlich nur fair gehandelte Produkte, welche die Bauern in der Dritten Welt reich machen, denn meine Fantasie ist eine gute, und außerdem bin ich ja jetzt auch so etwas wie ein Drittweltler. Nach dem ersten Einkauf wieder zurück in meiner Fertighaus-Strandhütte mit Klimaanlage stünde eine Spülmaschine neben dem Ceranfeld-Herd aus gebürstetem Stahl und in der Mitte der Küche ein runder Tisch, an dem ich jeden Abend gegen mich selber im Doppelkopf gewinnen würde.

Nach ein paar Wochen stieße ich dann auf eine nicht zu große und nicht zu kleine Hütte, in der ein Kabarett-Theater untergebracht wäre, mit etwa zweihundert Plätzen und einer gut funktionierenden Tonanlage, die meiner Stimme jene bassige Samtigkeit verliehe, welche die Mädchen in den ersten Reihen so schätzen. Jetzt hätte ich Arbeit: Ich könnte jeden Abend Programm machen, und niemand würde pfeifen oder »Ausziehen! Ausziehen!« rufen. Mir würden geistreiche Pointen und launige Sottisen einfallen, aber auch anrührende Geschichten und knallharte, immer ins Schwarze treffende politische Satiren, die wirklich etwas bewirkten, wo auch immer. Nach dem Auftritt läge die üppige Gage am Ausgang für mich bereit, ohne dass ich lange nach einem Geschäftsführer suchen müsste.

Kurz darauf fände ich gleich um die Ecke eine exzellent eingerichtete Bibliothek, voll gestopft mit allen Klassikern, aber in Kurzform. *Der Zauberberg* etwa stünde dort in einer Fünfzig-Seiten-Version, und nach der Lektüre wäre ich ein Experte für Tuberkulose. In kurzer Zeit wüsste ich alles über alles und jeden.

Wenn ich Fantasie hätte und auf der einsamen Insel lebte, könnte ich jahrelang das Maul halten und niemand würde sagen: »Was schaust du so? Liebst du mich nicht mehr?«

Aber ich habe ja keine Fantasie, dachte ich damals auf meinem Sofa. Also bleibten das Wetter mies, der Fernseher klein, mein Fußballclub erfolglos, die Mettbrötchen immer leicht bräunlich, die Actionthriller dumpf, die Werbeunterbrechungen zu lang, *Der Zauberberg* unbezwingbar, der Supermarkt zu teuer und die Dritte Welt zu arm. Ich quassel mich immer noch um Kopf und Kragen, und meine Vorstellungskraft reicht gerade aus, mir einzubilden, Miles Davis hätte mir ein Stück gewidmet, obwohl ich damals gar nicht auf der Welt war. Selbstüberschätzung ja. Fantasie Fehlanzeige. Jemand sollte mal etwas dagegen unternehmen, dachte ich und lag weiter wach.

Vieles hat sich geändert seitdem.
Nur auf meine Fingernägel, auf die gebe ich immer noch Acht.

Nachts rede ich mit Dingen

Manchmal stehe ich nachts auf und rede mit den Dingen, ohne die ich nicht leben kann.

Da wäre zum Beispiel mein Entenlöffel, mit dem man dem sehr frühen Goosen seinerzeit das halbwegs zivilisierte Essen beibrachte. Gegessen wurde damals von einem Plastikteller, der in einer schüsselartigen, hohlräumigen Metallwanne steckte, in die man durch ein an der Seite angebrachtes Röhrchen heißes Wasser einfüllen konnte, sodass aus dem schnöden Plastik- ein Warmhalteteller wurde. (Schon damals arbeitete man mit dem gleichen Trick, mit dem ich heute meinen Sohn zum Essen bringe: Unter den Speisen lag ein Bild verborgen, das man sich nur ansehen konnte, wenn man alles wegspachtelte.)

Gespachtelt wurde vermittels eines silbrigen Metalllöffels, auf dessen Griff eine Ente geprägt war – und noch immer ist. Die Ladefläche am anderen Ende ist ein bisschen größer als die eines Tee-, jedoch kleiner als die eines Esslöffels. Dieser Umstand hat dazu geführt, dass ich ohne meinen Entenlöffel komplett unfähig bin, Kaffee zu dosieren. Entweder wird er so dünn, als sei gerade mal eine schmächtige Kaffeebohne mit einem freundlichen Gruß in drei Metern Entfernung an einer Kanne heißen

Wassers vorbeigeschlendert, oder aber ich kann mit dem, was da mühsam zäh aus der Maschine quillt, den schlammigen Gartenweg auf dem Nachbargrundstück asphaltierten. Manche Leute schütten ja den Kaffee, coole Gleichgültigkeit demonstrierend, direkt aus der Tüte in den Filter oder benutzen einen dieser genormten, trichterförmig zugespitzten Plastiklöffel. Ich kann so nicht arbeiten. Das scheitert bei mir schon daran, dass ich es nie über mich brächte, den Kaffee in der offenen Tüte aufzubewahren. Ich bin einer von denen, die erst nur ein kleines Loch in die goldene Folie um den Kaffeepulverblock piken, um sich an dem zischend entweichenden Aroma frischen Kaffees zu berauschen wie ein jahrelang abhängiger Klebstoffschnüffler. Der Versuchung, die braunen Körner nach Entnahme einer für den Morgenkaffee angemessenen Menge in einen Gefrierbeutel umzufüllen und mittels eines Laminiergerätes wieder vakuumdicht zu verschweißen, widerstehe ich nur ungern. Wohl aber benutze ich zur Aufbewahrung eine angeblich luftdicht abschließende Dose mit albernen geometrischen Mustern drauf. (Dass das Ding wirklich luftdicht ist, habe ich mit dem Hamster der Nachbarskinder ausprobiert, der nach zwei Stunden zwar nicht tot, aber immerhin bewusstlos war.)

Pro Tasse einen leicht gestrichenen Entenlöffel und schließlich noch einen halben für die Kanne, ergibt den vollen Genuss aus jedem Costa-Rica-Kenia-Blend.

Nachts also, wenn ich nicht schlafen kann, nehme ich den Entenlöffel aus dem Kaffeemehl und sage: Merci, dass es dich gibt!

Habe ich lange genug auf eine Antwort des Löffels gewartet, dass ich sicher sein kann, auch in dieser Nacht wieder keine zu kriegen, wende ich mich diesem alten Kaffeebecher zu. Seine Grundfarbe ist Rot, aber auf das Rot hat jemand kleine Flecken gespuckt, die aussehen wie die Buchstaben in der Buchstabensuppe, nur dass es keine Buchstaben sind, sondern eben einfach Flecken. Der Becherrand hat in den letzten schätzungsweise fünfundzwanzig Jahren, die er sich in meinem Besitz befindet, so viele Macken abbekommen, dass man aus dem Ding nicht mehr trinken kann, es sei denn, man findet Blut im Tee geschmacksfördernd. Bisweilen wird es als Gefäß zum Reismessen benutzt, meistens aber steht es im Schrank, hinter den anderen Tassen und wird alt. Ja, ja, solche Sachen stecken ja immer voller Erinnerungen, nur kann ich mich bei diesem Becher nicht erinnern, welche Erinnerungen das sein sollen. Er ist eben einfach immer dagewesen, und nur deshalb gehe ich manchmal nachts zu ihm und sage: »Na, erinnerst wenigstens *du* dich noch, woran ich mich erinnern soll, wenn ich dich ansehe?« (Mann, das wäre ein toller Satz zum Beenden einer Beziehung gewesen; leider sind mir damals nur Sachen eingefallen wie »Tja, wenn du meinst …«)

Will der Schlaf mich immer noch nicht packen, gehe ich hoch in mein Arbeitszimmer und wiege dieses alte Senfglas in der Hand, an dem ich schon im Kindergarten meinen deprimierenden Mangel an Talent für jede Form von bildender Kunst beweisen musste. Sicher haben viele Menschen zu Hause kleine Gemälde herumliegen, die sie in ganz jungen Jahren zu Papier gebracht haben und die man sich heute gern mit einem geseufzten »Ach Gott« auf den Lippen ansieht. In den meisten dieser Werke ist zwar keine besondere technische Fertigkeit zu erkennen, wohl aber eine gewisse kindliche Begeisterung, erkennbar an der übertriebenen Verwendung schreiender Farben an falschen Stellen (gelber Himmel, blaues Gras, grünes Wasser – von Kinderpsychologen mittlerweile *Tschernobyl-Symbolik* genannt). Mein Senfglas sieht jedoch aus, als hätten sich sechs magenkranke Kühe darüber erbrochen. Trotzdem wiege ich es dann und wann nachts in der Hand und sage: Du hast mir schon früh gezeigt, wohin die Reise *nicht* geht.

Dann wäre da dieser kleine Holzkreisel, den ich in den letzten fünfzehn Jahren mindestens sieben Mal weggeworfen habe. Immer kommt er zurück, taucht in irgendeiner Schublade, unter einem Schrank, in einer alten Jacke wieder auf, sodass ich nicht anders kann als seine Hartnäckigkeit zu bewundern. Und wenn das ganze Gequatsche mit dem Entenlöffel, der kaputten Tasse und dem hässlichen Senfglas nichts fruchtet, ja wenn nicht einmal intensive Zwiesprache mit den beiden kleinen Kühen, die aus ihren Hörnern Salz und Pfeffer streuen können, mich müde macht, dann hocke ich mich an die Fensterbank und sehe zu, wie dieser blöde Kreisel die Dämmerung herbeikreiselt, werfe ihn in den Müll und frage mich, wie er es wohl diesmal schaffen wird.

Was ist Schlaf?

Schlaf ist Zeitverschwendung. Wie viele sinnvolle Dinge könnten wir vollbringen, wenn wir nicht ein Drittel unseres Lebens bewusstlos dahindämmerten! Anstatt tatkräftig daran mitzuwirken, Literatur, Musik und Wissenschaft zu neuer Blüte zu treiben, ratzen wir Nacht für Nacht vor uns hin, speicheln greisenhaft aufs Kopfkissen und erzeugen dabei nicht selten Geräusche, die bei elektrischen Geräten überdeutliche Anzeichen für schwerwiegende Funktionsstörungen wären. Auch geben wir Gase ab, die nach neuesten Forschungen hauptverantwortlich für den Treibhauseffekt sind, und dies oftmals über uns bisher unbekannte Körperöffnungen oder gar über die Epidermis (sog. »Hautfürze«).

Dazu kommt das erniedrigende Faktum des Ausgeliefertseins: Jeder Depp, den wir bei Tageslicht noch nicht mal ignorieren würden, kann sich nachts an uns heranschleichen und allerlei Unsinn anstellen, uns beispielsweise mit einem Edding »Es lebe Heino« auf die Stirn schmieren oder Ähnliches.

Schlaf ist nichts anderes als eine Krankheit, eine Seuche von planetarischen Ausmaßen, gegen die sich die Pest des vierzehnten Jahrhunderts wie eine leichte Sommergrippe ausnimmt. Die Krankheit Schlaf zerfällt gewissermaßen in fünf Phasen:

Phase I markiert den Übergang vom Wachzustand in die Schläfrigkeit, der Blutdruck sinkt, die Herzfrequenz verlangsamt sich auf in geschlossenen Ortschaften übliche Geschwindigkeiten. In den letzten Jahren haben Forscher eine in dieser Phase einsetzende, durch Umweltbelastungen hervorgerufene Erhöhung des Lidgewichtes beobachtet, will sagen, die Augendeckel senken sich über die Iris mit einem vor hundert Jahren nicht für möglich gehaltenen Druck von siebzehn Kilopond. In 7–14 Zyklen pro Sekunde sendet das Hirn nun Alphawellen aus, was eine hässliche Sache ist, da diese den Intellekt des Einschlafenden auf Lothar-Matthäus-Niveau absenken – oder anheben (bei Formel-1-Fans). Gleichwohl ist der Schlafbefallene in dieser Phase noch fähig, einfache Rechenaufgaben zu übernehmen und passiv am Geschlechtsverkehr teilzunehmen. Diese Phase dauert etwa 5–10 Minuten.

In *Phase II* hat das Gehirn die Nase voll von Alphawellen und versucht es zur Abwechslung mal mit Thetawellen in 3,5–7,5 Zyklen pro Minute, das intellektuelle Niveau ist auf dem Level angelangt, wo der Patient empfänglich wird für Vorabendserien und Schäferhunde für voll gültige Polizisten mit Pensionsanspruch hält. Es kommt zu Muskelkontraktionen, die schon mal bewirken, dass in der Nähe liegende Personen aus dem Bett gekickt und schwer verletzt werden. Diese Phase der akuten Gefährdung in der Nähe Schlafender dauert glücklicherweise nicht lange an. Nach wenigen Minuten übernehmen Deltawellen das Kommando und läuten damit die eigentliche Bewusstlosigkeit ein.

Phase III markiert ein Zwischenstadium: Die Deltawellen machen noch kaum die Hälfte des EEG aus, laufen sich gleichsam erst warm. Einige von ihnen verlassen gar den Schlafenden, stehen auf, gehen in die Küche und holen sich eine Tafel Joghurtschokolade aus dem Kühlschrank. Die geistigen Fähigkeiten des Patienten liegen nun im Bereich von Holzwolle.

In *Phase IV* laufen die Deltawellen endlich zur Hochform auf, es sind kaum Körperbewegungen möglich, und der Patient ist nicht mal zu wecken, wenn neben ihm Günther Noris und die Bigband der Bundeswehr ein Medley aus Pur-Songs und Tony-Marshall-Hits spielt. Hier spricht man vom so genannten Kernschlaf, sonst nur in Pfirsichen anzutreffen. Der IQ pendelt sich in Fersenhöhe ein und liegt nun unter dem von Jugendlichen mit verkehrt herum aufgesetzten Baseballmützen, die gerne so schlau wären wie Holzwolle. Nach etwa einer halben bis dreiviertel Stunde kommt es zu mutwilligen Körperbewegungen und Positionsveränderungen, das heißt, der Schlafende wird nicht selten in unpassender Kleidung auf der Straße angetroffen und fragt Passanten nach dem Weg nach Flagranti, da würden immer so schöne Dinge passieren.

Dann aber geht es rund, denn an die erholsame Phase des Kernschlafs schließt sich die *REM-Phase* an, die zu Recht auch als paradoxer Schlaf bezeichnet wird und eher dem Wachzustand ähnelt, allerdings dem bei Leguanen. Der Muskeltonus erlischt, dafür ist eine extreme Gehirntätigkeit zu beobachten, die sich allerdings auf den Versuch beschränkt, eine Antwort auf Fragen zu finden wie »Warum tragen Jungs Baseballmützen verkehrt herum und Mädchen Schuhe bei denen man nicht weiß: Sind das nun die Schuhe, oder die Kartons, wo die drin waren?« Unter den Lidern rollen die Augen wie Flipperkugeln hin und her, allerdings ohne Punkte zu machen. Auch bleiben Freispiele die Ausnahme.

Der ganze Zyklus, von *Phase I* bis zum *REM-Schlaf* dauert etwa neunzig Minuten, wenn nicht infolge von verletzungsbedingten Unterbrechungen nachgespielt wird. Dann geht der ganze Mist von vorne los. Dazu kommen noch Träume von Omnipotenz, Allmacht und einfallsreichem Sex, aber das ist eine ganz andere Geschichte, die ich jetzt nicht mehr erzählen kann, da dummerweise irgendjemand mir Gewichte an die Augenlider gehängt und meinen Blutdruck in den Keller gejagt hat ... Ja! Jetzt spüre ich sie kommen: die Alpha- Theta- und Deltawellen und natürlich, und die sind mir die liebsten: die Hautfürze! Gute Nacht.

Nachtlicht

Es gab eine Zeit, da wusste ich nicht wer ich war und was ich wollte. Meine härteste Kritikerin war meine Leber. Sie warf mir Faulheit vor, Mangel an Antrieb, Dummheit. In immer kürzeren

Abständen sah ich mich gezwungen, sie mit immer mehr und immer außergewöhnlicheren Getränken zu besänftigen. Ich schlief den ganzen Tag, verließ die Wohnung nur nachts und streifte durch die dunklen, leeren Straßen, als könnte mir jemand oder etwas begegnen.

Dann diese Party, zu der ich eigentlich nicht hatte gehen wollen. Aber die Einladung, die von jemandem kam, den ich nicht kannte, an jemanden adressiert war, von dem ich noch nie gehört hatte und die gar nicht in meinem Briefkasten, sondern auf dem Bürgersteig vor meiner Haustür gelegen hatte, versprach »außergewöhnliche Cocktails«. Meiner Leber zuliebe entschloss ich mich, doch hinzugehen. Ich wartete, bis es dunkel war, und machte mich auf den Weg.

Die Wohnung war im neunten Stock eines Hochhauses am Rande der Innenstadt. Ich klingelte und fuhr im Fahrstuhl nach oben. Die Wohnungstür stand offen, und dahinter sah ich Leute mit bunten Getränken, aus denen kleine Schirmchen oder dicke Ananasscheiben herausragten. Mancher Glasrand trug einen Salzkragen.

Man nahm keine Notiz von mir, als ich eintrat. Ich kannte niemanden, lächelte in das ein oder andere Gesicht, bekam aber nichts zurück, das den Beginn eines Gespräches nach sich gezogen hätte. Alle waren gut gekleidet. Viele trugen Hornbrillen.

Ich brauchte was zu trinken. Ich wollte einen Cocktail, der mir den Dreck unter den Fingernägeln wegputzte. Irgendwas Starkes, von dem ich noch meinen Enkeln würde erzählen können.

In einem Raum lief laute, industrielle Musik. Die Männer tanzten aggressiv entrückt, die Frauen zu schneller Musik in langsamen Bewegungen. Sie sahen aus, als wollten sie verbrannt werden.

Auf der Suche nach den außergewöhnlichen Cocktails quetschte ich mich in die voll besetzte Küche. Keine Bar, nur Leute. Plötzlich stand jemand hinter mir und sagte: »Na?« Ich drehte mich um. Ein Mann meiner Größe, der mir noch dazu ein wenig ähnlich sah. Ich gab ihm sein »Na?« zurück. Er sah mich an, als erwarte er etwas von mir. »Nette Party«, sagte ich.

»Kennen Sie hier jemanden?«

Ich verneinte.

»Kommen Sie zurecht?«

»Wo gibt es die Cocktails?«

Der Mann schüttelte den Kopf. »Fragen wir uns doch mal«, sagte er langsam, »was wir hier machen.«

Ich spielte mit. »Okay. Was machen wir hier?«

»Ich bin Schriftsteller« sagte der Mann und sah mich wieder so offensiv an. Wo hatte er das nur gelernt? »Ich beobachte«, ergänzte er, als sei damit alles gesagt.

»Aha«, gab ich zurück. Und, um Interesse zu heucheln, fragte ich, ob er denn schon etwas veröffentlicht habe.

»Was meinen Sie denn?«, fragte er zurück. »Wie schätzen Sie mich ein? Bin ich ein veröffentlichter Schriftsteller?«

»Keine Ahnung.«

»Wissen Sie, es geht doch beim Schreiben nicht allein ums Veröffentlichen.«

»Na gut. Was schreiben Sie denn so?«

»Sie denken zu eindimensional.«

»Lassen Sie mich raten«, versuchte ich, Boden gut zu machen, »es geht beim Schreiben auch gar nicht so sehr ums Schreiben.«

»Sie haben es erfasst.«

»Und worum geht es dann?«

»Tja …« Mit einem wissenden Grinsen ließ er das zwischen uns stehen.

Ich nickte. »Ah ja, ich habe schon davon gehört.« Ich brauchte immer dringender etwas zu trinken. Meine Zunge lungerte in meiner linken Backentasche herum wie abgestreifte Schlangenhaut in der Sonne Arizonas.

»Was glauben Sie«, fragte mich mein Gesprächspartner, »wie viele Frauen ich mit dieser Masche schon herumgekriegt habe?«

»Mit der Schriftstellermasche? Keine Ahnung. Wie viele?«

»Nicht eine einzige. Aber ich glaube fest daran, dass es eines Tages klappt. Und was wäre der Mensch ohne einen festen Glauben?« Der Mann verschwand im Partygetümmel.

Von der Küche aus gelangte man auf einen kleinen Balkon, der von den anderen Gästen komischerweise gemieden wurde, obwohl die Luft mild und angenehm war. Ich nutzte diese drei Quadratmeter Einsamkeit, um mich zu sammeln. Unter mir die Scheinwerfer und Rückleuchten der Autos auf dem Weg zur Ausfallstraße. Nachtgeräusche. Ich lehnte mich gegen das Geländer und betrachtete die Menschen in der Küche, in ihren Händen die köstlichen Getränke. Es gibt nichts Schlimmeres für einen auf dem Trockenen sitzenden, lustbetonten Trinker, als volle Gläser in den Händen fremder Leute, die man nicht um einen Schluck bitten kann oder will. Ich machte mich noch einmal auf die Suche nach den Cocktails, stellte mir aber selbst ein Ultimatum. Fünf, maximal zehn Minuten noch, dann würde ich mich zur Wohnungstür durchschlagen und mich in der nächstbesten Eckkneipe unter den Zapfhahn legen.

Acht Minuten und ein Dutzend Hornbrillen später, kurz davor aufzugeben, in den Ohren das Motzen meiner Leber, wurde ich in einen großen Raum gespült, in dessen hinteren Bereich etwas aufgebaut war, das Linderung versprach. Es war eine zu einer Cocktailbar umgebaute Hausbar, eines dieser billigen Dinger aus dem Baumarkt, Kiefernfurnier, passte eigentlich gar nicht hierher, war vielleicht eigens für diese Party angeschafft worden. Es schien aber niemand dahinter zu stehen. Vielleicht musste man sich die Cocktails selbst mixen. Meiner Leber kamen die Tränen. Ich ging zum Tresen, und gerade als ich ihn erreichte, erschien dahinter, wie von einem Fahrstuhl nach oben gefahren, die schönste Frau der Welt. Sie hatte lange blonde Locken, die ihr bis zur Hüfte herunterfielen, und ich dachte noch, dass es wohl nicht schicklich war, eine derart blonde Frau als schönste Frau, die man je gesehen hatte, zu bezeichnen, denn blond, blond, blond, das ist ja der Traum aller Männer, die schon seit einiger Zeit allein sind, aber leider hält sich die Wirklichkeit nicht immer an unser Bedürfnis, Klischees zu vermeiden.

Sie lächelte mich an und fragte, wonach mir der Sinn stehe. Ich verkniff mir jede anzügliche Bemerkung. Sie trug ein schwarzes Kleid und eine weiße Perlenkette, von der ich hoffte, dass sie nicht echt war, denn in dieser Liga spielte ich nicht. Sie fragte mich, was ich wollte, und ihr Blick fuhr mir in die Zehen. Ich sagte: »Überraschen Sie mich!«

Ohne zu zögern machte sie sich an die Arbeit. Sie drehte mir den Rücken zu. Ich konnte nicht sehen, was sie tat, welche Substanzen sie verwendete. Ein paar Minuten später stellte sie etwas vor mich hin, das aussah wie flüssiger, rostfreier Stahl. Als hätte man die Edelstahlabdeckung einer Küchenspüle geschmolzen und in ein Glas gefüllt. Meine Leber verstummte und bekam es mit der Angst. Enthaltsamkeit bis hin zum Blaukreuzlertum lag plötzlich im Bereich des Möglichen. Die schönste Frau der Welt sah mich an. Ich durfte jetzt nicht kneifen. Ich hob das Glas und hielt es ins Licht. Der Drink ... na ja, er oszillierte. Changierte. Leuchtete. Zeigte alle Schattierungen von Stahl, die physikalisch möglich waren. Und noch einige mehr.

Ich nahm einen Schluck.

Ich stellte das Glas wieder ab.

Einige Sekunden später kannte ich die exakte Anzahl der Atome, aus denen ich bestand. Ich nahm einen weiteren Schluck und fühlte mich, als würde mir in den nächsten Minuten ein Heilmittel für Krebs einfallen. Nach dem dritten Schluck wusste ich die Namen aller meiner Haare.

»Ich kenne niemanden hier«, sagte ich.

Sie sah mich an und lächelte. »Ich mache nur meinen Job.« Ihre Stimme war dunkel wie ein längst abgebautes Flöz.

»Und sonst?«, fragte ich und hätte mir am liebsten auf die Zunge gebissen, denn das war die zweitdümmste Bemerkung zu Beginn eines Gespräches, nach »Haben wir uns nicht schon mal irgendwo gesehen«?

Sie lachte und sagte, sie finde es prima, dass ich den Mut aufbrächte, sie das zu fragen. »Immerhin glauben viele, das sei die zweitdümmste Bemerkung zu Beginn eines Gespräches, gleich nach ›Haben wir uns nicht schon mal irgendwo gesehen‹? Sie sind gut.«

Voller Dankbarkeit warf ich einen Blick auf den Drink und dachte an Werbung aus den Siebzigerjahren. Ich sagte, ich sei Schriftsteller, worauf sie meinte, das sei aber sehr interessant, und ich sagte, das fände ich auch.

»Was haben Sie denn schon so veröffentlicht?«, wollte sie wissen, während sie einen Gin Fizz für eine magere Frau mit weißer Haut und großen Augen mixte.

Ich sagte, das Veröffentlichen sei beim Schreiben nicht das Wichtigste, diesen Ansatz müsse man einfach überwinden.

»Na gut«, sagte sie und sah mich an, »was schreiben Sie denn so?«

»Ach«, sagte ich, und ließ das Wort etwas im Raume hängen.

Sie warf ihr Haar zurück. »Es geht beim Schreiben nicht in

erster Linie ums Schreiben, nicht wahr? Diesen Ansatz sollte man wohl endlich überwinden.«

Ich antwortete, es sei schön, dass sie nicht so eindimensional denke wie die meisten anderen Menschen. Ich leerte mein Glas und wusste plötzlich, dass es im Universum intelligentes Leben gab. Ich fragte, wie man diesen Drink nenne. Sie sagte: »Er heißt Nachtlicht.«

»Was ist da drin?«

»Ich mache in fünf Minuten Schluss.«

Als wir hinausgingen, hob der Mann, mit dem ich vorhin in der Küche geredet hatte, sein Glas und winkte mir zu. »Der sieht ja aus wie Sie!«, sagte die Frau an meiner Seite.

Hand in Hand gingen wir durch die nächtliche Stadt. Am Himmel ein paar Sterne, aber nicht so viele wie man denkt. Die Beleuchtung in den Schaufenstern erlosch, wenn wir vorbeigingen. Meine Leber lachte.

Die schönste Frau der Welt nahm mich mit in ihre Wohnung.

Es folgten zwei sehr schöne Jahre, in denen ich wieder Hoffnung fasste, alles könne irgendwann gut werden.

Art of dying

Ich hatte meiner Frau nicht gesagt, mit wem ich mich traf, nur, dass es spät werden und ich betrunken sein würde, wenn ich heute Nacht nach Hause käme. Eigentlich war ich noch nicht in dem Alter, wo ich die Mutter meines Erstgeborenen anlügen musste, wenn ich mich mit einer anderen Frau traf. Aber streng genommen hatte ich ja auch nicht gelogen, ich hatte nur mit Details gegeizt. Jemand, mit dem ich zur Schule gegangen bin, hatte ich gesagt, und das stimmte ja auch. Na gut, dieses »mit dem« hatte den Eindruck entstehen lassen, ich würde mich mit einem Mann treffen, mit einem alten Kumpel ein paar Biere kippen, aus gegebenem Anlass. Ein Beatle war tot. Es gab keinen besseren Grund, sich zu betrinken.

Der alte Kumpel hieß Carola und war mal das schönste Mädchen der Schule gewesen. So richtig war nie was gelaufen zwischen uns, aber ich hatte ihr beigebracht, dass man zu Bob-Dylan-Platten tanzen konnte (was sie bestritten hatte). Zur Belohnung hatte ich ein paar Zungenküsse abgestaubt und war ihr »Freund« geworden. In Anführungszeichen, denn an der Gürtelschnalle war immer Schluss gewesen, nicht mal unter den Pulli hatte ich gedurft, aber dafür führten wir »tolle Gespräche«. Ich legte mein ganzes Geld in Platten an, und ich weiß heute natürlich, dass Carola mich schamlos ausnutzte, wenn sie nach zehn Minuten Rumknutschen fragte, ob ich ihr nicht mal wieder was aufnehmen könnte. Andererseits gab es immer wieder Gerüchte an der Schule, wir hätten was miteinander, und das hob mein Sozialprestige mehr als ein Hattrick im Spiel gegen die verhasste Goethe-Schule.

In behutsamen, geduldigen Gesprächen brachte ich Carola von Angelo Branduardi ab, führte sie den Beatles, den Stones und Dylan zu und bewahrte sie so davor, in die Donovan-Falle zu gehen. »Aktuelle« Musik war bei uns damals verpönt.

Durch Carola erfuhr ich von John Lennons Tod, an einem verregneten 9. Dezember 1980, als die Scheiben der Pausenhalle blickdicht beschlagen waren und ein paar Patschuli-Schnüffler

Imagine sangen. Seit dem Abitur hatte ich sie nicht gesehen, aber heute Nachmittag hatte sie angerufen und mir gesagt, dass in Los Angeles George Harrison gestorben war.

Es gab nur noch eine einzige Kneipe in der Innenstadt, die sich seit damals nicht verändert hatte, und da trafen wir uns. Als ich sie sah, kam ich mir vor wie ein Ehebrecher. Es lag wohl daran, dass sie immer noch umwerfend aussah. Wenn sie fett gewesen wäre wie eine Mülltonne, wäre alles in Ordnung gewesen, aber so bestellte ich gleich einen halben Liter und dazu zwei Ouzo. Auf Ouzo waren wir beide mal abgestürzt, als Carola Liebeskummer hatte und ich eigentlich die Situation hatte ausnutzen wollen, wozu es jedoch wahrscheinlich nicht gekommen ist. Das Einzige, woran ich mich von dieser Nacht erinnere, sind ein paar leere Pinnchen und dass ich im Morgengrauen in der Nähe von Carolas Haus mit offener Hose und Schürfwunden in einer Hecke liegend erwachte. Offenbar war ich beim Wasserlassen umgefallen und, da ich schon mal lag, eingeschlafen. Seitdem war mir immer schlecht geworden, wenn ich nur an Ouzo dachte.

»Ich hoffe, so hart wird es heute Abend nicht«, sagte sie.

»Ich habe das Zeug seit damals nicht angerührt.«

»Ich habe heute Nachmittag ein paar von den Cassetten gehört, die du mir damals aufgenommen hast.«

»Die gibt es noch?«

»Du hast dich nicht lumpen lassen. Immer nur beste Chromdioxid-Ware. Die haben jetzt etwa zwanzig Umzüge ausgehalten.«

Wir arbeiteten die Formalitäten durch. Ich erzählte von Frau und Kind, von Babykacke und Möhrenmatsche.

»Was ich immer schon mal wissen wollte …«, sagte Carola.

»Ja?«

»Gibt es Sex nach dem ersten Kind?«

»Ja, aber nur ganz leise.«

Carola lachte. »Mir ist warm«. Sie zog ihre alte Cordjacke mit den Flicken am Ellenbogen aus und meinte, sie sei solo und habe keine Kinder. Ich bestellte noch zwei Ouzo.

Sie lächelte. »Mindestens drei Mal habe ich heute Nachmittag *All things must pass* gehört.«

»Tolle Platte. Vielleicht die beste von einem Ex-Beatle.« Ich hoffte, wir würden bald das Thema wechseln, denn *All things must pass* war die Platte, zu der es beinahe passiert wäre. Von *I'd have you anytime* über *Isn't it a pity (version one)* oder *Beware of darkness* bis *Awaiting on you all* hatte ich ihre weiße Bluse so unauffällig aus ihrem Hosenbund gefummelt, dass es mir selbst kaum aufgefallen war, aber dann hatte die Platte ausgerechnet bei *I dig love* einen Sprung gehabt, und das war Carola dann so auf die Nerven gegangen, dass die Stimmung hin gewesen war. Na ja, wir hatten vorher eine Menge Tropenfeuer-Tee getrunken, und ich hatte eh pinkeln gehen müssen.

»Das ist übrigens die gleiche Bluse«, sagte sie und zupfte ein wenig an ihrem Kragen herum, sodass ich ihr Schlüsselbein sehen konnte. Ich dachte kurz daran, spontan das Rauchen anzufangen, bestellte aber stattdessen nur noch zwei halbe Liter.

Als die Kneipe dichtmachte, waren wir volltrunken und doch ganz klar. Wir gingen durch die Stadt zum Holiday Inn am Hauptbahnhof. Am Empfang ein junger, schmaler Mann. Im Hinterzimmer lief im Fernseher eine amerikanische Sitcom. Unter künstlichem Gelächter füllte ich den Meldezettel aus und bestand auf einem Zimmer möglichst weit oben. Wir bekamen eine Suite im achtzehnten Stock.

»Kannst du dir das leisten?«, fragte sie.

Obwohl ich wusste, dass es ihr egal war, antwortete ich:

»Meine Karte ist gülden, mein Herz, das ist rein, soll niemand drin wohnen als Jesus allein.« Das mit dem Herzen und mit Jesus war in einem Gebet vorgekommen, das meine Mutter manchmal vor dem Schlafengehen gesprochen hatte. Nicht nur Todeskandidaten, auch Besoffene, die krampfhaft versuchen, treu zu bleiben, sehen manchmal ihr Leben vor dem inneren Auge vorbeiziehen.

Carola schaltete den Fernseher ein. »Ich fand *My sweet Lord* immer albern«, seufzte sie und ließ sich aufs Bett fallen.

»Und geklaut war es auch. Hörte sich verdammt an wie *He's so fine* von den ... von den ... Habbichvergessen.«

Sie schaltete mit der Fernbedienung durch die Programme, ohne hinzusehen. »Weißt du, warum aus mir nichts geworden ist?«

»Aus dir ist nichts geworden?«

»Ich bin einsam und unglücklich, habe keinen richtigen Beruf, und meine Lover werden immer jünger.«

»Ich habe dir was mitgebracht!« Ich wollte nicht, dass sie weitererzählte, wie unglücklich sie war und mit wem sie ins Bett ging. Ich nahm meine Jacke von dem Sofa neben dem Fenster und griff in die rechte Außentasche.

»Ich war immer zu schön«, sagte sie. »Langsam wird es lächerlich. Ich meine, wenn man Sachen schreibt wie *Something* oder *While my guitar* und schließlich doch stirbt, was soll dann aus Leuten wie uns werden?« Mit den normalen Programmen war sie durch, jetzt kam das Pay-TV. Auf Kanal zwei der übliche Porno.

»Hier!« Ich gab ihr das Geschenk.

Carola richtete sich auf und legte die Fernbedienung weg. »Was ist das?« Im Hintergrund das Porno-Gestöhne.

»*All things mus pass*. Digital remastered, mit Extra Tracks.

Habe ich dir heute Nachmittag noch gebrannt. Das Cover ist nicht ganz farbecht, ich habe da irgendwelche Probleme mit dem Scanner.«

»*As nothing in this life that I've been trying can equal or surpass the art of dying*«, sang sie. Sie war betrunken. »Ganz schön kitschig, was?«

»Indien halt. Seelenwanderung, Reinkarnation, Karma. Er hat ja dran geglaubt.«

Carola seufzte, stand vom Bett auf, ging leise singend und den Oberkörper hin und her wiegend durch das Zimmer und trat auf den Balkon hinaus. Ich folgte ihr. Carola legte den Kopf in den Nacken und blickte nach oben. Geschlossene Wolkendecke, keine Sterne.

»Komm!«, sagte sie und kletterte auf das Geländer des Balkons.

»Wo willst du hin?«

»Irgendwohin, wo ich jünger bin.«

»Das ist ziemlich hoch.«

»Ich weiß.«

Ich blickte über die Brüstung und sah, dass darunter nur ein weiterer Balkon war. Sie konnte höchstens ein paar Meter tief fallen.

Ich ging hinein, schaltete den Fernseher aus, nahm meine Jacke, fuhr mit dem Fahrstuhl nach unten und bezahlte das Zimmer. Ich ging zum Bahnhof, um ein Taxi zu nehmen, blickte noch mal nach oben, konnte sie aber nicht sehen. Im Autoradio lief Britney Spears. Wenn Gott ein DJ ist, hat er die falschen Platten.

Parallele Welten

Es war eines dieser Gespräche, die nur in der Nacht geführt werden, wenn der Geist sich sicher fühlt, schon mal das ein oder andere Gedankenexperiment wagt und infolge der Einnahme alkoholischer Substanzen eine gewisse innere Weite gewinnt. Kurz gesagt: Es war dunkel, und wir waren auf dem Weg zu sturzbesoffen. Wir, das waren ich und ein anderer, ein alter Freund, der in der Pubertät mit Perry Rhodan kollidiert war und seither von Science-Fiction-Literatur nicht loskam. Dieser alte Freund erzählte mir, er habe durch die Einnahme verschiedener Medikamente mehrfach versucht, jene parallelen Welten aufzusuchen, von denen in einigen seiner Lieblingsbücher so gern die Rede ist. Parallele Welten seien benachbarte Dimensionen, in denen komplementäre Ergänzungen zu unseren hiesigen Identitäten herumlaufen, gleichsam das Negativ zum Positiv – oder umgekehrt, je nachdem, wie stark das eigene Selbstwertgefühl entwickelt ist.

Das machte mich hellhörig! Läuft dort drüben vielleicht mein zweites Ich herum, dass, nur so als Beispiel, irgendwann doch gelernt hat, den Regenschirm nicht mehr in der U-Bahn liegen zu lassen? Hat der in Latein und Mathematik besser aufgepasst? Hat er den entscheidenden Elfmeter beim Klassenspiel gegen die Quarta B des parallelen Gymnasiums am Ostring in Bochum doch versenkt? Musste der nicht erst 32 Jahre alt werden, um sich endlich glücklich zu verlieben? Ist er zufriedener als ich? Ist er gut gebaut? Hat er Haare?

Oder ist er ein fantasieloser, uncharmanter, untalentierter Dampfplauderer, der Formel-1-Rennen toll findet – also wirklich das genaue Gegenteil von mir?

Das Wirtshaus, in dem wir saßen und das den ganzen Abend über gut besucht gewesen war, leerte sich zusehends, nun, da die Geisterstunde längst überschritten war. Der Wirt trug sein »Ich-mach-gleich-Schluß«-Gesicht zur Schau und begann damit, die Stühle auf die Tische zu stellen.

Vielleicht aber sind diese parallelen Welten die Orte, an denen das auftaucht, was wir hier verlieren. Lag hier vielleicht die Antwort auf die Frage verborgen, warum man stets sechs Socken in die Waschmaschine steckt, aber nur fünf kommen wieder heraus?

Könnte es wirklich möglich sein, dorthin zu gelangen, um all diese gewagten Thesen zu überprüfen?

Vielleicht, so sinnierte mein Bekannter am Fuße einer Flasche Klosterfrau Melissengeist, mit der er einen weiteren erfolglosen Versuch unternommen hatte, hinüberzugelangen, sind diese parallelen Welten gar nicht so weit weg, sondern ganz nah, direkt neben uns, nur in einem leicht verschobenen Raum-Zeit-Kontinuum. Haben wir deshalb manchmal das Gefühl, da sei noch jemand in der Wohnung, obwohl wir ganz allein sind? So könnte »Mein Freund Harvey« entstanden sein.

Als wir später auf der nächtlich leeren Straße standen und zur funkelnden Mondsichel hinaufschauten, die für mich seit Kindertagen aussieht wie ein sauber abgeschnittener Fingernagel, bot mein Freund mir eine weitere gewagte These an. Vielleicht, so sinnierte er mit schwerer Zunge, seien diese Welten auch in uns drin, ganz tief. Dann müsste es doch möglich sein, hinzukommen. Etwa durch eine bisher noch nicht entdeckte Körperöffnung. Oder durch intensive Konzentration oder Meditation. Oder auch durch das Hören alter Pink-Floyd-Platten – was allerdings, wie ich anzumerken mir nicht verkneifen konnte, ein etwas zu hoher Preis wäre.

Wir haben diese Frage in jener Nacht nicht beantworten können und sind schließlich hochtrunken heimwärts getrottet, haben die eine oder andere Häuserwand auf einen Übergang in eine andere Dimension hin abgetastet, nichts gefunden und doch von der Idee nicht lassen können, es gebe irgendwo einen Ort, an dem die Beatles noch zusammen sind.

Die Geschichten: Wo sie herkommen und wo sie schon waren

Zigaretten so wertvoll wie Gold: Bisher unveröffentlicht. Entstand 1999 als Entwurf für den Anfang eines Romans. Der Roman wird kommen, aber anders.

Strike, Bossa Nova, strike: Entstand ca. 1998 in einem Bonner Hotelzimmer für das Tresenlesen-Programm »Knotentest und Strahlerküsse«, wurde ein paar Mal überarbeitet landete im Solo-Programm »Indiskret« (Premiere 2001) und auf der gleichnamigen CD. Erschien anlässlich des WM-Endspiels im Sommer 2002 im Magazin der Frankfurter Rundschau. In aller Bescheidenheit eine meiner Lieblingsvorlesegeschichten.

Haldenkind: Entstand im Juni 2000 und findet sich ebenfalls auf der CD »Indiskret«.

Spüli, Pommes, Mücke und ich: Die Urfassung entstand schon etwa 1991/92. Zog mehrere andere Geschichten über eben diese vier Jungs nach sich, einige scherz-, andere ernsthaft. Stellte den eigentlichen Ausgangspunkt des Romans »Liegen lernen« dar, in dessen Endfassung Spüli und Pommes jedoch nicht mehr vorkommen. Zu hören auf »Indiskret«.

Alle meine Tiere: Erschien zuerst im Ruhrstadtmagazin MARABO im Mai 99. Und dann versehentlich noch einmal im Januar 2000.

Gott segne Debbie Harry: Entstanden in der Künstlerwohnung des Berliner Mehringhoftheaters im Herbst 2000. Erschien ergänzt um »Eine Brücke über unruhiges Wasser« zuerst in der Frankfurter Rundschau im Juli 2001. Überarbeitete Fassung im MARABO Juli 2002.

Dancing Kings: Entstand im Mai 2001 für das Soloprogramm »Indiskret«, zu hören selbstredend auf nämlicher CD. Die beschriebene Tanzlehrerin spielte übrigens mit im 60erJahreRuhrgebietsBeatBandFilm »Heartbreakers«, natürlich als Tanzlehrerin. Im September 2000 traf ich sie nach achtzehn Jahren, in denen ich sie weder gesehen noch vermisst hatte, bei dem fürchterlichsten Auftritt meiner gesamten Kleinkunstlaufbahn wieder: dem Seniorenball der Stadt Essen. 750 reaktionslose Greisinnen und Greise und hinter mir eine Band namens »Tanzexpress«. Namenloses Grauen.

Bayernkurier und Penisleder: Erste Fassung ca. 1998, mehrfach überarbeitet, Kurzfassung abgedruckt im MARABO, Oktober 2001.

Dylandance: Entstand am 13. Mai 2001 im IC zwischen Mannheim und Köln auf Anregung der »taz« anlässlich des 65. Geburtstages von Bob Dylan. Erschien in der »taz« am 23. Mai 2001.

Eine Brücke über unruhiges Wasser: Entstehung siehe und Erstveröffentlichung siehe *Gott segne Debbie Harry*. Überarbeitet erschienen im MARABO im Juli 2002.

Ich und der Butt: Bisher unveröffentlicht. Entstanden wahrscheinlich 2001.

Herrje!: Entstanden ca. 1996. Kam verschiedentlich bei »Tresenlesen« zum Einsatz und ist nachzuhören auf der CD »Kloidt ze di Penussen«. Sorgte immer wieder für Missverstädnisse und erschien 1997 in der Anthologie »Ich hab geträumt von dir« im Heyne-Verlag. Kein Text, mit dem man ein Bühnenprogramm beginnen sollte, wie TL mal in der Kölner Commedia feststellen durfte.

Moderne Menagen: Entstand im Juli 1999 für die Sendung »Ohrenweide« auf WDR 5 unter Betreuung des legendären Redakteurs Hilmar Bachor. Schöne Grüße!

Das Glück der Pinguine: Urfassung geschrieben als Teil des Romanversuchs »Herzfehler« im Herbst 1993. Uraufführung im Tresenlesen-Programm »Sport Spiel Spannung« ca. 1996. 1997 auf der Tresenlesen-Doppel-CD »Das Auge liest mit«. Mehrfach überarbeitet, zuletzt für dieses Buch.

Bad Love: Erschien in gekürzter Form erstmals im Focus, Mai 2003.

In der Wohnung über ihm übt Audrey Hepburn auf der Geige: Geschrieben im Januar 2001 für die oben schon erwähnte Sendung »Ohrenweide«. Für dieses Buch überarbeitet.

Misstrauischer Monolog: Entstand im November 99, ebenfalls für die »Ohrenweide«, fand Verwendung im Programm »Indiskret« sowie auf gleichnamiger CD. Ebenfalls eine LiveLieblingsnummer des Autors.

Wie Ralle zum Film kam (und ich nicht): Geschrieben im Mai 2003 für die Buch-zum-Film-Ausgabe von »Liegen lernen«.

Heiß und fettig: Geschrieben im Juni 2000, erschien im März 2002 in der Anthologie »Männer-Geschichten zum Rotwerden« (Piper-Verlag)

Hochzeit mit Ginger Rogers: Erste Fassung erschien unter dem Titel »Heiraten Sie!« im MARABO Oktober 2000. Vorliegende, stark erweiterte Fassung entstand auf Anregung von Jörg Hunke und war im Juli 2003 im Magazin der Frankfurter Rundschau nachzulesen. Wenn dieses Buch erscheint, ist meine in der Geschichte beschriebene Omma achtzig und tanzt euch alle immer noch unter den Tisch.

Natürlich hätten wir nicht zu diesem Dia-Abend gehen sollen ...: Erste Fassung vom April 99 bestärkte den Autor in der Überzeugung, dass die Idee nicht schlecht, die Ausführung jedoch noch mangelhaft sei. Lohnende Überarbeitung anlässlich eines Urlaubs-Specials im Bochumer prinz regent theater im Juni 2002. Einige Beschreibungen in dieser Geschichte sind sehr fies. Bleiben aber zutreffend.

Siebzehn für immer, achtzehn bis ich sterbe: Entstand im Herbst 2001 für die Welt am Sonntag anlässlich einer Ausstellung über Jugend im Wandel der Zeit. Für diese Ausgabe überarbeitet.

Ich in Hotels: Erste Fassung erschien im November 2000 im MARABO. Danach stark überarbeitet.

Lob der Minibar: Entstanden 2001 für die »Ohrenweide«.

Vatertag in der Selterbude des Lebens oder: Mittagspause in Bad Oldesloe: Erstmals im MARABO im Juli 2001.

Bitte verlassen Sie diesen Ort so, wie Sie ihn vorzufinden wünschen: Bisher unveröffentlicht. Geschrieben für oben erwähntes Urlaubsspezial im Sommer 2002.

Minne menne tennään: Geschrieben im Sommer 2000 nach der beschriebenen Reise nach Finnland und Estland im Mai jenen Jahres. Im MARABO im Juli 2000.

Eduard an der See mit Mohnkuchen: Kurzfassung erschien im STERN im August 2003. Der Mohnkuchen der Bäckerei Nabrotzki auf Borkum ist tatsächlich eine Droge. Mohnkuchen fürs Volk!

Wenn ich Fantasie hätte: Eine weitere Arbeit für die »Ohrenweide«, geschrieben ca. 2000, im MARABO Januar 2003. Für diese Ausgabe leicht überarbeitet.

Nachts rede ich mit Dingen: Entstand unter starkem Mohnkuchen-Einfluss im April 2003 auf Borkum und erschien im MARABO im darauffolgenden Juni.

Was ist Schlaf?: Geschrieben im Herbst 1998 für ein Tresenlesen-Programm zum Thema »Nacht«. War der allererste Goosen-Text im MARABO im Januar 1999.

Nachtlicht: Erste Fassung vom Juli 2000. Komplette, nur die Grundsituation übrig lassende Überarbeitung im Juni 2003 für die Anthologie »Alles wird gut« im Heyne-Verlag.

Art of dying: Geschrieben Ende November 2001 für die Frankfurter Allgemeine Sonntagszeitung (dort unter dem Titel »Ein schwarzer Tag fürs weiße Album«), anlässlich des Todes von George Harrison.

Parallele Welten: Entstanden in einer Kölner Wohnung im Oktober 1998, wieder mal für die »Ohrenweide«. Zu hören auf der Tresenlesen-CD »Würdevoll und preiswert«.

Zum Schluss ein besonderes Dankeschön an Christopher Wulff!

Frank Goosen

*Über **Liegen Lernen:***

»Goosen erzählt fesselnd, mitreissend, klar und versteht eine Menge davon, wie man Lust erzeugt.«
Thomas Brussig

*Über **Pokorny lacht:***

»Ein wunderbar witziger und erschütternd ernster Roman über die Liebe, die Freundschaft und das Älterwerden.«
Der Spiegel

3-453-21224-X

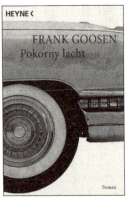

3-453-40022-4